Воскресение

复　　活

[俄罗斯] 列夫·尼古拉耶维奇·托尔斯泰　著
李泽斌　译

百花洲文艺出版社

图书在版编目（CIP）数据

复活 / (俄罗斯) 列夫·尼古拉耶维奇·托尔斯泰著;
李泽斌译. -- 南昌 : 百花洲文艺出版社, 2024.12
　　ISBN 978-7-5500-5531-5

　　Ⅰ. ①复… Ⅱ. ①列… ②李… Ⅲ. ①《复活》
Ⅳ. ①I512.44

中国国家版本馆CIP数据核字(2024)第084762号

FU HUO

复活

[俄罗斯] 列夫·尼古拉耶维奇·托尔斯泰　著　　　　李泽斌　译

出 版 人　陈　波
出 品 方　师鲁贝尔
责任编辑　陈　园
装帧设计　师鲁贝尔
制　　作　师鲁贝尔
出版发行　百花洲文艺出版社
社　　址　南昌市红谷滩区世贸路898号博能中心Ⅰ期A座20楼
邮　　编　330038
经　　销　全国新华书店
印　　刷　三河市宏顺兴印刷有限公司
开　　本　880 mm×1 230 mm　1/16　　印张　20.5
版　　次　2024年12月第1版
印　　次　2024年12月第1次印刷
字　　数　267千字
书　　号　ISBN 978-7-5500-5531-5
定　　价　69.00元

赣版权登字　05-2024-119

邮购联系　0791-86895108
网　　址　http://www.bhzwy.com
图书若有印装错误，影响阅读，可与承印厂联系调换。

复活

Воскресение

Воскресение

contents
◆ 目录 ◆

Воскресение

Volume 01

♦ 第一部 ♦

chapter

· 一 ·

　　省监狱办公室官员昨日接到一份公文，指定今日将三名被拘禁的罪犯押送至法院接受审判，其中一名女主犯需独自押送。上午八点，监狱看守长踏入女囚走廊，紧随其后的是一名女看守。她同值班的看守来到一间牢房门口，向看守长问道："您是要提玛丝洛娃吧？"

　　值班看守打开牢门，一股恶臭迎面扑来。"玛丝洛娃去过堂！"看守吆喝道。随即牢门再度关闭。

　　牢里传来女人说话和走路的声音，看守长催促玛丝洛娃快点走。

　　两分钟后，一个身材矮小、胸部丰满、肤色异常苍白的年轻女子，穿着白裙，披着一件灰色囚袍，走出牢房，转身站在看守长身旁。她来到走廊，微微仰头，目光紧盯着看守长，向他表明顺从。牢门关闭前，一位不戴头巾的白发老太婆露出脸来，对玛丝洛娃说了几句话。看守长随即推上牢门，将她们隔开。牢房里传来女人的嘲笑声，玛丝洛娃也微笑，将脸转向牢门上的小窗孔。老太婆在里面凑近窗孔说："记住了，咬定就别松口。"

　　"现在已经是最糟的了，只要有个结局就行。"

　　看守长摆出长官的架势："跟我走！结局当然只有一个。"

　　踏入办公室，两个手持枪械的押解士兵在场。文书将一份公文交给一名押解士兵说："将她押送出去！"

　　大街上，人们好奇地打量着女犯。有人摇头心想："若不遵守规矩，便会有如此下场！"一个卖煤的乡下人喝完茶后，在她身边送了她一戈比，向她释放出善意。女犯红着脸低下了头。

女犯察觉到人们向她投来的目光，却并未转头，悄悄地瞟一下那些人，她感到一丝高兴。这里的空气比牢房清新，这也让她心情好转了一点。女犯微笑着，但接着又陷入对自己处境的长叹。

chapter
· 二 ·

玛丝洛娃，这个名字并不起眼。她是一个未婚女农奴生下的第六个私生子。女农奴的母亲饲养牲口，她们二人都在两个地主老姑娘的院子里工作。女农奴之前的五个孩子都离世了，原本，玛丝洛娃的命运也注定如此。然而，有一次两位老姑娘中的一个偶然来到牲口棚，看到了这个可爱的胖娃娃，主动做了她的教母，并常常给那个作为母亲的年轻女孩送去物品。因此，她得以幸存下来。这两位老妇人称她为"再生儿"。

在她三岁时，母亲去世了。外婆觉得她是累赘，于是这两位老姑娘便抚养了她。在这两个老姑娘里，妹妹索菲雅·伊凡诺夫娜心地善良，并给女孩行了洗礼；而姐姐玛丽雅·伊凡诺夫娜则脾气火暴。索菲雅将她打扮成娃娃，教她读书，全心全意地将她当养女培养。然而，玛丽雅却要求她成为一名出色的侍女，并对她非常严厉。于是，这位小姑娘在长大后，一半充当侍女的角色，一半则充当养女的角色。她被命名为喀秋莎，她承担着各种家务，有时还给两位老姑娘读书解闷。

有人曾给她说媒，她全都婉言谢绝了。她已经习惯了地主家的舒适生活。

就这样一直持续到她十六岁。那年，两位老姑娘的侄儿，一位公爵少爷来到她们家。喀秋莎爱上了他，但不敢表白，甚至不敢承认有这种想法。两年后，这位侄儿动身前往部队，途经姑妈家，停留了四天。在他离开的前一天晚上，他引诱了喀秋莎，并给了她一张一百卢布的钞票作为报酬。五个月后，她才确定自己怀孕了。

自那以后，她心烦意躁，一直在考虑如何避免即将到来的羞辱。她对待两个老姑娘敷衍了事，且经常发脾气。后来她甚至顶撞她们，说脏话。事后她懊恼不已，要求离职。

两位老姑娘任由她离开。她离开后去了警察局长的家做侍女，只干了三个月，因为这位年过半百的局长对她百般纠缠。有一次她发怒了，骂他并将他狠狠推倒在地，于是她被解雇了。由于即将分娩，她在一个兼做接生的寡妇家暂住。分娩很顺利，但喀秋莎出现了产褥热，男孩出生后被送到了育婴堂，据说刚到那里就离世了。

喀秋莎搬到接生婆家时，身上还带着一百二十七卢布：二十七卢布是她自己挣的，而一百卢布则是公爵少爷给的。等她离开时，身上只剩下六卢布了。她很会花钱，也善待他人，对求助从不推辞。当她身体恢复后，她已经一点钱都没有了，需要重新找工作。于是她到林务官家做家务，从她去的第一天起，林务官就缠着她不放。喀秋莎努力躲避，但他狡猾老练，作为雇主，随意指使她，后来终于找到机会占有了她。林务官的妻子有一次看到他们俩单独待在房间里，便去打她。两人开始扭打起来。最终，喀秋莎被赶了出去，连工资都没有领到。此后，喀秋莎来到城里的姨妈家。姨父是个装订工，为了喝酒，将家产全都变卖了。

姨妈开了一家小洗衣店，以此来养家。姨妈要玛丝洛娃进店干活，但玛丝洛娃不想过那样辛苦的生活，所以便去佣工介绍所找活干。她给一家当女仆，家里有一位太太和两个男孩。刚过一周，她就被大儿子纠缠，不得安宁。母亲责备玛丝洛娃，最终解雇了她。后来，玛丝洛娃在佣工介绍所遇到了一位太太。这位太太邀请玛丝洛娃到她家。太太亲切地款待她，并派人往外送了一封信。傍晚，一位老绅士来到了屋里，坐在玛丝洛娃旁边，笑嘻嘻地与她说笑。玛丝洛娃听到太太私下对老绅士说："她是从乡下来的，非常新鲜！"然后太太告诉玛丝洛娃，说他是作家，有很多钱，为人非常慷慨。她接受了他，他就给了她二十五卢布。很快，她就花光了这笔钱。几天后，作家再次来找她。她去了后，他又给了她二十五卢布，并让她搬到一个公寓去住。

玛丝洛娃住在作家租下的公寓里，却爱上了一个店员。她将这一切告诉了作家，并搬到了一个更小的公寓。店员本来答应和她结婚，不久后却悄然离去，抛弃了她。玛丝洛娃再次感到孤独，她打算继续住在公寓里，但被拒绝了。派出所长告诉她，她必须获得黄色执照，接受医生的检查，才能独自居住。于是她回到了姨妈家。姨妈看她打扮得很时髦，不敢让她做洗衣女工。而玛丝洛娃本人也没有考虑过这样的生活。

就在这时，一个牙婆找到了她。

牙婆灌醉了玛丝洛娃，约她去城里一家最高级的妓院做生意，还给她列举了各种好处。玛丝洛娃面临着一个选择：当女仆，被主人纠缠，然后同他们秘密通奸；或是合法的长期公开通奸。她选择了后者，希望这样能报复到那些欺负过她的男人。还有一个条件让她最终下定了决心，那就是牙婆答应她，可以随心所欲地穿自己喜欢的衣服。玛丝洛娃交出了身份证，换取了黄色执照。当天晚上，牙婆带她去了著名的基塔耶娃妓院。

从那时候开始，玛丝洛娃开始了一段违背人性道德的犯罪生活。

过去的七年里，她换了两家妓院，并住过一次医院。她在妓院的第七年，也就是她二十六岁时，一件事使她被捕入狱。她在监狱中过了六个月，而今天她将前往法院接受审判。

chapter

· 三 ·

当筋疲力尽的玛丝洛娃来到州法院大厦时，那位曾经诱奸她的德米特里·伊凡内奇·聂赫留朵夫公爵正躺在高高的弹簧床上吸着香烟。

昨天晚上，他是在有钱有势的柯察金家度过的。很多人都认为他应该和柯察金家的小姐结婚。他回想起昨晚的事情，不禁叹了口气。他起身想要再拿支烟，却又突然改了主意。他披上衬衫，匆匆走进盥洗室。他用凉水清洗身体，擦干后穿上整洁的衬衫和皮鞋，用梳子整理黑胡子和卷曲的头发。

接着聂赫留朵夫随意挑选了一条领带和一枚胸针，整理好衣服后走进了餐厅。餐具旁边摆放着刚刚收到的信件、报纸和一本法文杂志。突然，一个老妇人悄悄地进来，她是聂赫留朵夫的母亲去世后担任少爷女管家的阿格拉斐娜。

阿格拉斐娜从小就在这里生活，在德米特里·伊凡内奇还小时就已认识他。两人互打招呼后，聂赫留朵夫问有什么事情。

阿格拉斐娜把信交给聂赫留朵夫，微笑着说："这有一封不知是公爵夫人还是公爵小姐写的信，送信来的女佣人还在我的房间里等着呢。"

看到阿格拉斐娜脸上的笑，聂赫留朵夫皱着眉头接过信。让聂赫留朵夫不快的是，这个笑容代表了阿格拉斐娜认为，聂赫留朵夫要准备同公爵小姐结婚了。

拆开信，聂赫留朵夫读了起来：

　　我通知您，今天您应出庭陪审，因此不能像昨天答应的那样陪我看画展，否则就要缴纳三百卢布罚金，作为出庭时您不在场的罚款。请您千万记得。

玛·柯察金公爵小姐

背面信纸附加两句：

　　妈妈要我转告您，晚餐将一直等您至夜深。请务必光临。

玛·柯

　　聂赫留朵夫皱起了眉头。这封信对他意味着更紧密的束缚。不再年轻并且不在热恋中的男人对结婚总是犹豫不决。然而，聂赫留朵夫还有另一个重要原因，让他不能立即去求婚。那就是他与一位已婚妇女曾有过私情，尽管他认为这段关系已经结束，但她并不认同这一点。那女人的丈夫是他参加选举的那个县的首席贵族。

　　桌上摆放着那个女人丈夫写来的一封信。看到他的笔迹，聂赫留朵夫感到内心不安。然而，信中告知他，地方自治会将于五月底召开一次特别会议，他必须亲自出席给予支持。

　　另一封信是由管理他地产的管家写来的，信中提到聂赫留朵夫必须亲自回乡办理遗产过户手续，并同时作出重要决定：是否改变经营方式。聂赫留朵夫对于自己拥有大量地产感到欣喜，但他并不赞同违背自己的信念占有土地。年轻时他就抱有"土地私有是不正义"的观点，他不仅在大学里写过这类论文，而且还真的把从父亲那继承来的一小块土地分给了农民。眼下，他必须在两个选项之间作出抉择：是放弃名下的地产，抑或默认先前的观念全是荒谬的。这两项他都难以做到，因此，他对管家的信很不高兴。

chapter

· 四 ·

聂赫留朵夫找到了法院通知，了解到在十一点出庭。接着他在吃饭前给公爵小姐写信，感谢她的邀请。由于把握不好语气的亲热程度，他撕了两次信。他按了电铃，一个老仆人走了进来。

"请雇一辆马车，再告诉柯察金家的人，我会尽量赶到，谢谢他们东家。"

聂赫留朵夫心里想："虽然我写不出回信有些失礼，反正今天我是要同她见面的。"

他换好衣服，熟识的车夫已在大门口等着他。

车夫扭过头说："昨天您刚从柯察金家离开，我就到了。看门的说，老爷您刚走不久。"

聂赫留朵夫想："马车夫都知道我同柯察金家的关系。"他又开始考虑该不该同柯察金小姐结婚。结婚的好处是他能享受到家庭的温暖，拥有正常的两性关系，并且家庭和孩子或许能使他的生活不再空虚。但坏处是他担心失去自由，并且他对女人有一种莫名的恐惧。虽然米西（柯察金小姐的别名）出身名门，看起来很有教养，并且她认为他是个优秀的人物，但聂赫留朵夫认为自己没准能找到一个更好的姑娘。另外，米西已经二十七了，肯定谈过恋爱，他的自尊心让他接受不了这种事。他目前也不知道该怎么解决。

但关于玛丽雅，也就是首席贵族的妻子的事情还没结束，他不能轻举妄动。他因不能作出决定而高兴。

"以后再考虑这些事吧。现在我得忠实履行我的社会职责，好像这种事都挺有意思。"他走进法院的门廊。

chapter

·五·

这时走廊里十分热闹。

"区法庭在哪里？"聂赫留朵夫向一个法警问。

"高等法庭还是民事法庭？"

"我是陪审员。"

"从这儿向右走，往左拐，第二个门，那里是刑事法庭。"

聂赫留朵夫走到那里，门口站着两个人：一个是店员；另一个是商人，他们在谈论毛皮的价格。聂赫留朵夫问他们这是不是陪审员议事室。

"是这，您也是陪审员吧？"商人问。在得到聂赫留朵夫肯定回答后，他伸出手说，"我是二等商人巴克拉肖夫。请教贵姓？"

聂赫留朵夫报了姓名，走进了议事厅。

屋里有十几个陪审员，他们虽然嘴上抱怨陪审的工作麻烦，但每个人心里都很得意，他们觉得自己在为社会做贡献。他们彼此之间并不全都认识。不认识聂赫留朵夫的人，来同他认识。陪审员中有一个叫彼得·盖拉西莫维奇的，大学毕业后当了中学教师，之前在他姐姐家做过家庭教师。聂赫留朵夫一向很反感他的"粗鲁无礼"。

"您也逃不掉吗？"彼得·盖拉西莫维奇夫对着聂赫留朵夫哈哈大笑。

聂赫留朵夫回答说："我根本不想逃。"

彼得·盖拉西莫维奇笑得更响亮了，说："公民的献身精神！不过，他们会搞得您寝食难安的。"

　　聂赫留朵夫脸上现出极其不快的神色，他心想："他马上要同我称兄道弟了。"聂赫留朵夫撇下他，走向人群。人们围在那里听一个相貌堂堂的高个子绅士说话。这位先生讲着民事法庭里此刻正在审理的案子，他叫得出法官和著名律师的名字，又讲到那位著名律师如何神通广大。

　　他称赞那是一位天才律师，大家都肃然起敬。

　　有些人想插嘴却被他打断，仿佛只有他知道事情的底细。

　　虽然聂赫留朵夫迟到了，但由于有一位法官还没有来，审讯工作还得等很久才能开始。

chapter
·六·

　　一早，庭长就来到法庭，他留着络腮胡子，体格魁梧。他一走进办公室，就从文件柜的最下层拿出一副哑铃，开始做运动。他希望今天的庭审能早点结束，自己好在六点前赶去与去年夏天在他家工作的瑞士籍家庭女教师私会。

　　这时有人想推门进来。庭长慌忙把哑铃放回原处，给来人开门。

　　一个法官脸色阴沉地走了进来。

　　"玛特维又没有来。"法官生气地说。

　　"他总是迟到。"

　　这时书记官拿过来一份卷宗。

　　"先审哪个案件？"庭长问。

　　"毒死人命案吧。"书记官若无其事地回答。

"玛特维还没有来？"庭长估计这个案子四点以前可以结束。

"没。"

"勃列威呢？"

"来了。"

"你看见他的话告诉他，先审这个毒死人命案。"

勃列威是副检察官。

"米哈伊尔·彼得罗维奇要我问一下，您准备好了没？"书记官来到走廊里，遇见勃列威说。

"当然，先审哪个？"副检察官说。

"毒死人命案。"

"非常好。"副检察官嘴上说着好，心里一点也不觉得好。他通宵没睡，为同事饯行时喝了许多酒，打牌到半夜两点，又去了玛丝洛娃半年前待过的那家妓院，他根本没时间阅读毒死人命案的案卷。书记官明明知道这点，却故意跟庭长说先审这个案子。因为书记官思想有些激进，而勃列威思想保守，所以书记官一直很不喜欢他。

书记官问："之前那个案件怎样了？"

"缺乏证人，我审理不了，我也将向法庭声明。"

副检察官跑到自己的办公室去了。他找借口推迟审理之前经手的案子，是因为不希望由受过教育的陪审员审理这个案件，他们很有可能将被告无罪释放。如果跟庭长商量好，这个案子就能转到县法庭审理，农民陪审员更可能判被告有罪。

这时，民事法庭的案子刚刚结束，那位"天才律师"刚从一个本不该赔钱的老太太身上敲出一大笔钱，得意洋洋地接受人们目光的洗礼。

chapter

·七·

玛特维终于到了法庭，紧跟着的是民事执行吏。

这位民事执行吏品行高洁，受过高等教育，但酗酒成瘾。三个月前，他在一位伯爵夫人的帮助下获得了这个职位，他因为至今保持着工作而高兴。

"大家都到齐了吗？"他环顾四周，询问道。

"看起来全部到齐了。"商人欢快地回答。

民事执行吏开始核对点名，其间还强调了聂赫留朵夫身份的特殊性。最后发现有两个人没来，其余都到了。

"现在请出庭。"民事执行吏指向门口说。

大家穿过走廊，走进了法庭。

这个法庭呈长方形，大厅一端有个高台，中间放着一张桌子，后面有三把椅背很高的扶手椅。左边放着书记台的桌子，靠近旁听席的栏杆后是被告坐的长凳；右边与书记台相对的是检察官的写字台。高台右面是供陪审员坐的两排高背椅，高台下面是给律师用的几张桌子。民事执行吏站在法庭中央，宣布："开庭！"

全体人员起立。法官们依次走上讲台：首先是庭长，其次是法官。最后是迟到的玛特维。

庭长和法官穿着制服，步入高台，显得威严凛然。他们坐在雕花扶手椅上。副检察官跟在法官们身后匆匆走进来，他快速坐到窗边座位，埋头翻阅文件，为审理做准备。这是副检察官第四次提出公诉，他一心想要往上爬，所以他经手的案件最后都非判刑不可。

书记官坐在另一个角落，已备好文件，然后重新阅读了一遍想和大胡子法官讨论的材料。

chapter

·八·

庭长问了几个问题后，开始传唤被告。栏杆后面的门打开，走进两名宪兵，其后是三名被告，一名男性，两名女性。第三名被告是玛丝洛娃。

玛丝洛娃进来后，男性们都注视着她。庭长等待玛丝洛娃坐下后，转过脸去和书记官说话。

等到清点陪审员人数、决定缺席陪审员罚款等例行的审讯程序结束后，庭长将几张小纸片折叠，放入玻璃罐中，然后摸出一张张纸条念出上面的名字。随后，庭长请陪审员们宣誓。

几位陪审员高举起右手，合拢手指，有活力地宣誓，看上去非常愉悦，但其他一些人似乎有些勉强。宣誓完成后，庭长请陪审员们选出一名首席陪审员。陪审员们一同走进议事室，有人提议让那位相貌堂堂的绅士担任首席陪审员，大家立刻表示同意，然后返回法庭。

一切都进行得顺利，气氛庄严。

庭长向陪审员们说明了他们的权利、责任和义务，然后他转向被告们开始发问。

chapter

·九·

庭长叫西蒙·卡尔津金站起来，询问了他的基本信息，得知他今年三十三岁，是出生于包尔基村的农民，未婚，目前在摩尔旅馆任茶房一职，以前从未遇到过官司。

然后庭长叫了叶菲米雅·伊凡诺娃·包奇科娃的名字。但西蒙站着挡住了包奇科娃，庭长再三叫他坐下，他也没动。直到民事执行吏跑过去，低声催促他坐下，他才坐。

庭长叹了口气，开始询问第二个被告，他甚至没抬眼，目光只在文件上查阅。如果庭长想加快审判进度，他可以一次把两个案件审理完。

包奇科娃四十三岁，出生于科洛美诺城的小商人家庭，她也在摩尔旅馆当茶房，以前从未遇到过官司，起诉书副本已经收到了。包奇科娃对每个问题的回答非常强势。

好色的庭长对第三个被告十分亲切。

被庭长叫到名字后，玛丝洛娃身姿矫健地站了起来，她挺起高耸的胸部，黑眼睛盯住庭长的脸，一副唯命是从的神情，没有吭声。

"你的名字叫什么？"

她迅速地说："柳波芙。"

聂赫留朵夫一个一个瞧着被告。他盯着玛丝洛娃，想："不会是她吧。"

"登记的不是这个名字，怎么会叫柳波芙呢？"庭长对被告说。

被告没有回答。

"你的真名是什么？"

那个法官满面怒容地问："以前用过的名字呢？"

"以前叫叶卡吉琳娜。"

聂赫留朵夫已经非常肯定，她就是那个他一度热恋过的姑娘。当年他诱奸了她，随后又对她不管不顾。自那以后，他将这件事从脑海里抹去，因为这件事暴露了他无耻的一面。这件事时刻提醒他，他不仅不是个正派的人，反而对女人非常下流。

没错，她一定是那个女人。玛丝洛娃脸上有一种独特的神秘，这时他认了出来。

"你的父名叫什么？你早就该这样如实回答了。"

"我是个私生子。"

聂赫留朵夫仍在琢磨她做的坏事，呼吸有点急促。

庭长则继续询问玛丝洛娃的信息。众人得知，她是一个在妓院里工作的小市民。

在一连串的询问后，玛丝洛娃脸上现出一种不同寻常的神情，是那么可怕和可怜，弄得庭长垂下了头。庭上变得鸦雀无声。这种寂静被笑声打破了。有人向他发出嘘声。

"你以前没有受过审判吗？"庭长继续问。

"没有。"

"起诉书副本收到了吗？"

"收到了。"

庭长说："你坐下。"

接着庭长传唤证人，将用不上的证人带走后又请法医出庭。然后书记官起立，宣读起诉书。

几个被告中，包奇科娃镇定自若，卡尔津金颊上的肌肉不断抖动。玛丝洛娃听书记官宣读，时而一动不动，时而满脸通红，似乎想反驳他的话。

聂赫留朵夫望着玛丝洛娃，内心展开了一场复杂而痛苦的活动。

chapter

·十·

起诉书全文如下：

"一八八×年一月十七日，摩尔旅馆发生了一起旅客突然死亡事件。经调查确认死者为库尔干二等商人费拉邦特·叶密里央内奇·斯梅里科夫。

"第四警察分局的法医鉴定结果显示，死者死因是饮酒过量和心力衰竭。斯梅里科夫的尸体立即被埋葬。

"案发数日后，斯梅里科夫的同乡好友商人季莫兴从彼得堡回来后得知了斯梅里科夫的死亡，怀疑有人谋财害命。

"关于这一怀疑，通过预审已经查明了以下事实：（一）斯梅里科夫在死前不久曾从银行提取了三千八百银卢布的现金，然而在封存死者遗物清单中只列出了三百一十二卢布十六戈比。（二）斯梅里科夫在临死前一天跟妓院的妓女柳波芙在摩尔旅馆相处了一天一夜。叶卡吉琳娜·玛丝洛娃曾受斯梅里科夫之托，从妓院直接去摩尔旅馆取款。玛丝洛娃与摩尔旅馆的茶房叶菲米雅·包奇科娃和西蒙·卡尔津金一同使用了斯梅里科夫交给他们的钥匙，打开了皮箱取出了现金。玛丝洛娃打开箱子时，包奇科娃和卡尔津金也在场目睹了箱子里摆放的几叠百卢布钞票。（三）斯梅里科夫和妓女玛丝洛娃一起从妓院返回摩尔旅馆后，玛丝洛娃受茶房卡尔津金的怂恿，将他给她的白色粉末掺入了一杯白兰地中，使斯梅里科夫喝下。（四）第二天早上，妓女玛丝洛娃将斯梅里科夫的一枚钻石戒指卖给了妓院的老板、本案的证人基达耶娃，声称这枚戒指是斯梅里科夫赠予她的。（五）斯梅里科夫去世后的第二天，摩尔旅馆的茶房女工叶菲米雅·包奇科娃前往当地商业银行，在她个人活期存款户中存入了一千八百银卢布。

"经法医解剖尸体、化验内脏，查明死者体内确有毒药，据此可以断定斯梅里科夫是中毒身亡的。

"被告玛丝洛娃、包奇科娃和卡尔津金在受审时均不承认犯有罪行。玛丝洛娃供述称，在她所谓的妓院工作期间，斯梅里科夫确实曾让她去摩尔旅馆为他取款，她就用交给她的钥匙打开了商人的皮箱，按照他的要求取出了四十银卢布，没有多取一分钱，这点包奇科娃和卡尔津金都可以证明，因为在打开箱子、取款、重新锁上箱子的过程中两人都在场目睹。玛丝洛娃还供述，第二次她进入商人斯梅里科夫的房间后，确实受到卡尔津金的教唆，让商人喝下掺有药粉的白兰地，她以为这药粉是安眠药，目的是让商人入睡，她能早点离开。至于所赠的戒指，玛丝洛娃明确是由商人斯梅里科夫赠予的，因为她当时受到他的殴打，痛哭流涕，并想离开，而商人则赠送了这枚戒指给她。

"叶菲米雅·包奇科娃供述，她对于所丢失的款项一无所知，她从未进入过商人的房间，一切都是玛丝洛娃一人所为；如果商人的财物丢失，那肯定是由于玛丝洛娃持有商人的钥匙进行取款时谋财所致。当法庭向叶菲米雅·包奇科娃出示一千八百银卢布存款单并查询该存款来源时，她供称这是她与西蒙·卡尔津金在过去十二年中积攒下来的，她计划与西蒙·卡尔津金结婚。而根据西蒙·卡尔津金第一次受审时的供述，玛丝洛娃带着钥匙从妓院来到旅馆，教唆他与包奇科娃共同窃取现金，然后三人一起分赃。最后，卡尔津金承认他曾将药粉交给玛丝洛娃，让商人入睡；但在第二次审讯时他推翻了之前的供述，声称自己并未参与谋财案，也未将药粉交给玛丝洛娃，将所有罪责归咎于玛丝洛娃。至于包奇科娃的银行存款，他与包奇科娃的供词相同，声称这是他们十二年来在旅馆工作期间获得的小费积攒的。"

接下来，起诉书列举了被告的对质记录、证人的供词、法院鉴定人的意见等等。

起诉书结尾如下：

"综上所述，小市民叶菲米雅·伊凡诺娃·包奇科娃，四十三岁，农民西蒙·彼得罗夫·卡尔津金，三十三岁，小市民叶卡吉琳娜·米哈依洛娃·玛丝洛娃，二十七岁，被控于一八八×年一月十七日经过预谋，窃取商人斯梅里科夫现金和戒指一枚，共值二千五百银卢布，谋财害命，以毒药掺酒，使斯梅里科夫饮下，导致其死亡。

"这一行为触犯了刑法第一四五三条第四款和第五款的规定。根据《刑事诉讼程序条例》第二〇一条的规定，农民西蒙·彼得罗夫·卡尔津金、小市民叶菲米雅·伊凡诺娃·包奇科娃和小市民叶卡吉琳娜·米哈依洛娃·玛丝洛娃应交由地方法院会同陪审员审理。"

书记官念完这篇冗长的起诉书后，大家都松了口气，审讯即将开始，一切都将水落石出。只有聂赫留朵夫感觉不同。他为玛丝洛娃犯下如此罪行而感到惊讶和失望。

chapter

·十一·

起诉书念完后，庭长同两位法官商量片刻，然后转身对卡尔津金说话，流露出这样一种神情：我们会弄清真相的。

庭长再三询问前两个被告，他们都不承认自己犯了罪。随后，庭长陈述玛丝洛娃的罪名，询问她是否认罪。

玛丝洛娃急急地为自己辩解，说自己什么都没做过。她不承认自己犯了盗窃罪，她没拿过多余的钱，戒指也是商人斯梅里科夫主动给她的。但她承认给他喝了毒酒，她以为那酒里掺的是安眠药。

庭长对她承认喂了毒酒感到很满意，要求她陈述事情的经过。

"我乘马车到旅馆，被领到他的房间，那时他已经喝得烂醉。"玛丝洛娃很快地说，她忽然露出惧怕的神情。"我想走，但他抓着我不放。"

她住口，仿佛思路突然断了，或者是又想起了什么事情。

"后来，我只在那里待了一阵，就回家了。"

这时，副检察官要提问，庭长允许了。

"被告是否从前就认识西蒙·卡尔津金呢？"副检察官紧皱着眉头询问。

庭长重复了一遍问题。玛丝洛娃十分恐惧，但她承认了。

"那被告同卡尔津金从前的交情如何？是否会经常见面呢？"副检察官又问。

玛丝洛娃四处看来看去，惶恐不安地说："他只是常常找我来接客。没什么

别的交情。"

"为什么卡尔津金总是只找玛丝洛娃接客？"副检察官带着不怀好意的微笑问。

"我不知道，他想找谁就找谁。"玛丝洛娃怯生生地四下瞧了瞧，目光在聂赫留朵夫身上停留了一刹那。

聂赫留朵夫胆战心惊，担心自己被认出来。其实玛丝洛娃并没有认出他是谁，她带着恐惧的神情凝视着副检察官。

"被告否认她同卡尔津金有过亲密关系，我的提问结束。"

副检察官动手做笔记。其实他只是用钢笔描一个字母。检察官和律师提了一个巧妙的问题以后，就会在足以给对方致命打击的地方做记号。他常常看到他们这样做。

庭长问戴眼镜的法官，是否同意提出事先准备好的那些问题。

庭长问玛丝洛娃："那后来呢？"

"后来我回到了家里，把钱交给掌班，就上床睡觉了。刚睡着，姐妹别尔塔就把我唤醒了，说做买卖的那个人来了，掌班强迫我去。他一直给姐妹们灌酒。他还要买酒，可是身上没钱了。掌班不肯赊账。他就派我去旅馆拿钱。我就去了。"

庭长此时正在跟左边的法官低声谈话，没有听见玛丝洛娃说什么，但他假装听见了，询问后来怎么样。

她指着包奇科娃说："我坐车去了。到了那里后，按照他的吩咐做了。我不是自己进房间的，还有西蒙·米哈伊洛维奇，还有她。"

"她胡说……"包奇科娃刚想说什么，就被制止了。

玛丝洛娃继续说："在他们眼皮子底下，我拿了四张红票子。"

副检察官又问："被告在取那四十卢布时，注意到里面有多少钱吗？"

玛丝洛娃不禁打了个冷战，她感受到了他对她不怀好意。

"我只看见都是百卢布钞票，没有数。"

"我没有别的话要问了。"

"你把钱取来了？"庭长看了看时间，问后来的事情。

"取来了。后来他把我带走了。"

"你是怎样让他喝下毒酒的？"

"我把药粉撒在酒里，让他喝了。"

"为什么要让他喝毒酒呢？"

"他一直不肯放我走，我筋疲力尽了。我对西蒙·米哈伊洛维奇说：'但愿他能放我走。''我们给他吃点安眠药，他睡着了，你就可以脱身了。'西蒙·米哈伊洛维奇说。他给了我一个小纸包。我没想过那是毒药。我走进房间，倒了两杯白兰地，我们俩一人一杯。我把药粉撒在他的杯子里，给他喝了。"

"那个戒指怎么会落到你手里？"

"他自己送给我的。"

"什么时候？"

玛丝洛娃说是刚回旅馆那会儿，他打伤了她，她生气想走，他为了挽留她就把戒指给她了。

此时副检察官站了起来，请求再提几个问题。

他问："被告在房间里待了多久？"

玛丝洛娃说自己不记得了，神色惊慌失措。

"被告从房间里出来后，有没有去过旅馆别的什么地方？"

"去过隔壁一个空房间。"

副检察官直接向她提问:"到那里去干什么?"

"我去整理衣服,等马车来接我。"

"卡尔津金有没有同被告一起?"

"他也去了。"

"他去干什么?"

"我们喝了剩下的白兰地。"

"被告有没有同西蒙说过话?"

玛丝洛娃忽然急了,面色通红。她说自己做过的事已经全讲出来了,反正她没有罪,随他们怎么办。

副检察官在自己的发言提纲上迅速记下:她和西蒙一起到过那个空房间。

庭长确认玛丝洛娃没别的话要说后,在纸上记下了一些内容,接着听了左边法官的话,宣布审讯暂停十分钟,匆匆地站起来,走出法庭。庭长同左边法官交谈的内容是:那个法官胃有点不舒服,他想喝点药水,自己按摩按摩。庭长因此宣布了暂停。

人们都站起来,四处走动,觉得案件已经审完了一部分。

聂赫留朵夫在陪审员议事室窗前坐下。

chapter

·十二·

聂赫留朵夫和喀秋莎的关系是这样的。

　　他第一次见到她是在大学三年级的夏天。那时他住在姑妈家，准备写一篇关于土地所有制的论文。姑妈家没有什么娱乐活动，非常安静，姑妈们对他十分疼爱。他喜欢姑妈们那种老式的生活方式。

　　那年夏天，在姑妈家里，聂赫留朵夫感觉身上充满了活力。作为一个年轻人，他第一次意识到人的心灵和整个世界都可以达到尽善尽美的地步。他充满着希望和信心。那年，他在学校里读到了斯宾塞关于土地私有制的著作，书里的论述给他带来了极大的冲击。他是个大地主的儿子，虽然他的父亲并不富有，但他母亲有一万俄亩的陪嫁。那一年，他第一次感受到了土地私有制的残酷，他觉得为了道德而自我牺牲是一种精神上的享受。于是，他将从父亲那里继承来的土地送给了农民，并且在写一篇相关论文。

　　他在姑妈家的生活非常悠闲自在，在那里住了一个月，他根本没有留意到喀秋莎。

　　当时，聂赫留朵夫非常纯洁。在他心中，只有妻子才是女人，其余的女性都只是人。但在那年夏天的升天节，有两位小姐、一位中学生和一位年轻的画家到他姑妈家做客。

　　大家玩"捉人"游戏时，叫上了喀秋莎一同参加。玩了一会儿后，轮到聂赫留朵夫和喀秋莎一起跑。尽管聂赫留朵夫看到喀秋莎时总是非常开心，但他从未想过与她有任何特殊关系。

　　轮到那位画家抓人的时候，喀秋莎咯咯地笑着，敏捷地与聂赫留朵夫交换位置。她用小手握了一下他的大手，然后向左边跑去。

　　聂赫留朵夫不愿意被抓住，于是飞快地往前跑。他回头看到画家在追喀秋莎，但喀秋莎飞奔着，不让画家靠近。前面是一个丁香花坛，喀秋莎回过头望向聂赫留朵夫，示意他到花坛的后面。聂赫留朵夫跑到了丁香花坛后面，但他没注意花丛前的小沟，一不留神掉进了沟里，双手被荨麻刺破。但他立刻爬起来，跑到一块干净的地方。

喀秋莎见状飞快地跑过来。他们握住了彼此的手。相互握手就意味着他们胜利了。

"你肯定刺破手了。"喀秋莎用空着的手整理着自己的头发，不停地喘气，笑眯眯地看着他说。

"我没想到那里有个小沟。"聂赫留朵夫也笑着说，没有放开她的手。

他们不由自主地靠近，他吻了她。

喀秋莎急忙推开他，跑开了，摘下两枝白丁香，拿它们打打自己炙热的脸，向正在玩游戏的人们走去。

从那时起，两人之间的关系发生了变化，那是两个纯洁无邪的人相互吸引的关系。聂赫留朵夫一看到她，就觉得世界上的一切都变得光彩夺目。她也是一样。

喀秋莎非常能干，把家里的事情都处理好后，有时间还偷偷地看书。聂赫留朵夫把自己的小说借给她阅读。她最喜欢屠格涅夫的中篇小说《僻静的角落》。他们时常在老女仆面前交谈，那是最轻松愉快的时刻。但当他们独处时，他们的谈话却有些别扭。这种时候，他们的眼神和嘴里说的话完全不同。他们心里十分忐忑，总是待不了多久就匆匆分开。

姑妈们发现了他们之间的关系，她们担心地写信告诉了聂赫留朵夫的母亲。玛丽雅姑妈对他们是否会产生亲昵关系担心万分，但这完全是一种多余的担心。因为聂赫留朵夫是无意识地爱上了喀秋莎，这种无意识的爱情非常纯洁，并没有使他们堕落。他对她没有肉体上的占有欲。但索菲雅姑妈担心德米特里一旦爱上这姑娘，就会不顾身份地位的差别，毫不犹豫地与她结婚。

如果聂赫留朵夫当时意识到了自己对喀秋莎的感情是爱情，如果当时有人对他们的结合激烈反对，那么根据他耿直的性格，只要两个人彼此相爱，他肯定会不顾劝阻地同喀秋莎结婚。不过，当时并没有人阻拦他，他也没意识到自己的感情，就这样离开了姑妈家。

　　当时他认为，他的感情只是全身弥漫着生命的喜悦的一种表现，而这个姑

娘也是如此。当他准备离开时，喀秋莎
目送着他，他感到自己正在失去一种
美丽的、宝贵的东西，一种难以言

表的忧伤笼罩着他。

"再见，喀秋莎，谢谢你！"他对她说。

"再见，德米特里·伊凡内奇！"她说着，跑到门廊里大声哭泣。

chapter

·十三·

自那以后，两人三年没有见面。直到三年后聂赫留朵夫升为一名军官，路过姑妈家，才和喀秋莎再次相遇。但与之前相比，他已经变了一个人。

那时，他是一个正直的年轻人，乐于为高尚事业献身。他喜欢大自然，喜欢哲学，喜欢探索世界的奥秘。他觉得女人是神秘而迷人的存在，他节俭，追求精神世界的愉悦；而如今，他变成了一个利己主义者，痴迷于享乐。他觉得与同事交际才是最重要的活动。他肆意挥霍，将女人视为玩乐工具，认为充满兽性的自己才是真我。

他不再坚守自己的信念，因为他发现这样的日子并不好过。别人会认为省吃俭用、洁身自好、纯洁无瑕的他是个异类，会觉得他不合时宜，脾气古怪，十分可笑。于是他开始相信别人的理论，为了满足自己动物性的"我"，也为了得到别人的赞扬。

聂赫留朵夫起初对此进行了艰难的抵抗，他与别人的观念完全不同。开始时他时常自我否定，但并没有经历多少痛苦，很快他就感到轻松自在了。

聂赫留朵夫天生热情好动，很快就沉迷于新的生活中。这种改变在他进入军队后彻底完成。

军队的生活很容易让人堕落。当一个人进入军队后，他就脱离了劳动，摆脱了责任，并换来了荣誉。他们一方面享有对他人的无限权力，另一方面又必须对上级言听计从。

军人以富裕而堕落的生活为荣，他们没什么正经事做，平日里练兵或者检阅结束后，他们就会去俱乐部或者豪华的饭店，去剧场，去参加舞会，喝酒打牌，挥金如土。尤其是在战争时期，军人们更是心安理得地过着这样的生活。他们自吹自擂道："我们是时刻准备为国捐躯的，所以这样花天酒地的生活对我们来说很有必要。"而聂赫留朵夫正好是在向土耳其宣战后进入军队的。

聂赫留朵夫也有着这样的想法。他打破了为自己设下的道德束缚，感到轻松，并且经常陷于利己主义的疯狂状态。

他在三年后去姑妈家的时候，正处在这样的精神状态中。

chapter

·十四·

聂赫留朵夫所在的部队已经奔赴前线，他此次前往姑妈家，是因为中途会经过她们的庄园，两位姑妈也热情地邀请他；但他主要是为了去见喀秋莎。他没有意识到自己对她产生的不良想法，只是想回忆过去的快乐时光。

他到达时正下着大雨。他浑身湿透，冻得发僵，但照样展现出活力十足的状态。马车抵达时，他一心想着她，不知道她是否还在姑妈家。庭院里积满了雪，周围有一道矮墙。他希望可以见到她，但他只看到两个光着脚的女人从侧门出来擦地板。正门入口只有听差吉洪一个人，他系着围裙正在打扫房子。索菲雅姑妈来到了前厅。

他们亲吻着，互相寒暄。索菲雅姑妈让喀秋莎给他拿咖啡，喀秋莎答应着。

听到熟悉的声音，聂赫留朵夫高兴得心跳加速。他满心欢喜地跟着吉洪去自己以前的房间换干衣服。

聂赫留朵夫想向吉洪打听一下喀秋莎的情况，但吉洪态度庄重严肃，聂赫留朵夫只能问问他的孙子们、老马和看家狗波尔康过得怎样。

聂赫留朵夫刚脱下湿衣服，就听到急促的脚步声，然后是敲门声。聂赫留朵夫从这熟悉的脚步声和敲门声中听出是她来了，只有她会这样。

他打开门一看，果然是喀秋莎。她还是和以前一样，但更加可爱了。那双纯洁的黑眼睛依旧笑眯眯地注视着人。

他们互相打招呼，脸都涨得通红。她是来送玫瑰香皂、浴巾和毛巾的。

"侄少爷自己什么都带了。"吉洪夸耀着客人的潇洒，指着聂赫留朵夫的大化妆箱，里面放满了各种化妆品。

"请代我向姑妈们道谢。来到这里真是太高兴了。"聂赫留朵夫觉得和上次来的时候一样。

她听了这话微笑了一下，然后就离开了。

两位姑妈向来关心聂赫留朵夫，此次他出征作战，可能会负伤或阵亡，使得她们对他格外宠爱。

为了喀秋莎，聂赫留朵夫决定多待两天。于是他给自己的朋友兼同事申包克打了个电报，邀请他也到自己姑妈家来。

他发现自己对她重新燃起了旧情。他从自己不寻常的行为中发现自己陷入了恋爱，但他并不像以前那样觉得恋爱是个谜。

聂赫留朵夫同所有人一样，身上同时存在着两个截然不同的自己。一个是精神的，追求的是于人于己统一的幸福；还有一个是兽性的，只追求个人的幸福。他在军队时，兽性的自我压倒性地占据了上风。而当他看到喀秋莎之后，精神的自我又重新恢复了活力。他的内心进行了一场激烈的斗争。

他心里明白自己该走了，他没有理由继续停留，留下也不会有什么好事。但是在这里的日子实在太快乐了，最后他的感性压过了理智，他选择留了下来。

复活节前一天，周六的傍晚，司祭带了助祭和诵经士乘雪橇赶来做晨祷。聂赫留朵夫和姑妈们做完晨祷，其间目光一直放在卡秋莎身上，卡秋莎站在门口，送来了手提香炉。他告别了司祭和姑妈们，准备回房睡觉，忽然听到卡秋莎和老女仆玛特廖娜说要到教堂去行复活节蛋糕和奶饼的净化礼。他暗下决心："我也去。"

去教堂的路，马车和雪橇都不便通行。聂赫留朵夫最终穿上了漂亮的军服，披上军大衣，跨上膘肥体壮的老公马，摸黑穿过水塘和雪地向教堂跑去。

chapter

·十五·

聂赫留朵夫从教堂回来后，喝了伏特加和葡萄酒提神，一回到房里就睡着了。一阵敲门声把他吵醒。他听出是喀秋莎来了，就坐了起来。

她把房门稍微推开。

"喀秋莎，是你吗？进来。"

"请您去吃饭。"

她满脸春风地看了一下他的眼睛。

"我这就来。"他一边梳头一边回答道。

她没有走，他一发觉就向她走去。但她敏捷地转过身，沿着过道的花地毯轻快地离开了。

"为什么不把她留住？我真傻。"

他步履匆匆地在过道里追赶上了她。他并没有确切的想法，只是觉得自己必须采取行动，做点什么。喀秋莎回头一看，这时他灵感突发，想象着一般男人的做法，轻轻地搂住了喀秋莎的腰。

她脸上一红，恳求他不要这样做，并用手推开他那搂在她腰间的手臂。

聂赫留朵夫短暂地放开了喀秋莎，他的内心并未被高尚的羞愧所占据，他反而觉得自己的羞耻心蠢笨至极，他认为自己应该作出像普通人一样的选择。

他再次追上她，勇敢地吻在她的脖子上。这一次的吻与之前截然不同，充满了令人胆寒的氛围。她惊声尖叫，匆匆离开他的身边。

稍后，他走进餐厅。众人都站在餐桌旁等候，和往日没什么不同，然而聂赫留朵夫的内心却像掀起了一场风暴。他的思绪仍在喀秋莎身上，他回味着刚刚那个瞬间的吻。虽然每次她进来，他都没有看她，却能深切地感受她在场，他强迫自己不去注视她。

午饭结束后，他立即回到自己的房间，来回踱步，渴望能听到她的脚步声。他兽性的一面如今已经压倒了他的精神，占据了他的内心。今天他并没有机会与她单独相处，但傍晚时，她却走进了他隔壁的房间。原来她是在为要留下过夜的医生整理床铺。聂赫留朵夫用小心翼翼的步伐，默默地尾随着她。

她铺床时可怜兮兮地回头看了他一眼，带着害怕的苦笑，表示不赞同。他愣住了，心中爱她的声音和兽性的声音争斗起来。最终，后者取胜。他走到喀秋莎跟前。

聂赫留朵夫搂住她，将她按到了床边，自己坐在她身旁。

"玛特廖娜会来的。"她哀求着说。

聂赫留朵夫说自己晚上去找她。她嘴上严厉地拒绝着，神态却表现出了兴奋与慌乱。

玛特廖娜这时走进房间，看了聂赫留朵夫一眼，责备喀秋莎把被子拿错了。

明知道玛特廖娜在责怪他，但聂赫留朵夫毫无羞愧之意。因为他已经被兽性控制了。

整个黄昏他都心神不宁地走来走去，只想着怎样同她私下见面。但玛特廖娜寸步不离地跟在喀秋莎身边，她也在躲着他。

chapter
·十六·

夜幕降临，大家已进入梦乡。聂赫留朵夫知道老女仆此时正在姑妈房间里，女仆房只剩下喀秋莎一人。

他悄悄来到女仆房窗前，心跳如鼓。窗内亮着一盏微弱的灯，喀秋莎独自坐在那里。聂赫留朵夫好奇地想看看她会做些什么。她安静地坐了两分钟，随后抬起眼，露出浅浅的微笑，摇了摇头，紧接着又突然将双臂支在桌上，眺望远方。

他站在那儿，注视着喀秋莎由于内心斗争激烈而显得苦恼的沉思的脸，怜悯与欲望在他内心交织。

他轻轻地敲了敲窗子。喀秋莎惊起，走向窗前，在看到他的瞬间面露惊惧。她神色严肃，直到他展颜微笑，她才勉强回以微笑，然而能看得出，她内心是

十分排斥的。他邀请她出来，她略显
犹豫，仍站在窗边。他想再次呼唤
她，可她却转身朝着房门，很明
显，有人在叫她。聂赫留朵夫
在房子转角徘徊了一会儿，
等他回到女仆房窗前时，

灯光依旧闪烁，喀秋莎坐在桌旁。他又敲了敲窗子，她不由自主地跑出屋外。

他默默地将她拥入怀中，她亲近他的

怀抱，嘴唇轻启，迎接他的吻。

突然，玛特廖娜的声音传来：

"喀秋莎！"

她推开他，匆匆回屋。

聂赫留朵夫敲了敲窗子，无人回应。他回到房间，夜已深，他无法入睡。他脱下靴子，光着脚走向她的房门，旁边便是玛特廖娜的房间。他费力避开地板那些不安分的声音，终于来到了她的房门前，她还清醒着。他轻声呼唤，她走到门边，告诫他离开。

她嘴上这样说，但她的身体却在表示归顺于他。

这一点只有聂赫留朵夫懂得。

他求她开门。

门开了，他把她抱起来，抱到自己房里。她喃喃地让他放手，身子却紧紧地偎着他。

…………

等她从他房里走出，他才来到台阶上思索刚才的事。他不明白自己是幸运还是倒霉，但又说人都是这样，接着便回去睡觉了。

chapter
·十七·

第二天，申包克到姑妈家来找他。申包克只逗留了一天就博得了两位姑妈的欢心。第二天晚上他们就一起走了。因为已经到了部队报到的最后期限。

在姑妈家的最后一天，聂赫留朵夫还清楚地记得前一夜。他身上的利己主义占据上风，他只想着自己，根本没有想到喀秋莎现在的心情和将来的后果。

申包克看到喀秋莎后表示，面对这样的姑娘，他也会舍不得走。

聂赫留朵夫还想，干脆地一刀两断也是好的，反正这种关系无法维持。他打算按照惯例给她一笔钱，数目在他看来是很丰厚的。

临走前，他把一百卢布放在信封里交给喀秋莎。她拒绝了，但是他坚持给。他将信封塞给喀秋莎，然后便跑回了房间。他在房间里感到很痛苦，他内心很清楚自己的卑鄙，他无法再认为自己高尚纯洁了。要想保持原来那种生活，继续快活地充满信心生活下去，他只能逼着自己不去想它。

他开始了新的生活，这件事也逐渐被他忘记了。

战争结束以后，他想看看喀秋莎，拐到姑妈家后，他才知道她已经离开姑妈家去分娩了。听说她已经完全堕落了。他不确定孩子是不是他的，但她的堕落让他能够开脱自己的罪责。刚开始他还想找她和孩子，但是这件事让他太痛苦，最终作罢了，他甚至忘记了自己的罪孽。

但现在，巧遇使他想起了一切，逼着他承认自己的卑鄙罪孽。但是他不会承认这点，他只是希望自己别被当众揭发，别在大家面前出丑。

chapter

·十八·

聂赫留朵夫坐在窗边，一支接一支地吸烟。

商人斯梅里科夫寻欢作乐的举止被那个快乐的商人称赞。首席陪审员在长篇大论后，认为此案的关键在于鉴定。彼得·盖拉西莫维奇和店员开玩笑，不知说了句什么，两人哈哈大笑起来。聂赫留朵夫总是非常简短地回答别人的提问，他唯一的希望就是别人不要来打扰他。

民事执行吏邀请陪审员回到法庭，聂赫留朵夫内心感到焦虑，仿佛是自己即将被审判。但出于习惯，他还是登上陪审员座位并坐下。

被告们被押送回法庭。

法庭里又出现了几个新证人。玛丝洛娃几次三番地盯着一个衣着华丽、珠光宝气的胖女人，她是玛丝洛娃所在妓院的掌班。

证人的名字和各项信息被询问了一番。接着庭长征求法官意见，决定是否要让证人宣誓。在证人和鉴定人宣誓完毕后，只剩下妓院掌班基塔耶娃作证。法官询问她是否知道相关情况。基塔耶娃有条不紊地讲述了事情的经过。

那天，西蒙来到她的妓院，打算找一个女孩去陪有钱的西伯利亚商人。她派柳波芙去陪他，最后柳波芙和商人一起回来了。

"那个商人来的时候已经有点糊涂了，还请姑娘们喝酒，但他身上的钱不够了，于是他让柳波芙去他的房间拿，他对她有点特殊的意思。"

玛丝洛娃听到这里似乎笑了一下，聂赫留朵夫对这微笑感到恶心。他心里产生一种说不出的嫌恶，同时也带着几分怜悯。

"你对玛丝洛娃有何看法？"替玛丝洛娃辩护的见习法官问。

基塔耶娃回答说："她受过教育，有教养，还懂法语。她喝完酒从不放肆，是个非常好的女孩。"

喀秋莎突然将目光移向陪审员那边，停在聂赫留朵夫身上。她的脸色变得严肃，甚至带有恼怒，用异样的眼神长时间地盯着聂赫留朵夫。

聂赫留朵夫蜷缩在座位上，内心充满恐惧，但她并没有认出他来。他平静地叹了口气，希望这一切能快点结束。

chapter

·十九·

可是，天不遂人愿，审讯延长得让人心生焦虑。

庭长请陪审员查看物证，陪审员正要去，副检察官却要求先宣读法医的验尸报告。

庭长很想早点结束，去见他的瑞士女伴。但他明白，副检察官有权提出这样的要求，于是只得勉强同意了。书记官拿出文件开始宣读：

"外部检查结果：

1. 斯梅里科夫身高一米九五。

2. 就外表推断，年龄约四十岁。

3. 尸体浮肿。

4. 全身皮肤呈淡绿色，有深色斑点。

5. 尸体表皮有大小不一的水泡，有几处脱皮，状如破旧布料。

6. 头发颜色深褐，很浓密，一经触摸就会掉落。

7. 眼球凸出眼眶，角膜浑浊。

8. 双耳、鼻孔和口腔有泡沫状脓液流出，嘴巴微张。

9. 由于面部和胸部肿胀，颈部几乎看不见。

…………"

报告详细描述了商人尸体的外部检查结果，总共有二十七条。听完验尸报告，聂赫留朵夫的厌恶感越发强烈。他感觉喀秋莎的一生、从眼眶里凸出的眼球、从鼻孔和口腔流出的泡沫状脓液、自己对她的行为，这一切都是同一类东西，从各个方面将他包围、吞噬。外部检查报告宣读完毕，书记官又立刻开始宣读内部检查报告。

"内部检查结果：

1. 头盖骨表皮能轻易从头盖骨分离，无瘀血迹象。

2. 头盖骨厚度适中，完整无损。

3. 脑膜坚硬，有两小块变色，长约四英寸，呈浑浊白色。

…………"

此外还有十三条。

随后是在场证人的姓名和签名，接着是医生的结论。结论表明，根据尸体解剖并记录下来的信息，死者的胃部和部分肠子、肾脏发生了异常改变，使人有权以高度可能性肯定，斯梅里科夫之死是因将毒药掺入酒中灌入胃内所致。根据胃和部分肠子的异样病变，很难确定使用的是何种毒药；但可以肯定毒药是和酒一同进入胃内的，因为胃里有大量酒液。

等报告宣读完，庭长对书记官说："我想内脏检查报告就不用再宣读了。"

副检察官严厉地拒绝了，他强硬的语气给人一种他有权要求宣读，并且绝对不会妥协的感觉。

那个大胡子法官因为患有胃炎，感到体力不支，对庭长说："拖延时间毫无意义。"

另一个戴眼镜的法官默不作声，他已不再抱有任何希望。

宣读文件开始了。

"一八八×年二月十五日，本人受医务局委托，根据第六三八号指令，在副医务检察官的监督下，进行了以下的内脏检查：

1. 右肺和心脏（放在六磅瓶子里）。

2. 胃内所有物（放在六磅瓶子里）。

3. 胃（放在六磅瓶子里）。

4. 肝脏、脾脏和肾脏（放在三磅瓶子里）。

5. 肠子（放在六磅罐子里）。"

庭长在宣读一开始，就俯身向两个法官低声说了些什么。在得到两个法官肯定的回答后，庭长打断书记官说："法庭认为宣读这个文件没有必要。"

"各位陪审员可以查看物证了。"庭长宣布。

几个陪审员手足无措地依次检查了戒指、玻璃瓶和过滤器。

chapter

·二十·

物证检查完毕，庭长宣布法庭调查结束，请副检察官开始陈述。

"诸位陪审员，你们审理的案件是一个典型的犯罪案。你们所见到的是一个充满了典型世纪末罪行的案件。这种罪行带有令人悲叹的腐败和堕落特征，在这个时代，社会中的某些分子受到这种堕落风气的严重影响……

"商人斯梅里科夫是一个强壮纯朴的俄罗斯人，他不幸遭遇了悲惨的死亡。

"西蒙·卡尔津金是农奴制度的受害者，他一生备受压迫，受教育程度有限。叶菲米雅是他的情妇，同样是受到遗传问题影响的牺牲品。但造成这一切的主要责任在于玛丝洛娃，她是颓废派中最恶劣的代表。

"这个女人接受过教育。如妓院的掌班所说，她不仅能读书写字，还懂法语。她是个孤儿，很有可能生来就带着犯罪基因。她出生于一个有教养的贵族

家庭，本可以通过诚实劳动过上正常的生活，然而她却抛弃了她的恩人，陷入放纵情欲的生活。她为了满足私欲而加入妓院，并且因为受过良好教育而在姑娘中非常得宠。诸位陪审员先生，她能用一种神秘能力操控嫖客，这种能力最近被科学家研究证实，被称为'暗示说'。她就是凭借这种能力控制了那位善良、轻信而富裕的俄罗斯壮士，利用他对她的信任先盗窃钱财，然后又无耻地夺走了他的生命。"

庭长表示这是胡说八道，那个严厉的法官则斥责副检察官是个笨蛋。

"诸位陪审员先生，你们的判决将影响整个社会。你们需要意识到罪行的危害性，注意那些病态人物对社会所构成的威胁。你们需要保护社会，避免社会成员因此而灭亡。"

副检察官慷慨激昂地发表完演讲，然后坐了下来。

他陈述的中心思想是玛丝洛娃利用催眠术骗取了商人的信任，她在旅馆里取款时原本想独吞那些钱财，但被西蒙和叶菲米雅撞见，只能同他们分赃。她之后又与那位商人一起返回旅馆，最终将他毒死。

一个中年人站了起来，他为卡尔津金和包奇科娃进行辩护。他是他们花三百卢布找来的律师。他将所有的罪责都推到了玛丝洛娃身上。

律师坚持说，她是一个毒死过人的罪犯，所以她的供词毫无价值。他提到卡尔津金和包奇科娃存的一千八百卢布，是他们两个从茶房中赚的钱，他们有时一天能赚上三到五卢布。商人的钱是被玛丝洛娃盗窃的，当时她的精神状态并不正常，所以她可能把钱转交给了什么人，或者干脆弄丢了。毒死商人的是玛丝洛娃一个人。

他要求判决卡尔津金和包奇科娃在盗窃钱财上无罪。如果陪审员认定他们在盗窃上有罪，那么他们至少没有参与毒杀和预谋。

接着，玛丝洛娃的律师进行了辩护，但他说话结结巴巴。他坚持认为玛丝洛娃并没有故意毒杀斯梅里科夫，只是想让他入睡。他解释了玛丝洛娃当年是如何受到一个男人的引诱，而那个男人至今逍遥法外，而她却不得不承担堕落生活的全部重担。这些陈述并没有引起大家的同情，反而使所有人都感到尴尬。庭长告诉他不要离题太远。

这个律师讲完后，副检察官再度站起来，为自己关于遗传学的论点辩护。他说遗传规律已经被科学充分证明，我们可以通过犯罪推断遗传。辩护人所说的玛丝洛娃曾受到一个凭空捏造的引诱者的影响，但事实说明，是她引诱了许多男人，使他们成为受害者。

接着，法庭让被告进行自我辩护。

叶菲米雅·包奇科娃坚称一切都是玛丝洛娃的行为，她自己并没有参与其中。西蒙则一再宣称自己无罪。而玛丝洛娃则沉默不语，任由眼泪流淌而下。

那位商人专心聆听着，聂赫留朵夫正勉强克制住自己的抽泣。

聂赫留朵夫把自己的情绪波动看作是神经脆弱的表现。他戴上了夹鼻眼镜，擤了擤鼻涕。他对自己失去面子的恐惧在初始阶段强烈地折磨着他。

chapter

·二十一·

审判进入总结发言的环节。

庭长向陪审员解释了好久，阐述抢劫和偷盗的区别。他解释的时候时不时看向聂赫留朵夫，希望他能领会这些重要概念并向同事解释。然后他开始解释另一个道理：毒杀是一种谋杀。又向他们阐明：如果盗窃和谋杀同时发生，那么盗窃和谋杀就构成犯罪要素。

庭长自己很想快点脱身，可他已经习惯总结发言了，一说就收不住嘴，因此他细细解释，陪审员们有权裁定被告是否有罪。又说明，他们必须合理使用自己的权利。他还想解释，他们应该怎样表示自己对提出的罪行是否同意。但他看了眼表，发现快三点钟了，于是立刻转入案情叙述。

在场的所有人都觉得，讲话很好，只是稍长了些。

庭长结束总结发言之后，又强调了一下陪审员所享权利的重要意义，告诫他们行使权力必须慎重，等等。

聂赫留朵夫一直看着玛丝洛娃，他吃惊于她外貌的改变，但透过外表，她的本来面目逐渐恢复，他脑海里又出现了那个人的主要风貌。

她确实就是喀秋莎。

他悔恨无比，但他觉得这是偶然事件，很快就会过去。他希望快点收场，不要影响到自己的生活。他不愿意相信眼前的事情是他造成的，但他已经看到了幕布下的真相。

chapter

· 二 十 二 ·

庭长把问题表交给首席陪审员。陪审员们走进议事室。刚关上门，就有一个宪兵在门外站住。法官们向外走去，被告们也被带走。

陪审员们一走进议事室就掏出烟来吸，以缓解刚才的尴尬。随着这种感觉过去，他们交谈起来。他们对于玛丝洛娃无辜与否展开了激烈地讨论。

首席陪审员提醒大家按照次序谈论问题。需讨论的问题如下：

1.西蒙·彼得罗夫·卡尔津金，三十三岁，克拉比文县包尔基村的农民。他被指控在一八八×年一月十七日发生在某城市的一起谋杀案中有罪，他是否涉嫌谋财害命，通过投毒导致商人斯梅里科夫死亡，盗窃现金和钻石戒指？

2.叶菲米雅·包奇科娃，四十三岁，小市民。她是否涉及第一个问题里所列的指控？

3.叶卡吉琳娜·米哈依洛夫娜·玛丝洛娃，二十七岁，小市民。她是否涉及第一个问题里所列的指控？

4.如果叶菲米雅·包奇科娃未涉嫌第一问题里的指控，是否涉及另一起案件，在一八八×年一月十七日用随身携带的钥匙打开了商人斯梅里科夫房间里的皮箱，从中盗窃现金？

首席陪审员将第一个问题复述了一遍，陪审员一致认定卡尔津金有罪，唯有一名劳动组合成员持异议，坚称卡尔津金无罪。

首席陪审员向他解释，无论怎么看，卡尔津金和包奇科娃有罪的迹象都很明显。劳动组合成员认同他的观点，但他觉得最好还是宽大为怀，所以他提议采取宽大处理。

关于包奇科娃的第二个问题，大多数人认为缺乏确凿证据，认为她无罪。商人想替玛丝洛娃开脱，于是坚持她是主谋，少数陪审员和他观点一致，但首席陪审员认为证据不足。

关于第四个问题，陪审员一致同意包奇科娃有罪，但建议从宽处罚。

而第三个问题引发了争论。首席陪审员和一些人认为玛丝洛娃有罪，但商人、上校、店员和劳动组合成员持不同意见。但随着讨论的继续，很多陪审员累了，他们只想附和一些能尽快得到统一的答案，于是首席陪审员的意见逐渐获得大部分人认同。

聂赫留朵夫坚信她无罪，但多数人趋向她有罪，他准备辩驳，但又担心会揭示出自己与她的特殊关系。彼得·盖拉西莫维奇突然发言，提出茶房串谋的可能。多数人都认同了他的观点，而且商人认为，她根本没有理由把人毒死。

陪审员们在一番争论下，裁定玛丝洛娃没有蓄意抢劫，也没有偷盗财物，所以应该从宽发落。但大家讨论得头昏脑涨，所有人都忘了在答案里加上这样一句：她有罪，但她不是蓄意杀人的。

陪审员摇动铃铛，宪兵走到一旁。法官们回到座位上，陪审员们离开法庭。庭长收到审判结果文件后感到惊讶，因为陪审员只提到了"并非蓄意抢劫"，而未提到"并非蓄意杀人"。

庭长对左边的法官说："多荒唐。这样她将被判苦役，但实际上她并未犯罪。"

那位严厉的法官疑惑地问："她为什么没有犯罪呢？"

庭长回答道："她就是没有犯罪。根据第八百一十八条，法庭发现裁决有误，可以取消陪审员的决定。我看现在就可以引用这一条。"

和善的法官看了看文件，出于善意，他同意了。

庭长转向怒容满面的第三位法官，问道："您的意见呢？"

他坚定地回答："报纸上总说审判员会替罪犯开脱。如果现在法官也对犯罪开脱，人们会如何看待我们？"

庭长看了看表，遗憾地将判决结果交给首席陪审员宣读。

全体起立，首席陪审员将问题和答案宣读了一遍。法庭上的官员都露出惊讶的表情。

三名被告不理解判决的含义。庭长询问副检察官，在他看来，对这些被告应该如何处罚。

副检察官由于意外的成功而感到高兴，他将一切都功归于自己出色的口才。他说："根据第一千四百五十二条和第一千四百五十三条，对西蒙·卡尔津金的处罚应当最重，对叶菲米雅·包奇科娃的处罚应当根据第一千六百五十九条，对叶卡吉琳娜·玛丝洛娃的处罚应当根据第一千四百五十四条。"

这几条均是法律所能判处的最重刑罚。

庭长宣布休庭，法官商议判决。全体站立，所有人都带着轻松的心情离开法庭，或在法庭内活动。

彼得·盖拉西莫维奇走到聂赫留朵夫面前，跟首席陪审员和聂赫留朵夫解释道："我们做错了啊！我们判她服苦役了！"聂赫留朵夫听到后激动地叫起来，完全没计较这位教师的态度。

彼得·盖拉西莫维奇表示，既然她未偷钱，她当然也没有蓄意杀人，但我们没有在答案里表明这一点。

首席陪审员辩驳道："当时没有人反对啊。"

彼得·盖拉西莫维奇回答："我当时有事出去了，你没注意吗？"

聂赫留朵夫说自己没有想到，希望这事还能补救，但已经全结束了，补救不了了。

聂赫留朵夫看了看那几个被告，他们呆呆地坐在栏杆和士兵中间，而玛丝洛娃在微笑。

chapter
·二十三·

彼得·盖拉西莫维奇的推测是准确的。

庭长带着文件从会议室回来，开始宣读判决。根据刑事诉讼法，卡尔津金和玛丝洛娃褫夺全部公民权利，流放服苦役：卡尔津金服役八年，玛丝洛娃服役四年。包奇科娃褫夺全部公民权利和特权，没收财产，判处徒刑三年。

卡尔津金依然挺直了身子站着，包奇科娃看起来平静无事，而玛丝洛娃的脸涨得通红。

"我没犯罪！"玛丝洛娃突然高声叫喊道，"我被冤枉了！我从未心怀恶意。我说的都是事实！"

她失声痛哭。

其他人都走出了法庭，玛丝洛娃继续在那里哭泣，宪兵只好将她拉走。

聂赫留朵夫觉得事情不能就这么结束，他想再去看一眼她。门口挤满了人。他走到走廊，但玛丝洛娃已经离开了。他追上她，她抽泣着，擦着脸，走远了。等她走远后，聂赫留朵夫转身就想去找庭长，但庭长已经离开了。

聂赫留朵夫赶到门房追上了庭长。他走到庭长面前，表示想讨论一下刚才的案件。

庭长友好地同他握手，回忆起他们见面的那个晚上，聂赫留朵夫舞跳得比所有年轻人都出色。庭长问："有什么我可以帮您的吗？"

聂赫留朵夫表明了对玛丝洛娃案件的异议。

"法庭判决是基于你们陪审员的回答，虽然法庭也觉得你们的回答不符合案件本身的情况。"

庭长这时才想起，他本来想向陪审员解释应该怎样表示自己对提出的罪行是否同意，但因为匆忙，忘记了这一点。

"难道我们就不能更正错误吗？"聂赫留朵夫问。

"上诉这事需要与律师商议。"庭长继续走向门口。

"对玛丝洛娃来说，眼前只有两条路。"庭长试图讨好聂赫留朵夫，轻轻挽住他的手臂，往门口走去，"您也要离开吧？"

聂赫留朵夫跟着他一起走了出去。

大街上声音嘈杂，他们提高了声音交谈。

"对玛丝洛娃来说，她面前原本摆着两条路：一条是可以无罪释放，另一条是服苦役。如果你们再加上一句'并非蓄意谋杀'，她就可以无罪释放。"

庭长看了看表，离和女教师克拉拉约定的时间只剩下十五分钟了。

"您要是想的话，现在还可以找律师。找到上诉的理由。"

庭长说完后，亲切地鞠了一躬，坐上马车，并给聂赫留朵夫留下了自己的地址。

chapter

·二十四·

聂赫留朵夫跟庭长谈完话，又在大街上呼吸了新鲜空气，心里稍感平静。他想刚才难受是因为在不习惯的环境里过了一上午。

他决定立刻解决玛丝洛娃的苦难，想打听一下两位名律师住在哪。

聂赫留朵夫转身回到法院，在走廊里遇

到了名律师法纳林。他向其咨询玛丝洛娃的案件，他说他们今天做陪审员的时候把一个无罪的女人判了苦役，这让他很难过。他说完还要求律师对他咨询这件事保密。

他讲完案件的始末后，希望法纳林能帮助他把这个本该无罪的案件转到枢密院，撤销原判，不管花多少钱他都愿意。

律师答应他研究一下这个案件，让他周四晚上去他家，届时他会给出答复。

聂赫留朵夫与律师聊完后，内心平静许多。但他对喀秋莎做的那些行为的回忆又涌上头，心情又跌到了谷底。

他决定散散心，赶去柯察金家吃午餐。

chapter

·二十五·

聂赫留朵夫到了柯察金家时，大家都已入席。他走进餐厅，除了柯察金太太不在，大家都在；她是向来不出房门的。

柯察金老头坐首位，医生坐左边，他那个曾经当过省首席贵族，如今是银行董事的好友柯洛索夫坐右边；依次下去是他的家人和孩子的家庭教师，饭桌下首是米西本人，她旁边放着一套没有动用过的餐具。

聂赫留朵夫在米西身旁落座，他与柯察金老头吃过好几次饭，但今天却极其厌恶这张脸。他那油腻的嘴唇、贪婪的吃相、大腹便便的身材，总能让人想到这人在任地方长官时，肆意鞭笞别人，甚至将他们虐待致死。

聂赫留朵夫绕饭桌一圈与大家握手问好，为自己的迟到表示歉意。他坐下后大口吃着干酪面包。

柯洛索夫挖苦地谈论着审判制度，老公爵也在一旁附和着。但聂赫朵夫只顾着吃饭，并没有应和。

"您让他先吃吧。"米西笑着，用亲密的语气说。

柯洛索夫情绪激动地说着使他生气的反对陪审制的文章。公爵的表侄在一旁附和。米西像平时一样打扮得十分雅致讲究。

聂赫留朵夫到这里来是为了散心，但今天他觉得柯察金家的一切都令人心生厌恶。

柯洛索夫与米西争论网球，米西的表哥米哈伊尔和老姑娘卡吉琳娜也加入了讨论。只有家庭女教师、补习教师和孩子们没说话。

米西讨论到一半，转过头来问聂赫朵夫对草地网球的看法。

"事实上我不清楚。"聂赫留朵夫说。

"您去看看妈妈行吗？"米西看到他心事重重，忍不住说。

"嗯。"他不情愿地回答。

她困惑地瞧着他。他不想扫兴，就竭力表现得亲切些。

沙斐雅公爵夫人长期卧病在床，她的房间在大小客厅后面。米西走进大客厅后突然站住了。

米西很想嫁人，她觉得聂赫留朵夫是个不错的配偶，同时她也很喜欢她。她一直认为：他是她的。所以对于他的心事，她想要用尽手段全都了解。

米西说："您今天是怎么了？"

聂赫留朵夫脸涨得通红。他想说出今天的事情，但怎么也说不出来。他觉得自己这种态度是承认遇到了一件非同小可的事。

米西摇摇头，迈开步子向前走。

聂赫留朵夫觉得她在忍着眼泪。他一边难过一边又觉得不好意思，但他害怕自己的心软会将两个人紧紧地捆绑在一起，所以一言不发地跟着她来到了公爵夫人屋里。

chapter

·二十六·

沙斐雅公爵夫人经常独自吃饭，她的打扮尽量让自己显得很年轻；而她与医生的那些风流韵事今天让聂赫留朵夫觉得恶心。

柯洛索夫坐在沙斐雅公爵夫人身边。米西陪聂赫留朵夫走到屋里后，自己就离开了。

"等妈妈累了，你们再来找我。"她对柯洛索夫和聂赫留朵夫说完后便走了出去。

沙斐雅公爵夫人脸上堆着假笑，表示自己明白刚从法院出来的聂赫留朵夫的痛苦。她巧妙地讨好他，询问他的画作，又奉承着表示如果身体允许，她早就去府上欣赏了。

聂赫留朵夫觉得她的假意奉承和她的老态同样让人一目了然。他心情不佳，无法装出亲切的样子，只在心里想："她满口谎言，怎么不害臊呢？"

见聂赫留朵夫无法知情识趣地聊天，沙斐雅公爵夫人又转身和柯洛索夫聊起了戏剧。

聂赫留朵夫听着二人的谈话，发现了几个事实：第一，他们对戏剧毫无兴趣，只是为了满足饭后活动的需求而交谈；第二，柯洛索夫稍微有点醉意，但并不烂醉，而是微醺。他情绪异常兴奋；第三，沙斐雅公爵夫人总是望着窗外，因为阳光恰好映照出了她的老态。

她按了床边的电铃。医生走了出来，沙斐雅公爵夫人目送他离去。而英俊的侍仆菲利浦听到铃声走了进来。

"菲利浦，请把窗帘放下来。"公爵夫人说。

她一边与柯洛索夫谈话，一边怒容满面地瞪着侍仆。

"菲利浦，把大窗子上的窗帘拉下来。"沙斐雅公爵夫人痛苦地说，费劲地挥动戴满戒指的手，把烟放到嘴边，使自己平静下来。

菲利浦照着沙斐雅公爵夫人的话去做。

柯洛索夫靠在矮沙发上，看着沙斐雅公爵夫人，嘴里又提起达尔文学说。

沙斐雅公爵夫人打量着聂赫留朵夫，然后让他去找米西。

聂赫留朵夫站了起来，握了握沙斐雅公爵夫人的手，然后转身离开了。

卡吉琳娜在客厅里，一看到他立刻开始跟他交谈。

"陪审员工作一定累坏您了。"她用法语说。

聂赫留朵夫说自己情绪不好，但也不想让别人难受。他也不愿说出原因，表示想要回家了。

卡吉琳娜和米西提到，聂赫留朵夫曾经说过，做人什么时候都要说实话，所以希望他能把不高兴的原因说出来。

聂赫留朵夫一本正经地表示自己当时只是在开玩笑，现实里是说不出来的。

米西想带聂赫留朵夫去散散心，但是聂赫留朵夫匆匆离开了。

卡吉琳娜想弄明白到底发生了什么。

"恐怕是件不体面的桃色案件吧。"米西原想这样说，她阴郁的神色同刚才完全不同。但是对着卡吉琳娜，她只说："我们每个人都有开心的时候，也有不开心的时候。"

chapter

·二十七·

聂赫留朵夫步行回家，一路上反复想着发生的一切，心情沉重，他认为所有的事情都是既可憎又可耻。

他告诉侍仆柯尔尼自己不吃晚饭。他倒茶时听见了阿格拉斐娜的脚步声，他不想同她见面，于是慌忙走进了客厅。这个做客厅的房间就是他母亲去世的地方。走进房间，他看到两盏灯，一盏照着父亲的画像，另一盏照着母亲的画像。

他想唤起自己对母亲美好的回忆，就看她的画像。他想起，在她临终的前一天，她抓住他的手说："米哈伊尔，你不要责怪我。"说话时她的眼睛里涌出了泪水。看着母亲的画像，他想起另一个年轻女人，几天前他也看到她这样，那是米西。那天晚上她让他看看她穿上舞会服装的模样，他不禁有点反感。

他暗自想：一定要摆脱这种虚伪关系，抛弃一切不合理的东西，要自由自在地生活，无论如何也要离开这里。但要先辞去陪审员的职务，解决这个案件。

他的脑海里浮起那个女犯的影子。她哭得多么伤心啊！他在房间里踱步，同她一起度过的景象一幕一幕地呈现在眼前。他忽然意识到自己在姑妈家里时就对她产生了爱情。他想起当年的自己，十分伤心。

他想到自己现在面对的问题：怎样解决跟玛丽雅和她丈夫的关系？怎么了结同米西的关系？怎样解决土地私有制和自己继承的土地之间的矛盾？该如何在喀秋莎面前赎罪？这次，他不打算只是用钱解决。

他想起当年的情景：他追上她，把钱塞给她就跑了。他回想起当时心里的恐惧与嫌恶。"多卑鄙!"他骂出声来。"我就是无赖流氓!"他大声说。他质问自己,难道我只有这一件事无赖吗?他揭发自己和玛丽雅的事情,自己对财产的态度,最关键的是对喀秋莎的态度。

他恍然大悟,他今天对公爵他们的憎恶,其实都是对自己的憎恶。

聂赫留朵夫已经进行过多次"灵魂净化"。那年夏天他到姑妈家去,是第一次。后来在战争时期,他也有过一次,但不久灵魂就满是污垢了。从那时起,他再没有净化过灵魂,因此精神上是史无前例的肮脏。他良心上的要求同他的生活十分矛盾。这个矛盾让他心惊胆战。

他起初对净化心灵失去了信心。然而,那个自由的精神的灵魂已经觉醒,真实、强大且永恒。

他决定不惜一切代价打破精神的枷锁:"我要告诉米西,我生活放荡,不配和她结婚。我要对玛丽雅说实话,对她丈夫承认我欺骗了他。我要合理地处理母亲的遗产。我要对喀秋莎说,我对她犯了罪,我要尽量减轻她的痛苦。我要去见她,请求她的宽恕,像个孩子一样。"他暗下决心,"必要时,我可以和她结婚。"

立刻,他得到了满足,他心中的上帝苏醒了。他感受到自由、勇气和生命力,感受到善良的全部力量。他相信自己能做出一切最好的事情。

chapter

·二十八·

傍晚六点玛丝洛娃回到牢房。她双腿酸痛,饥饿难忍。

在休庭期间,法警们在她旁边吃东西。她很饿但不好讨要吃的,免得丢脸。

三个小时过去了，她感到疲惫不堪。听到判决后她以为自己听错了，无法相信。她看着法官和陪审员一本正经、若无其事的样子，感到十分气愤。但她无能为力，也无法改变结局，只好咽下这份巨大的冤屈。包奇科娃一回到牢房就嘲笑她是苦役犯。

玛丝洛娃坐在那里，凝视着前方的地板，说："我没有招惹你，你也别来冒犯我。"她不再说话。直到法警给她送来三个卢布，她才稍微灵活些。

"你是玛丝洛娃吗？这是一个太太送给你的。"法警把钱递给她。

这钱是妓院掌班基达耶娃送来的。她的钱包里装着息票，这些都是她从妓院挣来的证券上剪下的。她在法庭时取出一张两卢布五十戈比的息票，还有一枚十戈比的硬币和两枚二十戈比的硬币，交给民事执行官。民事执行官当着她的面把这些钱交给了法警。

法警因为别人如此不信任他而生气。

玛丝洛娃感到高兴，因为有了这些钱之后，她终于能得到她想要的唯一东西，香烟。

直到四点多钟，她才从法庭被押回监狱。押送她的人从法庭带她出来，她给了他们二十戈比，要求他们给她买两个白面包和一包香烟，他们还找了零给她。

路上禁止吸烟，所以玛丝洛娃只能忍耐到牢房。监狱门口，一百名男性犯人也被带到这里。她遇到了他们。

那些犯人什么样子的都有，弄得整个房间尘土飞扬。他们色眯眯地打量着她，其中几个走过来，脸上露出淫荡的表情。

一个皮肤黝黑的囚犯搂住了她。

"你连老朋友都认不出了吗？"他大声说。

玛丝洛娃推开他。

副典狱长走了过来，责骂玛丝洛娃："你在这里干什么？"

玛丝洛娃太疲惫了，懒得开口。

"她刚从法院出来，长官。"押送兵说。

"把她交给看守长。"

看守长走过来，领着她进入女子监狱的走廊。在那里，她被搜身，没有搜到什么（她把香烟藏在面包里），然后她被送回了牢房。

chapter

·二十九·

牢房大约九俄尺长、七俄尺宽，有两扇窗户，墙边有一座火炉，还有几张板床，占据了该空间的三分之二。在房门对面挂着一幅像，旁边插着一根蜡烛，下面还挂着一束蜡菊。房门左边有一块地板，上面放着一个木桶。刚刚签完名的女犯们就在牢房里过夜。

这里关押着十二个女人和三个孩子。

天色还很亮，只有一个傻婆娘和一个患有痨病的女人躺在床铺上。那个傻婆娘因没有身份证被捕，而那个患病的女人则因盗窃罪被抓。患病的女人并未入睡，她勉强忍着咳嗽。

剩下的女人都披着头发，只穿着一件粗布衬衫。其中三个女人在做针线活，其中一个是今天早晨玛丝洛娃受审时送别她的老太婆，名叫柯拉勃列娃。她看上去愁眉苦脸，下巴上的肌肉松弛。她身材高大，头上盘着一束短小的辫子，两鬓花白，脸颊上有一个疣子，上面长着汗毛。她因用斧头杀死丈夫而被判服苦役，因为他纠缠她的女儿。她在犯人中间贩卖私酒，是牢房里公认的犯人头。旁边坐着一个个子不高的女人，她看上去很和善，喜欢唠叨，她是铁路上的道口工，因火车经过时没有举旗子引起了一场车祸而被判三个月徒刑。第三个做针线活的女人叫费多霞，同伴们叫她费尼奇卡，她是个年轻女人，有浅蓝色的眼睛和两根淡褐色的长辫子。她被关押是因为蓄意毒杀丈夫，在等候审判的八个月里，她和丈夫重归于好，并且爱上了他。在法院开庭时，两人十分恩爱，尽管公婆和丈夫都力图替她辩护，但她还是被判服苦役。费多霞就睡在玛丝洛娃的旁边。她非常喜欢玛丝洛娃。在板铺上，还有两个女人坐在那儿，懒散且无所事事。其中一个已经四十岁了，她年轻时一定长得很漂亮，只是如今显得又黄又瘦。她手里抱着一个娃娃，在给他喂奶。因为她所在的村子有人被押走成为新兵，老百姓认为这样不合法，夺回了这名新兵。而她，恰好是那个小伙子的姑妈，带头抓住了新兵所骑的马的缰绳。板铺上还坐着一个个子矮小的老太婆，一个四岁的男孩从她身边跑过，老太婆假装要抓他。那孩子在她面前快乐地奔跑着，嘴里大声喊着："你抓不住我！"这个老太婆和她的儿子被指控犯了纵火的罪行。她只为儿子也被关进监狱感到心疼，但她最担心的是没人照顾她的老头子，因为儿媳妇跑了。

此外，窗子前还站着四个女人，紧握着铁栅栏，与男性囚犯交流，用手势互相搭话。其中有一位因盗窃罪被判刑的女人，她身材高大而笨重，头发火红色，脸上和手上布满了雀斑，脖子从敞开的衣领露出。她对着窗口嚷嚷着粗话。旁边站着一位长相不太美的女犯，她两腿异常短小。她脸上有很多疮痘，眼睛之间的距离很宽，嘴唇无法遮住暴露出来的白牙齿。她发出尖锐的笑声。这位女犯热衷于打扮，被称为"俏娘们"。她因盗窃和纵火被控犯罪而接受审判。她的身后站着一位孕妇，她穿着一件灰色的衬衫，肚子鼓鼓的，容颜憔悴，她被指控窝藏赃物。这个女人一直面带微笑，沉默不语。第四个女人因非法出售私酒被判刑，她是个乡下女人，相貌非常和善。这个女人就是小男孩的母亲，她还有一个七岁的女儿，跟她一同被关在监狱。她手里拿着线，正在织袜子。听到院子里走过的男犯人的话，她皱起眉头，闭上眼睛。她七岁的女儿只穿着一件衬衫，站在她身旁，拉住她的裙子，专心地听着男女囚犯之间的争吵。第

十二个女犯，她淹死了自己的私生子。这位姑娘身材修长，浅褐色头发扎成一根不长的粗辫子。她的眼神呆滞无神，对一切漠不关心，光着脚板在牢房的空地上来回踱步。

chapter

·三十·

铁锁哐啷一下，玛丝洛娃又被关进了牢房。

牢里的人转过身去。就连那个对一切漠不关心的女人也停下了脚步，瞧着进来的人，但很快她又走了起来。柯拉勃列娃凝视着玛丝洛娃说："看样子你要坐牢。"

道口工说："我还以为你会被当场释放，看来我们都没猜对。"

费多霞的脸皱在一起，仿佛要哭出来，满腔同情。玛丝洛娃默默地坐下。柯拉勃列娃紧挨着她的床铺。

费多霞走到玛丝洛娃面前说："你还没有吃过饭吧？"

玛丝洛娃把两个白面包放在床头，脱下囚袍，摘下头巾，坐下来。

逗小男孩玩的老太婆，站在玛丝洛娃面前，满心怜悯地摇摇头。跟着老太婆走过来的那个男孩，盯着玛丝洛娃带回来的白面包。

玛丝洛娃竭力忍住想哭的念头，直到老太婆和男孩向她走过来，她再也忍耐不下去，失声痛哭起来。

柯拉勃列娃说："我早说过了，得找一位有本事的律师。现在是要把你流放吗？"

玛丝洛娃没有说话。她从面包里挖出香烟，把烟交给柯拉勃列娃。柯拉勃列娃看着烟盒摇了摇头，怪玛丝洛娃乱花钱。她取出一支烟，凑着油灯点着，自己先吸了一口，然后把它交给玛丝洛娃。玛丝洛娃拼命吸烟，然后把烟雾吐出来。

她呜咽着说："服苦役。"

"这群该死的东西，无缘无故就给小姑娘判刑。"柯拉勃列娃说。

那些留在窗口的女人一阵哄笑，窗口的这几位看客都被男犯做的怪动作逗得笑起来。那个红头发的女人胡乱嚷着下流话，笑得浑身的肉都在抖动。

柯拉勃列娃摇摇头，接着又问玛丝洛娃："判了几年？"

"四年。"

玛丝洛娃把那根被眼泪浸湿的烟扔掉，又拿了一支。

道口工连忙将烟捡了起来，说："他们总是能为所欲为。柯拉勃列娃大婶说他们会把你放了。我说不会，他们不会放过她的。果然没说错。"

私酒贩子离开窗口，来到玛丝洛娃跟前。她挨着玛丝洛娃坐下，编着袜子问："怎么判得这样重啊？"

"因为没有钱。要是有钱，请一个有本事的律师，就没事了。"柯拉勃列娃说，"要是能把那个大鼻子律师请来，他就会把你捞起来。"

"怎么请得起，请他起码得要一千卢布。"俏娘们冷笑一声说。

犯纵火罪的老太婆插嘴道："你生来就是这命。我的命也苦，人家把我的儿媳妇抢走，还把我儿子关到牢里，如今连我都被关进来了。"

贩私酒的女人放下手里的袜子，仔细察看女孩的头，手指灵活地在她头上找虱子："他们问我：'你为什么贩卖私酒？'请问，我不卖该拿什么来养活孩子呢？"

这番话使玛丝洛娃想喝酒。

她对柯拉勃列娃说："弄点酒来喝喝。"

"行，拿钱来。"

chapter

·三十一·

　　玛丝洛娃把一张息票交给柯拉勃列娃。她接过息票，爬到通气洞口，取出一瓶酒。玛丝洛娃开始吃面包。女人们回到自己的铺位上去。

　　费多霞从墙架上取下一把白铁茶壶和一个杯子，说："我给你留着茶呢。"

　　那茶已经完全凉了，但玛丝洛娃还是倒了一杯，就着吃面包。她掰下一块面包，递给小男孩："费纳什卡，给你。"

　　玛丝洛娃请俏娘们和柯拉勃列娃一起喝酒。因为这三名女犯有钱，所以她们是牢房里的贵族。

　　过了几分钟，玛丝洛娃兴奋了，兴致勃勃地讲起法庭上的情景，还模仿起检察官的动作。她说，男人都盯着她，甚至还特意闯到犯人室里来看她。

　　"就连那个押解我的士兵都说：'他们是来看你的。'一会儿又来了一个人，说是拿文件。可是在我看来，他要的不是文件，而是要用眼睛把我吞下去，真是装模作样。"

　　道口工附和道："好比苍蝇见了糖，他们见了女人就没命了。"

　　玛丝洛娃说："我在这儿也遇到了。刚把我带回来，正好有一批家伙押到，他们死乞白赖地围着我，我不知道怎样才能脱身。我好不容易才摆脱了其中一个死缠不放的。副典狱长把他们赶走了。"

　　"那家伙什么样？"俏娘们问了那个人的模样，说那是谢格洛夫。

　　"谢格洛夫两次从服苦役的地方逃走，他还会逃走的。"俏娘们说。监狱里发生的事她都知道。

"哼，他会逃走，可不会把咱们带走！"柯拉勃列娃要玛丝洛娃说关于上诉的事情。但玛丝洛娃什么也不知道。

红头发女人走到那三个"贵族"前说："喀秋莎，第一件事，你得写个呈子，说你对那个判决不满意，然后向检察官提出。"

柯拉勃列娃说："关你什么事？你不说，人家也知道该怎么办。"

"人家没跟你说话！"

"想来喝酒？"

玛丝洛娃一向很慷慨，说："给她喝一点吧。"

"让我来给她尝尝……"

"哼，我才不怕你！"

红头发女人和柯拉勃列娃吵起架来。红头发女人逼拢而来，柯拉勃列娃猛推了她一下。红头发女人用一只手揪住柯拉勃列娃的头发，想打她耳光。同时玛丝洛娃和女人们拉住红头发女人的双手，竭力想拉开双方，但红头发女人不依不饶。

女人们都劝阻着，叫嚷着，连害痨病的女犯也走过来瞧这两个扭成一团的女人。红头发女人松了松手，但只是想把柯拉勃列娃的头发缠在拳头上。柯拉勃列娃一边用手搂她，一边用牙齿咬她手臂。孩子们拥挤着，啼哭着。

女看守带了一名男看守进来，把打架的女人拉开。

红头发女人拉拢撕破的衬衣，盖住枯黄的胸部。柯拉勃列娃拆散辫子，拉掉几绺被拔下的头发。两人都边哭边诉嚷。

女看守说："我知道这都是灌酒灌出来的，明天我让典狱长来收拾你们。我闻得出来这儿有酒味，你们快把那些东西收拾走，要不你们会倒霉的。现在各就各位，保持安静。"

　　但两个女人又对骂争辩着。最后，男看守和女看守都离开了，女人们才老实睡觉。

　　"两个苦役犯凑一起了。"红头发女人说着，还插进了几个骂人字眼。

　　柯拉勃列娃也回敬她："别再自讨苦吃。"

　　然后又是沉默，对骂，继续沉默。间隔的时间越来越长，最后完全安静了。

　　大家都睡了，只有那个对一切漠不关心的女人在牢房里来回踱步。

　　玛丝洛娃念念不忘她是个苦役犯。她怎么也不甘心，别人已经两次这样称呼她了。柯拉勃列娃转过身来。

　　玛丝洛娃低声说："我平白无故，倒要受这份罪。"

　　柯拉勃列娃安慰她说："西伯利亚照样有人活着，你到那里也不会完蛋的。"

　　"太气人了，我过惯好日子了。"

　　"人拗不过天呀！"柯拉勃列娃叹气说。

　　"到底太难受了。"

　　她们沉默了一阵没有作声。

　　柯拉勃列娃要玛丝洛娃注意从板铺另一头传来的声音。

　　那是红头发女人的痛哭声，她这辈子没尝过别的滋味，她只经历过挨骂遭打。刚才她想喝酒，却喝不到。她想安慰安慰自己，就回忆起初恋，但初恋结束的痛苦也难以忘怀。初恋对象费吉卡有一次喝醉了酒，拿明矾抹在她身上最敏感的地方，看她痛得身子缩成一团，跟同伴们哈哈大笑。她想到这里，像个孩子一样哭了起来，伤心极了。

　　玛丝洛娃说："她真可怜。"

　　"可怜是可怜，可她不该来捣乱！"

chapter

·三十二·

聂赫留朵夫第二天一醒来，就意识到他遇到了一件大事。他再也不能撒谎了，必须说出真相。今天早晨，他收到了首席贵族夫人玛丽雅的来信，这封信是他期待已久的。玛丽雅给了他充分的自由，并祝他今后的婚姻幸福美满。

"婚姻！我现在离那事太远了！"

他原本打算告诉她的丈夫实情，向他道歉，并听任他处置。但是今天早晨，他感觉这件事情没有必要了。

向米西坦白自己的一切也是困难的。今天早晨，他作出了决定：他不再去他们家，如果他们问起，他就说实话。

不过，对喀秋莎不能再隐瞒。

"我要去监牢，告诉她所有的事情，请求她的宽恕。如果有必要，我还会与她结婚。"

这个想法让他感到亲切。

他精神焕发地迎接新的一天。阿格拉斐娜一进来，他立刻就宣布，他不再需要这座住宅和她的伺候了。他们俩都明白这座住宅原本是为结婚准备的。阿格拉斐娜惊讶地看着他。

"阿格拉斐娜，我不再需要这座住宅，也不再需要仆人。麻烦您暂时帮忙收拾好，像妈妈在世时那样。等娜塔莎来了，她会处理余下的部分。"娜塔莎是聂赫留朵夫的姐姐。

阿格拉斐娜觉得这样做不妥，询问他原因。

聂赫留朵夫明确表示是因为喀秋莎。他俩的这件事阿格拉斐娜是知道的。他说喀秋莎犯罪是因为他，是他让她误入歧途，他应该负起责任。

阿格拉斐娜只说这不是他的错，每个人都会犯错误，这只能怪她自己。

聂赫留朵夫坚持，并安慰阿格拉斐娜，告诉她不要为难，她应该放心。

聂赫留朵夫意识到自己的卑鄙，他不再抱怨别人。他感到阿格拉斐娜和柯尔尼都是亲切可敬的人。他很想向柯尔尼倾诉自己的后悔之情，但看到他那毕恭毕敬的样子，又打消了这个念头。

聂赫留朵夫去了法院，坐着之前的马车，经过熟悉的街道。今天他完全变成了另外一个人。

与米西结婚这件事，他今天觉得完全不可能。昨天他还认为两人结合会得到幸福，但今天他觉得自己不配靠近她。

他打算先找律师，听听他的想法，然后去告诉喀秋莎一切。

他一想到如何赎罪就心情激动，泪水涌上眼眶。

chapter

·三十三·

聂赫留朵夫在法院走廊遇到昨天的民事执行官，向他打听犯人关押在哪里，经过谁的批准才能见面。民事执行官说，犯人关押在不同的地方，必须得到检察官的批准。

"审讯结束后，我陪您去。检察官还没来，您等到审讯结束吧。现在请出庭陪审。"

聂赫留朵夫感谢了他的好意。

他走向陪审员休息室，陪审员刚好要前往法庭。那个商人和他欢快地打招呼，彼得·盖拉西莫维奇也没有引起聂赫留朵夫的不悦。

庭前准备工作和昨天一样，只是没有陪审员宣誓和庭长讲话。

今天审理的是撬锁窃盗案，被告被押上庭。一个二十岁的年轻人独自坐在被告席上，打量着出庭的人。他被控告与另一个伙伴一起撬开仓库的挂锁，偷走了价值三卢布六十七戈比的破旧地毯。起诉书指控他和同伙一起行动，两人一起被警察逮捕。被捕后他们两人立即认罪，因此双双进了监狱。他的同伙是个小炉匠，不久后死在狱中，只剩下这个年轻人受审。地毯被放在物证桌上。

审讯情况和昨天完全一样。那个警察作为证人接受问话时总是有气无力地回答几个字，看上去很可怜，似乎对年轻人很同情。

另一个证人是失主，被问那些地毯是否属于他的，他勉强回答是他的。当副检察官问他打算如何使用这些地毯时，他回答："这些破地毯，我根本用不上。早知道会惹上这么多麻烦，我才不会找它们。我光是坐马车来受审就花了五卢布了。而且我身体不好，有疝气，还有风湿病。"

被告全部招认。他左顾右盼，将犯罪经过又说了一遍。

案情清楚明了，然而副检察官却提出了一些奇怪的问题，试图让狡猾的罪犯上钩。他强调，这次盗窃发生在住人的房屋里，因此罪犯应该受到最严厉的惩罚。

法庭委派的辩护律师却明显不同意，他说房屋里没住人，因此罪行并未对社会造成严重危害。

庭长则继续装出一副大公无私的模样。

经过审讯得知，这个年轻人早些时候曾被父亲送到香烟厂做学徒，干了五年。然而今年，他被老板解雇了。随后他开始在城里四处闲逛，纵情酒色。最终，他结识了一个小炉匠。两人酒后撬开门锁，盗取了首先映入他们眼帘的财物。

聂赫留朵夫想，如今，社会将这位年轻人视为潜在的威胁，迫使他与社会隔离，对他进行严格审讯。然而，他落到这一地步，全是因为他身处这样的环境。我们抓住了他，但社会上还有成千上万个"他"。我们没有消除产生这些人的环境，甚至还认为产生这些人的机构，如工厂、酒馆、妓院等是必不可少的。俄国各地都有斥巨资建造的法庭、花费极大精力组成的审判队伍，如果能将花费在这些事物上的精力调动百分之一来帮助社会上那些被抛弃的人，那么很多人根本不会堕落，也不会去做坏事。

这到底是无情的残酷还是荒谬的荒唐，谁也无法准确评判。然而，这种局势已经达到了极致。聂赫留朵夫沉思着，他的内心充满了恐惧。他感到疑惑的是，以前他从未察觉到这一点，而他周围的人似乎也从未关注过。

chapter

·三十四·

聂赫留朵夫等到法庭第一次宣布审讯暂停时就离开了，并决心再也不回法庭了。

聂赫留朵夫径自走进检察官办公室，去找检察官。差役不肯放他进去。一个官吏走来，聂赫留朵夫请他帮忙向检察官通报。公爵的头衔和讲究的衣着帮了聂赫留朵夫的忙，他被放了进去。

检察官接待他，不以为意地问："您有什么事？"

"我姓聂赫留朵夫，是陪审员，有事要同被告玛丝洛娃见面。"

"玛丝洛娃吗？我知道她，她被控告犯了毒死人命罪。您有什么事要见她？不知道原因的话，我就不能准许您见她。"

"我有一件特别重要的事。"聂赫留朵夫涨红了脸。

"原来是这样。"检察官瞧了瞧聂赫留朵夫，"她的案子有没有审问过？"

"昨天审问的。她被冤枉判了四年苦役。她无罪。"

"她昨天才被判决，现在应该被关在拘留所里。我建议您去问一下，拘留所的探望日期是有规定的。"

聂赫留朵夫感到关键性时刻接近了："但我需要见她，越快越好！"

在检察官的一再追问下，聂赫留朵夫说出自己要同喀秋莎结婚，他的眼泪流了出来。

检察官询问他是不是克拉斯诺彼尔斯克地方自治会的议员。聂赫留朵夫怒气冲冲地说这问题和他的要求无关。

　　检察官脸上带着隐约的微笑，仿佛觉得他的说法是一种好笑的谬论，只说他的愿望太特别；但最终还是给他写了许可证。

　　聂赫留朵夫拿到许可证后，提出自己不能再参加审讯了，他觉得一切审判都是不道德的。

　　检察官送走了他。在他离开后，有个法官问检察官他是谁，检察官说是聂赫留朵夫，曾经在县自治会上就发表过各种怪论，现在还想和被判苦役的女人结婚。

　　他们都表示不理解。

chapter

·三十五·

聂赫留朵夫径直赶往拘留所，然而在那里却寻不到玛丝洛娃的踪影。所长告诉他，她很可能被关押在老的犯人监狱。大约半年前发生过一起政治案件，由于宪兵言辞夸张，导致大学生、工人、女医生等将拘留所所有的牢房都住满了。

老的犯人监狱离拘留所很远，傍晚时分，聂赫留朵夫才抵达。他试图靠近大楼门口，但哨兵没让他进，只是轻轻拉了一下铃。随后，一个看守走了出来。聂赫留朵夫出示了他的许可证，然而看守表示还需要典狱长的批准。于是，聂赫留朵夫去找典狱长，在楼梯上他听到了钢琴的声音，那是一首狂想曲。一个侍女开了门，告知典狱长不在家。

狂想曲的琴声停了下来，然后又从头开始，每次弹奏到同一个位置都会从头再来。

聂赫留朵夫问典狱长什么时候回来，侍女离去询问，屋里传来了谈话的声音。

"告诉他，典狱长不在家，今天不会回来。"一个女人的声音传了出来。接着，他听到椅子被挪动的声音。

"爸爸不在家。"一个神情忧郁的姑娘走了出来。她看见一个身穿讲究大衣的年轻人，语气变得温和："请进，您有什么事吗？"

聂赫留朵夫解释自己要探望一个囚犯，但不是政治犯。姑娘招呼他进去，并建议他去找办公室的副典狱长。

聂赫留朵夫听完后离开了那里。房门还没关上，琴声再次响起。

在院子里，聂赫留朵夫遇到了一个年轻人，正是副典狱长。聂赫留朵夫出示了许可证，但副典狱长解释这是拘留所的许可证，自己不敢让他前往监狱。

"明天早上十点，所有人都可以探望。您可以那时来，典狱长本人会在家。若是他批准了，您和她可以在办公室见面。"

聂赫留朵夫回到家，想到明天的见面，他十分激动。回到家，他拿出日记本，每当他打算洗涤灵魂时，都会写日记。他写下："已有两年未曾记日记，曾以为不会再沉溺于这些幼稚的把戏。然而，这不是什么幼稚之举，而是与真正纯洁的自我对话。这个长时间沉睡的自我已久未醒来，因此我无人可诉。四月二十八日，我作为陪审员，在那次庭审中，一桩异常的案件将我唤醒。我亲眼看见了曾被我玩弄过的喀秋莎，坐在被告席上。她被判服苦役，我决定尽一切力量，与她相见，向她承认我的罪行，为了赎罪，甚至与她结为夫妻。上帝啊，求你协助我！我内心充满喜悦。"

chapter

·三十六·

玛丝洛娃在板铺上躺着，看着门，想着心事，耳边是红发女人的鼾声。

她想，等到了萨哈林岛，自己总归得寻个依靠，要么嫁个文书，要么嫁个长官，最起码也得嫁个看守，反正他们都是些好糊弄的色鬼。她想到了法庭上看到的那些男人，想到了会多给她一个白面包的面包店老板，想到了红头发女人，唯独聂赫留朵夫——她一点儿没想到。今天在法庭上玛丝洛娃没有把他认出来，倒不是因为他的外貌发生了变化，而是同他发生的所有事，都被她埋葬了。

在那个夜晚之前，她对肚子里的小生命满怀期待，常常盼着他回来。但经过那一夜，一切都不同了。

两个姑妈让他顺路回来一趟，可他回电拒绝了，说自己要赶回彼得堡。他乘坐的火车在夜间两点经过当地站点，只停三分钟。喀秋莎打算去找他，在她的怂恿下，厨娘的女儿玛莎陪她一起去。

那是一个秋夜，风雨交加。她真想早点到那儿，可她在树林里迷失了方向，等她到达时已经是铃响第二遍了。喀秋莎一跑上站台，就在有着明亮灯光的头等车厢里看见了聂赫留朵夫，他说着话，满脸笑意，正在跟两个军官打牌。喀秋莎敲了几下窗，她的手已经冻僵了。但第三遍铃响了，火车开始出发，车厢依次向前移动，一节连着一节。有一个军官往窗外张望。喀秋莎面前的那节车厢也动了起来，她脸贴着窗户跟着走，紧紧看着车厢里面。一个军官在和窗帘较劲，聂赫留朵夫起身伸手拉下帘子。火车的速度越来越快，就在帘子放下的瞬间，列车员一把推开喀秋莎，跳上火车。她依然跟着火车跑，一口气跑到站台尽头，然后跑下台阶到地面。一等车厢已经很远了，喀秋莎还在跑，她旁边掠过二等车厢，然后是三等车厢。等到她旁边一点遮拦也没有，最后一节车厢也远远离开。风很大，她的头巾被吹落，双腿被衣摆裹紧。但喀秋莎还是一直跑着。

"您的头巾掉了！"玛莎追上来，"喀秋莎阿姨！"

"他走啦！"喀秋莎停下来，开始失声痛哭，"他在明亮的车厢里，坐在丝绒软椅上，吃喝玩乐；可我半夜在泥地里，被风雨吹打，只能站着哭！"

"我们还是回家吧。"

玛莎搂住喀秋莎，不知所措。

喀秋莎没有回答，她想："等下一趟火车开过来，我往铁轨上一躺，一了百了算了。"

她原本下定了决心，突然间，她肚子里的孩子使劲一撞，慢慢伸开四肢活动，然后是一阵细细软软的触感。一分钟前那些令她感觉生无可恋的愤恨、忧烦、求死的想法——都消失得一干二净了。

她平静下来，转身回家，筋疲力尽地躺下。从那晚起，她变成了如今的模样。她不再相信善了。

chapter
·三十七·

第二天是周日，早上五点，女监里的哨声响起来，玛丝洛娃被柯拉勃列娃叫醒。

玛丝洛娃想："我是苦役犯。"她在浑浊的空气中呼吸，小心翼翼的习惯驱散了睡意。玛丝洛娃爬起来坐好，四下打量着。大家都醒了，除了孩子；贩卖私酒的女人把孩子们身下的囚衣小心翼翼地抽出来；患痨病的女人拼命咳嗽，喘息像尖叫一样；反抗募兵的女人在火炉旁烘烤包孩子用的破布，她的孩子正在蓝眼睛的费多霞怀里小声哭泣，费多霞唱着催眠曲，轻轻摇晃他；红发女人仰躺着，诉说着她的梦，没完没了；犯纵火罪的老太婆祈祷着她和儿子能无罪释放；那个对一切漠不关心的女人眼睛直直望着，安静地坐在板铺上；俏娘们正想法子弄卷头发。

两个倒便桶的男犯从走廊过来。他们挑起臭烘烘的便桶，用扁担送到牢房外。

走廊的水龙头边，女人们在洗漱。隔壁牢房的一个女人和红头发女人争吵起来。

男看守一巴掌打到红头发女人脊背上，啪的一声，呵斥道："是不是想蹲单人间！别再让我听见你说话！"

这举动被红发女人当作抚爱。

典狱长带着卫兵来了。他大喊："点名了！"

又一批女犯从另一个牢房里出来，所有女犯站成两排，按规矩后排的人把手搭在前排肩上。很快就点完名了。

点好名以后，女看守走来把女犯人领到教堂里。紧接着女犯之后进来的是穿灰色囚袍的男犯，其中有解犯①，有监犯，有经村社判决的流放犯。在教堂上边的敞廊里站着许多先进来的男犯，一边是剃阴阳头、脚镣哐啷作响的苦役犯，另一边是没有剃头、不戴脚镣的拘留犯。站在教堂中央的男犯忽然挪动身子，彼此挤紧，在正当中让出一条路来。典狱长从这条路走到教堂正当中全体犯人前面。

礼拜开始了。

礼拜仪式是这样的：身着法衣的司祭，将碟子里的面包切成许多小块，放到葡萄酒杯子里，同时嘴里念着各种名字和祷词。诵经士不停地念各种斯拉夫语祷词，然后又同犯人们组成的唱诗班轮流唱歌。祷词内容主要是祈求皇帝和皇室福寿康宁。

礼拜的要义据说是，司祭放到葡萄酒里的面包块，通过一定的手法和祈祷，可以变成上帝的身体和血。这一部分仪式特别隆重。

司祭做完这一部分仪式，隔着隔板大声叫道："最大的荣耀归于至圣、至洁、至福的圣母。"接着唱诗班庄严地唱起来：荣耀理应归于童女马利亚，她生下基督，却没有失去童贞，她应该比六翼天使得到更大的荣耀，比司智天使得

---

① 解犯：被错误定罪并判刑的人。

到更多的光荣。于是变化完成了。司祭吃下蘸过葡萄酒的面包块。大家一致认为，他这就是吃了一小块上帝身上的肉，喝了一小口上帝身上的血。随后司祭请想进圣餐的信徒也来吃泡在杯里的上帝的血肉。有几个孩子想进圣餐。司祭先问了每个孩子的姓名，然后用茶匙小心翼翼地从杯子里舀出一小块浸过酒的面包，深深地送进每个孩子的嘴里。

至此，礼拜的主要仪式就结束了。但是为了安慰不幸的囚犯们，司祭又增加了一项特殊的仪式：司祭站在一个由十支蜡烛照亮的铸铁包金、黑脸黑臂的圣像——据认为该画像就是刚才被吃掉的上帝——面前，用怪声怪气的假嗓像唱又像念，添了下面一段话：

"至亲至爱的耶稣啊！使徒的荣耀，我的耶稣啊！殉道者的赞美，万能的主耶稣啊！拯救我，我的救主耶稣，我的至美的耶稣，拯救找你的人，救主耶稣啊！饶恕我，全体圣徒，全体先知祷告中诞生的耶稣，我的救主耶稣啊！赐给我们天堂的快乐，爱人类的耶稣啊！"

他念到这里，换了口气，画了个十字，跪下去叩头。典狱长、看守、囚犯们也照做。

这项仪式持续了很久。等到全部赞颂完毕，司祭舒了口气，合上《圣经》，走到隔板后去了。剩下最后一项仪式，司祭从大桌子上拿起一个四端镶有珐琅圆饰的包金十字架，举着它走到教堂中央。典狱长、副典狱长和犯人们依次走到司祭跟前，亲吻十字架。这次专门为安慰和教训迷途弟兄而做的礼拜就这样结束了。

可谁能想到，在场所有人口中的耶稣本人恰好禁止这里所做的一切事情。他认为人们不应该在教堂里祈祷，而应该在心灵和真理中祈祷。他不但禁止对人进行审判、监禁、折磨、侮辱和惩罚，而且禁止对人使用任何暴力。他说他的使命是释放一切囚犯，使他们获得自由。

可司祭心安理得地做着这一切，因为他从小接受的教育就是这样，并认为这是唯一正确的信仰。诵经士也这样相信，而且信心比司祭更坚定。至于典狱长和看守，他们虽然从来不知道也不研究教义和教堂里各种圣礼的意义，却相信非有这样的信仰不可，因为最高当局和沙皇本人都信奉它。犯人中，少数几人能看透这场骗局，绝大多数人都相信这一仪式中蕴藏着神秘的力量，依靠这种力量可以在今生和来世得到许多好处。

玛丝洛娃也相信。她在做礼拜时也像别人一样，产生一种既虔诚又厌烦的复杂心情。

chapter

·三十八·

聂赫留朵夫一大清早走出门，一个赶着车的乡下人正好路过，他嘴里吆喝着卖牛奶，腔调怪异。

昨天夜里下了雨。道路左边没照到阳光，还是湿漉漉的，而中间的路面已经干了。街上车水马龙。

载着聂赫留朵夫的马车停在通往监狱的路口。

一些男人和女人手里拿着包袱，站在离监狱不远的地方。右边是几间木屋，左边有一栋两层小楼。前面就是监狱，但还不允许探监的人靠近。一个持枪的守卫正在巡逻。

在木屋门右边，一个看守坐在长凳上，手里拿着小册子。探监的人要报出探望的人的名字。聂赫留朵夫也去填了玛丝洛娃的姓名。

聂赫留朵夫站在探监的人群中。突然一个衣衫褴褛的人朝监狱走去。持枪守卫大声地呵斥他。这个人不仅不害怕，还怼了一句，然后退了回来。

大家被逗笑了。这时一辆轻巧的马车来了，下来一个大学生和一位小姐，大学生抱着一个大包袱。众人的注意力转移到他们身上。大学生向聂赫留朵夫打听，这里能不能施舍东西，他带了很多白面包，为此要办什么手续。

"我未婚妻想这么做。她父母要我们给犯人发东西。"

聂赫留朵夫指着看守说："你应该问他，我也是第一次来。"

就在这时，监狱的铁门开了，一个军官和一个看守走出来。手拿名册的看守宣布可以探监。所有探监的人涌向监狱大门。

聂赫留朵夫满腹心事，没听到看守说什么，他跟随着多数探监的人走向了男监。他是最后一个走进会面的房间的。里面一片喧闹，他被惊到了。他看见人们紧贴在铁丝网上，几个看守来回监视。房间被两道相隔三俄尺宽的铁丝网隔成两半，这边是探监的人，那边是犯人，双方不但没办法单独谈话，甚至很难看清对面的脸。大家要想听见彼此说什么，只能拼命叫嚷。

聂赫留朵夫待了五分钟，心里感觉同这里格格不入，他像晕船一般难过，感到非常痛苦。

chapter

·三十九·

但该做的事还是要做，聂赫留朵夫在心里给自己暗暗鼓气。

他发现一个戴军官肩章的人在走动，就问他怎么和女犯见面，该去哪里。

在长官的询问下，他报了玛丝洛娃的名字，还说她不是政治犯，前两天刚刚判决。说完后，一个护卫在副典狱长的命令下，把他带到了女监探望室。

里面传来一阵痛哭声。看守长领他进去。这个房间和男监探望室的布置一样，只是面积更小，人也少些，但一样喧闹。

有一个特别显眼的女犯，她站在房间中央，头巾滑了下来，显然是个吉卜赛人。她快速地做着手势，和铁丝网对面的一个吉卜赛男人嚷着什么。一个士兵同一个女犯蹲在旁边说话。再往里，一个强忍眼泪的矮小农民，正和一个头发浅黄的女犯站着说话，是费多霞和她的丈夫。一个大宽脸女犯站在旁边，和一个衣着破旧的男人说话。再过去是两个女人，一个男人，又是一个女人，他们正同对面各自的探望对象说着话。玛丝洛娃不在这些人里。但还有一个女人站在那些女犯后面。聂赫留朵夫马上明白，那就是玛丝洛娃。他走近铁丝网，那确实是她。

"我该怎么开口呢？也许她会自己过来？"他默默地想。

但玛丝洛娃完全没想到这人是来找她的，她在等克拉拉。

女看守问他："您要找谁？"

"玛丝洛娃。"聂赫留朵夫鼓足勇气说出口。

女看守喊玛丝洛娃过来。

chapter

·四十·

玛丝洛娃转过身，走到铁栅栏前，脸上是聂赫留朵夫熟悉的温顺表情。她盯着聂赫留朵夫，但没认出他是谁。

不过，玛丝洛娃看得出来这个男人是有钱人。她习惯性地微笑，凑近铁栅栏，问："您找我吗？"

"我想要见……"他决定用"您"，"想要见见您……"

旁边的人在大声嚷嚷，他在说些什么？她根本没听清，但一瞬间他的神情触发了她的回忆，玛丝洛娃不愿相信自己的眼睛。最后她眉头一皱，嘴角一点点落下。

她眯缝着眼睛，大声叫了起来，"我听不见，不知道您说了什么。"

"我在忏悔。"聂赫留朵夫暗自想，禁不住流出眼泪。他开始哽咽，几乎说不出话，倾尽全力不让自己哭出声。

玛丝洛娃完全记起了聂赫留朵夫，她喃喃道："我不敢相信……是你。"

"请您饶恕我。"

玛丝洛娃木然无语。

他说不下去了，退后几步，离开铁栅栏，竭力保持冷静，强忍住泪水。

副典狱长注意到这边，走过来问他怎么不和女犯谈话。

"太吵了，说什么都听不清。"聂赫留朵夫努力假装正常。

副典狱长考虑一番，对看守说："带玛丝洛娃出来。"

玛丝洛娃被从里面带了出来。聂赫留朵夫走过去坐到靠墙的长凳上。她耸耸肩，坐到他旁边。

"发生过的事再也不能挽回，我知道要补偿你很难，但是我愿尽最大的努力去做。"

"您怎么知道我在这儿？"

聂赫留朵夫望着玛丝洛娃，内心企求着上帝的帮助。

"我是陪审员，您没认出我吗？"他说出自己的身份。

玛丝洛娃表示，当时那种情况，她根本没有时间认人。

"我们……之前的……孩子怎么样了？"

她低着头说："他那时候就死了。"

"出什么事了？"

"当时我也差点死了。"

"她们……姑妈干了什么？"

"这事一被她们发现，我就被赶了出来。别提了，这些都过去了。"

"不，就算这样，我现在也要赎罪。"

玛丝洛娃瞟了他一眼，轻轻笑了笑说："都结束了。"

见到聂赫留朵夫使她震惊，那些往事再度浮现眼前。想到眼前这个人就是那个青年,她就难受,她不想再自寻烦恼。从前那个聂赫留朵夫和现在这个老爷是不同的人。这种人能随意拿她这样的女人寻乐子,而她这样的女人也应该尽可能从他们那儿讨到更多好处。她因为这想法妩媚地笑了笑。两人都沉默下来,玛丝洛娃思考着如何捞些好处。

"我现在被判决,不得不去服苦役了。"她先开口。

"我知道,您是清白的。"

"当然了。别人都说,律师才是关键,可是我没那么多钱……"

"我已经找过律师了,一定要帮您上诉。"

"请一个好些的律师。"

"我一定尽力。"

她又微微一笑。

"您能不能……给我些钱,只要十个卢布就行。"

聂赫留朵夫伸手去掏钱夹。

玛丝洛娃瞄了一眼副典狱长,说:"先别,等他走开再说,不然他会拿走的。"

趁着副典狱长转身,聂赫留朵夫赶紧继续,但副典狱长又转了过来。聂赫留朵夫只好把钞票揉成一团,藏在手心里。

看着喀秋莎那张曾经温柔可爱,如今已经变得有些浮肿的脸,聂赫留朵夫心里有些动摇。心里的魔鬼竭力劝他,让他用钱摆平这件事,从此以后跟她一刀两断。但他能感受到,自己的心灵正在进行一种重大的改变。他向老天呼救,得到响应后他一鼓作气地说了出来。

"你还没回答呢,喀秋莎!你有没有饶恕我?"他对喀秋莎改称"你"了。

她根本没听他说话,一会儿盯着副典狱长,一会儿又盯着他那只手。等副典狱长转身,她连忙抓住钞票塞在腰带里。她带着点鄙夷地说:"您说得真奇怪。"

聂赫留朵夫觉得她身上有一样同他格格不入的东西。这一情况促生了一种特殊的力量，迫使他去靠近玛丝洛娃。

"你知道，喀秋莎，我了解你。"

"何必提那些旧事。"

"喀秋莎！我是为了赎罪。"聂赫留朵夫原本想提和玛丝洛娃结婚的事，但一看见她脸上冷漠抗拒的表情，他就胆怯退缩了。

副典狱长提醒探望时间结束，探监的人都陆续离开了。玛丝洛娃等着被带回牢房。

聂赫留朵夫郑重其事地说："没有时间了，可我还想对你说很多话，我还会来。"他强调，"还有些话特别重要，我下次对您说。"

玛丝洛娃笑容妖媚。

"对我来说，您比我姐姐还亲！"聂赫留朵夫说。

她摇摇头，内心觉得聂赫留朵夫是个怪人。

chapter
·四十一·

聂赫留朵夫原本想，见他悔恨又尽力补偿她，喀秋莎一定会感动，会高兴，会变成以前那个喀秋莎。但眼前只有现在的玛丝洛娃。他因此既惊奇又恐惧。

玛丝洛娃反而感到理所应当。处在这样地位的女人，不这样又能如何。人若要生活，必须坚信自己的行为是重要的，于世界是有益的。

在玛丝洛娃眼中，这就是她的生活，她的地位是正当的。她有自己的世界观，而且引以为豪。

这个世界观是：同有魅力的女人性交是所有男人认为人生最大的乐事。所以，无论男人们表面在忙着什么，实际上都渴望着这种事。因为她富有魅力，有权利选择要不要满足男人的欲望，所以她是一个不可缺少的人物。

在这十年里，玛丝洛娃发现男人都喜欢她，不管处于什么地位的男人；她完全没有注意到那些不需要她的男人。在她看来，世界上有太多好色之徒，他们想要占有她，为此不择手段。

这样的人生观被玛丝洛娃看得高于一切。一旦抛弃这种人生观，她的生活就会变得毫无意义。她察觉到聂赫留朵夫要把她拽到另一个世界里去，她十分抗拒，因为她已经能预见自己将丧失尊严和自信。她逃避回忆，埋葬过去，只把现在的聂赫留朵夫看作是一个有钱人。她能利用他，她可以跟他维持交易关系。

"我没告诉她我要同她结婚。但我一定会这么做的。"聂赫留朵夫往外走时想到。

门口的两个看守在点人数，免得让人借机留下或逃走。

chapter

·四十二·

聂赫留朵夫想退掉自己的大住宅，搬去旅馆住。但是阿格拉斐娜极力阻止，认为他夏天还是住在大住宅好，家具杂物和众多仆人需要大一点的地方，而且夏天大住宅不好出租。因此，他的想法难以实现。一切如旧，仆人们都紧张忙碌着家务事。他们先晾晒衣服，然后清理家具，到处有节奏地敲敲打打，房间弥漫着樟脑味。聂赫留朵夫在窗子边看着，感觉很吃惊，家里那么多东西，全都毫无用处。"保留这些东西的唯一好处，就是为了让仆人们有时间活动筋骨。"

"生活方式暂时没法改变，要改变也很麻烦。等我和玛丝洛娃在一起的时候，不管她是被释放还是流放，我们一起离开，生活方式自然就会改变。"聂赫留朵夫想。

在和律师约好的那天，聂赫留朵夫乘马车去到了律师家。律师的私人住宅非常豪华，排场十分阔气，像是一个暴发户。

聂赫留朵夫看见律师的助手坐在办公桌旁，旁边有许多人等着被接见。助手过来招待聂赫留朵夫，说他立刻去报告律师。但没等他说完门就开了，一阵谈话声传出来。法纳林律师在和一个矮胖的中年人谈话。他们的神情表明，他们刚忙完一件不太正当却好处多多的事。

聂赫留朵夫被法纳林请进办公室，他对出去的商人点了点头，坐到聂赫留朵夫对面，满脸得意。

"我来是为了玛丝洛娃的案子。"

"这可要好好研究。您见到刚才那个人了吗？他的身价有一千二百万，可还说什么'无计可施'。"

聂赫留朵夫开始憎恶这个人了。律师想暗示自己同聂赫留朵夫是一派的，而其他无良的财主商人则属于另一派，他们完全不一样。

律师说自己已经费了一番时间查阅了卷宗，可惜之前的律师太糟糕了，没有留下一点上诉的余地。

"有人说，律师都是不干活白拿钱，前不久我可刚救了一个被诬告的债务人。结果大家都找上门来，可让我费了不少精力。现在谈谈您说的那个案子。虽然没有理由上诉，但我有个法子可以试试。这是我写的状子，您看看。"

虽然已经习惯了长年累月地办案，但他念起状子来依旧津津有味。

"'此项判决形成于诉讼程序被严重破坏的错误情况下，理应予以撤销。第一，斯梅里科夫的内脏检查报告在开庭审讯时，没有宣读完毕就被庭长叫停。'这是其一。

'第二，玛丝洛娃的辩护人，在说明玛丝洛娃的人品的发言中，想要阐明她堕落的内在原因时，却被庭长制止。然而，根据枢密院多次指示，在刑事案件中，被告的精神状态和品德之间的关系十分重要。'这是其二。

'第三，在总结时庭长违背了《刑事诉讼法》第八〇一条第一款，没有向陪审员们解释犯罪的概念，也没有说明犯罪的构成要素，而犯人显然只是由于一种疏忽，使商人死于非命，因此无权判决犯人蓄意谋害而认为她有罪，不能合法裁定她有罪。'这一点是主要的。

'第四，在法庭上，针对玛丝洛娃所提出的犯罪问题，陪审员的答复具有形式上的矛盾。谋财是玛丝洛娃杀人的唯一动机。然而在答复中，陪审员们否定了这一目的，庭长有责任对陪审员们指出这一错误，命令他们重新商议，给出合理答复。'"

律师说这个案件能否被纠正，要看是枢密院的哪些废物审理案件。

"'法庭无权判定玛丝洛娃具有刑事责任。引用《刑事诉讼法》第七七一条第三款在不符合标准的犯人身上，是对我国刑事诉讼基本原则的严重破坏。基于上述理由和《刑事诉讼法》第九〇九条、第九一〇条、第九一二条第二款和第九二八条等等，申请撤销原判，并请该法院重新审理本案。'我把所有法子都想到了。恕我直言，很难翻案。关键就看是哪些人审理这个案子了。"

"我认识一些枢密院的人。"

"那得抓紧时间。要不他们光是到外面治痔疮，就要等三个月……要悄悄活动。我乐意为您写状子。"

"您的报酬……"

"我的助手会通知您的。"

"我还要向您请教一件事。我从检察官那里得到一张探望许可证，可是监狱官员说只有经过省长批准，才允许在规定日期和地点以外去探监。这是必需的吗？"

"是的。不过现在是副省长管事。他挺好糊弄的。"

"是玛斯连尼科夫吗？我认识这个人。"

突然，一个女人闯进房间，她是律师的妻子。一起来的还有一个高大的男人，聂赫留朵夫认得，他是个作家。

"阿纳托里，谢苗·伊凡涅奇同意朗诵他的诗了，你可得听听。"她转过身，面对聂赫留朵夫，"我知道您，公爵阁下，我想不用相互介绍了。我们有个文学晨会，请您务必光临，真的很有趣。"

阿纳托里指指妻子，摊开两手，表示无计可施。聂赫留朵夫向律师妻子道谢后，委婉拒绝了她的邀请。

律师太太有些不开心："装腔作势！"

在接待室里，律师助手交给聂赫留朵夫一份状子，说阿纳托里·彼得罗维奇要一千卢布报酬，并解释说律师是看在他面上才管这事的。

聂赫留朵夫问："该怎样签署这个，谁来签？"

"被告自己签，要阿纳托里·彼得罗维奇出面也可以。"

聂赫留朵夫说自己会去探监，让喀秋莎自己签名。想到能早于预定日期见到喀秋莎，他内心十分开心。

chapter

·四十三·

两个男犯今天将受笞刑，牢房里的人都在谈论着这事。其中一个是瓦西里耶夫。他很有文化，因为嫉妒，他把自己的情人杀了。长官讨厌他，因为他懂法律，对长官态度强硬，要求依法办事，不过犯人都很喜欢他。

三周前，有个看守因为被弄脏了新制服就殴打倒便桶的男犯。瓦西里耶夫说他这是非法行为，被看守臭骂了一顿，瓦西里耶夫反驳了几句。看守想打他，瓦西里耶夫牢牢握住他的手，然后转身把看守推到门外。于是典狱长下令把他关进了单人牢房。

单人牢房就是一个上了锁的黑漆漆的仓房。瓦西里耶夫不愿意，是被几个看守硬拉去的。他一个劲儿挣扎，还有另外两名男犯帮他忙。可惜有个看守力气特别大，叫彼得罗夫。他们都被关到了单人牢房。监狱报告给省长说发生了暴动，随后得到命令，要抽主犯瓦西里耶夫和流浪汉聂波姆尼亚西各三十下。几天后在女监探望室执行这项刑罚。

所有囚犯都听说了这事，纷纷议论着。

玛丝洛娃、费多霞、柯拉勃列娃和俏娘们刚刚喝过伏特加，现在精神特别兴奋。玛丝洛娃现在总能有酒喝，她经常请朋友们一起喝。她们正在说这事。

柯拉勃列娃一小块一小块地咬着糖，用她坚固的牙齿，说到瓦西里耶夫，她很不忿："他只是替别人说公道话。"

费多霞插嘴道："看起来这人挺好。"

道口工说："玛丝洛娃，你能不能告诉他这件事？"这里的他是指聂赫留朵夫。

"我会说的。他愿意为了我做任何事。"

费多霞说："不知道他什么时候过来。他们马上就要挨打了。"

道口工开始讲她曾经在乡公所里看见一个庄稼汉被揍的故事。讲到一半，楼上走廊里传来了说话声和脚步声。

女人们沉默下来，仔细听着。

"那些魔鬼来抓他们了。那些看守恨透了瓦西里耶夫，他会被活生生打死的。"俏娘们说。

楼上又安静了下来。

道口工继续讲故事。俏娘们说，挨鞭子时，谢格洛夫好像一点声音都没有。随后大家分散开，做自己的事情了。

玛丝洛娃现在无所事事，十分无聊。她刚想睡觉，女看守就跑来要她去办公室，说有人探望。

她在整理头巾，老婆子明肖娃对她说："你一定要告诉他啊，有个工人看见了，是那个混蛋自己放火的，工人不会瞎说的。你叫他找米特里，米特里会告诉他这事。我们无缘无故地被关在牢里，可那个混蛋却在外面吃喝玩乐，还霸占人家妻子。"

柯拉勃列娃说："真是没天理！"

"我一定告诉他。"玛丝洛娃告诉她们，"再让我喝一点吧，壮壮胆。"

柯拉勃列娃倒了半杯酒给她。玛丝洛娃一口气喝光，然后随着女看守走过长廊。

chapter

·四十四·

聂赫留朵夫在走廊里已经等了很长时间。

他到了监狱，把检察官的许可证给看守检查。等了一会儿，聂赫留朵夫被告知现在典狱长有事要办，他还要等。

司务长看到他后，严厉地让看守带他去办公室。

聂赫留朵夫说："他们说，在这能找到典狱长。"

这时，彼得罗夫走了出来，一脸激动。他转身对司务长说："这下子他一定记住了。"

司务长指了指聂赫留朵夫，使了个眼色，于是彼得罗夫不再说话，赶紧走开了。

"谁会记住？他们为什么紧张兮兮的？为什么要使眼色？"聂赫留朵夫感觉不对劲。

司务长让聂赫留朵夫去办公室。这时，典狱长神色更加慌张，从后门进来。一看见聂赫留朵夫，他就让看守去把玛丝洛娃带过来。

"请您过来这边！"聂赫留朵夫被带去了一个小房间。

典狱长掏出一支香烟说："这差事可真难办。"

"您看起来很疲惫。"

"真是太难受了。我想让他们少受点罪，结果更糟。这真是个苦差事。"

聂赫留朵夫看出来，今天典狱长的心情确实不太好。

"为什么还要忍受呢？"他问。

"得赚钱养家啊。说实话，我还得拼命做好事，让他们轻松点。别人是不可能这么干的。这有两千多人呢，真不好管啊！他们都挺可怜的，也是活生生的人。但是也不能放纵他们。"

典狱长说起不久前几个男犯打架，最后死了人的事儿。就在这时，玛丝洛娃被看守带了进来。

她看起来精神不错，只是见到典狱长，神色有点惊惶，但她很快镇定下来，和聂赫留朵夫问好。她使劲和他握手，脸上挂着微笑，跟上次大不一样。

聂赫留朵夫觉得有点奇怪，让她在状子上签字。

她笑嘻嘻地同意了。

聂赫留朵夫征求了典狱长的同意，拿出状子。玛丝洛娃就按照他的指示写。写完后，她欲言又止："还有其他事吗？"

"我还想说些话。"聂赫留朵夫点头。

"行，您说吧。"她像是突然想起了什么，脸色一下子严肃起来。

典狱长见机出去了，屋子里只剩下他们两人。

chapter

·四十五·

看守走到窗台边坐下了。对聂赫留朵夫而言，现在是决定命运的时刻。上次他没能将打算跟她结婚说出口，这次他决心要说出这话。屋子里灯光很亮，聂赫留朵夫能清楚地看见玛丝洛娃眼角的鱼尾纹，浮肿的眼皮。看完他更加怜悯她了。

"只要是我能做的，我一定去办。这个状子要是不好使，我就去告御状。"他凑近玛丝洛娃，声音很小，只有他们两个能听见。

"我那个辩护人蠢死了。他经常对我说些玩笑话，要是别人早就知道我认识您，现在就不会是这个样子了。他们老是把女人都当作小偷。"

聂赫留朵夫刚想说自己的心事，就被玛丝洛娃抢过了话头，"还有，我们那儿有个挺好的老婆子，她和她儿子竟然也被抓来坐牢。他们被人指控放火，然后就给拉进来了。她知道我认识您，想求你帮帮他们，你愿意吗？"

"可以，我能帮忙，我先去了解一下这事。"聂赫留朵夫答应了，又问她还记不记得他之前说过的话。

玛丝洛娃随意敷衍了几句，看起来并不记得。

"我是为了请您饶恕才来的。我要赎罪，所以我要采取实际行动。我决定向您求婚。"聂赫留朵夫继续说。

玛丝洛娃脸上都是惊恐，她愣住了。为什么？她不明白。

"我认为我应该和您结婚，在上帝面前这么做。"

她变得非常激动，开始嘲讽聂赫留朵夫。聂赫留朵夫闻到她身上的酒味，努力让她冷静。

"我是喝了点酒，但我清楚我要干什么，"玛丝洛娃快速地说，"您是贵族老爷，而我是个苦役犯。不要自找麻烦，这是对您身份的侮辱。我就是个值一张红票子的女人。"

"你不知道，我对你犯了严重的罪！我很清楚这点。"聂赫留朵夫低声说。

玛丝洛娃学着他的腔调，恶狠狠地提起以前那一百卢布的回忆。

"我现在说到做到，我下定决心再也不离开你了。"聂赫留朵夫说。

玛丝洛娃大笑着说："你做不到！"

"喀秋莎！"他一边喊她的名字，一边握住她的手。

"你想干什么？我只是个苦役犯，公爵阁下！"她的脸气得涨红，把手抽了出来。"您只是想利用我，好让你自己解脱。"玛丝洛娃痛痛快快地说，迫不及待地站了起来，"你今世拿我寻乐子，还想利用我，拯救自己的来世！我恨你，滚开！"

看守走过来。

"你要什么疯！"

聂赫留朵夫制止了他。看守训斥了玛丝洛娃一句，又回到了窗边。

玛丝洛娃又坐了下来。聂赫留朵夫有些手足无措。

"你不相信我。"

"您说您想和我结婚，这根本不可能。"

"我想帮你办事。"

"我不需要。说真心话，我这个时候直接死了算了。"她痛哭起来。

聂赫留朵夫也跟着流泪。

玛丝洛娃用头巾擦眼泪，看他这样很惊奇。

看守这个时候又过来提醒探望时间到了。

玛丝洛娃站起来。

聂赫留朵夫无奈地说："今天您有点不太冷静，要是有机会我明天再来。您好好想想吧！"

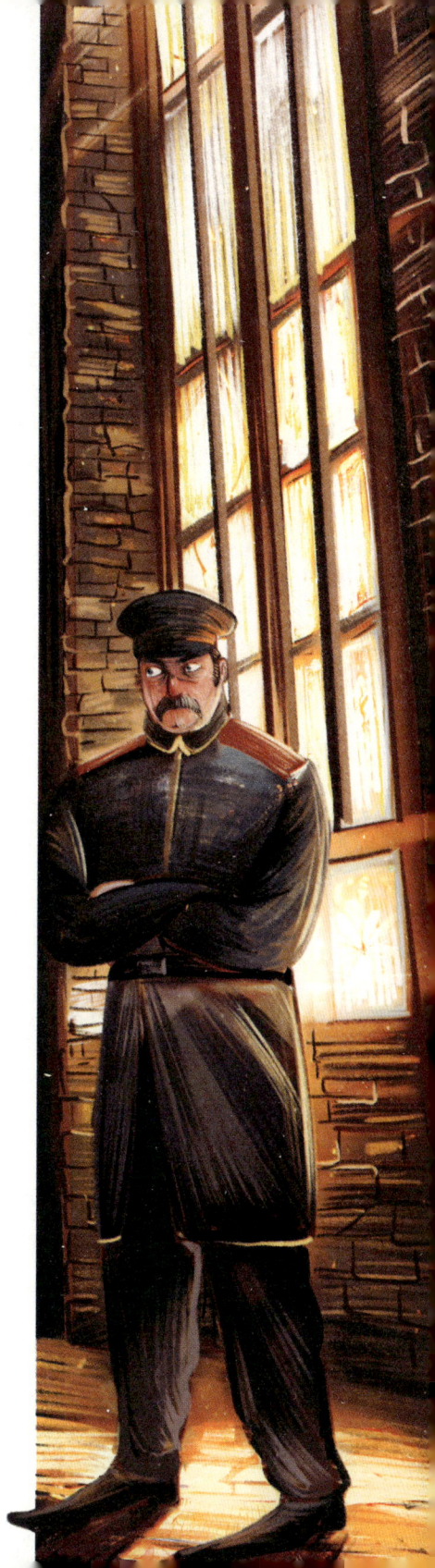

看守带玛丝洛娃走了。

一回到牢房里，柯拉勃列娃就说："别错过机会，他已经迷上你啦，肯定会把你救出去。"

"有钱人就是可以为所欲为。"道口工说。

老婆子问："你说了我的事没？"

玛丝洛娃默不作声，躺到板铺上，静静望着墙角，内心痛苦万分。那番话让她回到了那个世界，那个她既无法理解又怀有满腔仇恨的世界。她现在已经不能将以前的一切都抛下了，但这样清醒着度日真的太可怕了。等到傍晚，她又去买了酒，和女犯们大喝了一场。

chapter

·四十六·

聂赫留朵夫从监狱出来。如今，他才对自己身上的罪孽有了彻底的了解。他认为不能再一次把喀秋莎抛弃了，但他又想象不出他们的关系会变成什么样。

他刚走到监狱大门口，一个鬼鬼祟祟的看守给了他一封信，说这是个女政治犯给他的。

众目睽睽之下，看守传信给他，这让聂赫留朵夫很纳闷。但他不知道，这人除了是看守，其实还是密探。信上是手写的铅笔痕迹，内容如下：

"听说您很关心一个刑事犯，经常探望她。希望您能来看看我。如果可以，我能告诉您很多重要情况。感谢您的薇拉。"

聂赫留朵夫曾经去过一个偏僻乡村猎熊，薇拉是那里的教师。为了念书，这个女教师向他祈求一笔资金。聂赫留朵夫给了，然后就把这事抛之脑后。现在才知道她成了政治犯。或许是听说了他的事，所以她想报恩。聂赫留朵夫回想当时认识薇拉的情况。那是在一个偏僻的乡村，那次他猎到了两头熊，正打算动身回城里，却被他们借宿的农家主人告知，村里的一个姑娘希望同聂赫留朵夫公爵会面。

聂赫留朵夫同意了，又觉得奇怪，不认识的姑娘找他有什么事？

进到屋子里，他看见一个并不美丽的姑娘，但她的眼睛和眉毛很漂亮。

女主人介绍说："薇拉·叶夫列莫夫娜，这位就是公爵。"

聂赫留朵夫问："我能帮你什么忙？"

原来这姑娘想读书，却没有钱。她的神情非常真挚。聂赫留朵夫忍不住产生了同情，因此同意赞助她去高等学校学习。他发现同伴正在门口偷听，但他没有在意他们的嘲笑，反而拿出钱给了她。

聂赫留朵夫现在想起这些很开心。他想起了雪橇在林间飞驰的感觉，想起了当年无忧无虑、体格强健的自己。当年是那么快乐！而如今，一切都是那么艰难苦涩。

显然，薇拉由于参与革命被判罪坐牢。他应该去看看她，或许她能帮他想办法把玛丝洛娃救出来。

chapter

·四十七·

第二天，当聂赫留朵夫再次回想起昨天发生的各种事情时，他心头涌起一些后怕，但他还是决定坚持下去，绝不改变。

现在他正在前往玛斯连尼科夫家的路上，希望这位先生能让他进入牢房，这样他就能探望薇拉、明肖夫母子，还有玛丝洛娃了。

曾经玛斯连尼科夫是团里的司库，他唯一在乎的东西就是皇室和团。那时的聂赫留朵夫在团里服役，两人就此结识。而如今的玛斯连尼科夫已经是行政长官了，管辖范围不仅仅局限于团里，还扩大到了省和省政府。他如今之所以担任文职，是因为他的妻子。这位夫人虽然家财丰厚，但是相当泼辣。对于玛斯连尼科夫，这位夫人恩威并施。在聂赫留朵夫看来，他们这对夫妻并没有什么意思。

玛斯连尼科夫看到聂赫留朵夫时满面笑容，谈起省政府归他管的时候，他十分骄傲。但当聂赫留朵夫表明自己的来意时，他一下子提高了警惕。不过知道聂赫留朵夫只是想去探望一个犯人时，他的态度重新变得亲切起来，表明自己愿意帮聂赫留朵夫，不过同时表示自己的地位并没有他想象的那么高。

因为聂赫留朵夫还需要开证明，所以玛斯连尼科夫就好好地问了一下事情的经过。得知聂赫留朵夫的律师是法纳林，正是曾经捉弄过自己的那个人，他皱着眉头建议聂赫留朵夫少和这个人来往。

聂赫留朵夫没理会他的话，只说自己还需要一张条子，是为了见当教员的姑娘薇拉，这件事情也需要玛斯连尼科夫的帮助。

经过询问之后，玛斯连尼科夫知道了薇拉政治犯的身份，于是提出建议，可以给聂赫留朵夫一张通用的特别通行证。他取来一张信纸，标明自己的头衔，在上面写清楚聂赫留朵夫拥有和玛丝洛娃还有薇拉见面的权利，见面的地点是监狱的办公室，然后签上了自己的名字。

玛斯连尼科夫告诉聂赫留朵夫自己非常喜爱这份管理监狱的工作，虽然这里的牢犯数量庞大，而且有很多解犯，因此在管理上并不容易。但是在自己的管理下，制度很容易实施，犯人们的生活也很好。前段时间在监狱的那次骚动，也只是犯人不遵守命令，如果是在其他地方，解决方法会非常暴力，犯人们也会倒霉，但是在他的治理下并不是这样。玛斯连尼科夫是在向他展示自己的治理能力。

聂赫留朵夫告诉他监狱自己不是没去过，但是观感并不好。

玛斯连尼科夫谈得起劲，认为聂赫留朵夫应该见一见巴塞克伯爵夫人，她在监狱上投入了自己的一切，也奉献了很多。正是因为玛斯连尼科夫和这位夫人，监狱才不像从前那样恐怖，呈现出欣欣向荣的景象。犯人们也好过多了。玛斯连尼科夫也提到了法纳林，他说那人品行不好，尽管两人的交情不深。

拿到了通行证，聂赫留朵夫离开了。

玛斯连尼科夫还抱着让聂赫留朵夫见一见自己太太的希望，聂赫留朵夫表示自己今天没时间。玛斯连尼科夫告诉他说可以周四来，他夫人每逢周四都招待客人。

chapter

·四十八·

来到监狱之后，聂赫留朵夫前往典狱长家，又听见了有人弹钢琴的声音，今天弹的是克莱曼蒂的练习曲。请他进门的仍然是上次的侍女，聂赫留朵夫来到小会客室等待典狱长。典狱长走了进来，显然没有预料到他会来，表现得很诧异。

聂赫留朵夫拿出证明，表示还是要和玛丝洛娃见面。

钢琴声依然在响，典狱长不得不又问了聂赫留朵夫一次，然后他让弹钢琴的人先停一段时间。

琴声消失后，典狱长向聂赫留朵夫敬了一支烟，但是聂赫留朵夫并不想搭腔，只想快点见到玛丝洛娃。

典狱长告诉聂赫留朵夫，玛丝洛娃现在不能见任何人，因为她拿到了钱就买酒喝，而且喝得酩酊大醉。在这样的情况下，典狱长的应对方法是让她去另外的牢房里面住，而且希望聂赫留朵夫管好自己的钱。

恐惧的感觉再次涌上聂赫留朵夫心头，然后他又问典狱长自己能不能和薇拉见面。典狱长欣然同意。

这时，进来了一个大概五岁的小女孩。典狱长和她打招呼，开着玩笑。这是他的女儿。女孩一直在看聂赫留朵夫。

聂赫留朵夫得知自己能见薇拉之后就起身离开，典狱长和他一起走。两人还没出门，钢琴声就再次响起。

典狱长说她曾经在音乐学校学琴，但那里教得不对。她有才气也有野心，希望能参加音乐会。

他们来到了监狱门口，遇到了几个抬着粪桶的犯人，他们剃了阴阳头。面对典狱长，每一个人都保持着恭敬的态度。而典狱长本人对于这种态度已经完全习惯，一点也不放在心上，继续说着自己家钢琴家的喜怒哀乐。两个人的目的地是聚会室。

薇拉稍后会到聚会室来。其间聂赫留朵夫想见见明肖夫母子。

典狱长推荐他们在外面见面，但是聂赫留朵夫更加倾向于去明肖夫的牢房里找他。

典狱长自己去找薇拉，吩咐副典狱长带聂赫留朵夫去牢房里找明肖夫，完事之后回聚会室。

　　副典狱长还很年轻，身上带着花露水的味道。聂赫留朵夫和他聊起天来。聂赫留朵夫告诉他，据自己所知，明肖夫其实是含冤入狱。但副典狱长对此完全不屑一顾，他认为一方面这并不是什么罕见的事情，另一方面牢犯们可能并不老实，没说实话。他跟在聂赫留朵夫的身后进入了走廊。

　　这是一条极其狭窄的走廊，光线昏暗，散发着熏人的味道。走廊两边就是牢房，都锁着，每个牢门上都有一个很小的门眼。看守这条走廊的人岁数很大了，他告诉他们，明肖夫住在左边第八间牢房。

chapter

·四十九·

　　聂赫留朵夫希望能四处看看，副典狱长同意了，站在门口和看守说话。

　　于是聂赫留朵夫凑近牢门上的门眼往里看，他看见一个身材高大的青年正在踱步。而在第二个门眼里面，聂赫留朵夫的眼睛正和另外一双往外看的眼睛相遇，吓了他一跳。在第三个门眼里，他看见了一个躺着的矮子，那人身体蜷缩，脸都被囚服包着。从第四个门眼中，他看见了一个脸很宽，脸色苍白的人正垂头坐着。聂赫留朵夫发出的声音让他抬起了头。他好像已经完全不在乎这个世界上还会发生的事情，从他浮现的表情中完全看不到希望。这让聂赫留朵夫升起了恐惧，他没再看别的牢房，而是直接走到了关押明肖夫的地方。打开门锁之后，聂赫留朵夫看到床边的青年。他的身体很强壮，脖子又细又长。他非常害怕，把自己的囚服穿上之后才看向他们。聂赫留朵夫受到了很大的触动，尤其是看到明肖夫看来看去的眼睛，圆溜溜的，显得十分温和。

　　聂赫留朵夫告诉了他自己的来意，于是明肖夫就开始讲关于案子的事情，而且逐渐放开了手脚，尤其是副典狱长离开后，他越发没有顾虑。他来自农村，性格淳朴，心地善良。然而面对他，聂赫留朵夫浑身都不自在。目之所及，是脏乱差的环境。眼前这个身穿囚服的青年，显然饱受折磨。这让聂赫留朵夫的心情越发低落。

　　据明肖夫所说，某酒店老板抢走了他的新婚妻子。他找遍了申诉的地方，然而酒店老板早就买通了官员，无人理睬明肖夫。明肖夫曾经强迫过妻子回家，然而次日她又自己回到了酒店老板那里。于是他又回去找妻子，他明明看见自己的妻子在屋里，那可恶的老板却说人不在这个地方，要赶走他，甚至动用了武力。次日，他们发生争执的院子遭了火灾。那个时候明肖夫正和别人在一起，并没有放火的时间。可他还是被指控了，甚至连带他的妈妈一起。

　　在明肖夫看来，这场火灾的放火人绝对是那个老板自己。因为距离他上火险的时间并不久。为了保险费，他自己放火，然后说是明肖夫和他母亲放的。就因为那次明肖夫去他家，跟他发生了争吵，辱骂了他几句，他就说他们是去恐吓他的。发生火灾的时候，明肖夫有不在场证明，而且他确实没做过，那个老板却一定要污蔑他们。

　　为了向聂赫留朵夫证明自己的清白，明肖夫甚至要跪下向天发誓，被聂赫留朵夫阻止了。明肖夫非常担心自己的未来，央求聂赫留朵夫救他。

　　这个时候副典狱长来了，问他们的事情有没有结束。聂赫留朵夫安慰了明肖夫一番后离开了牢房。明肖夫还是恋恋不舍，甚至在门锁上后，他还通过小洞看着他们。

chapter

·五十·

在走廊中，聂赫留朵夫发现自己正被犯人们围观。这个时候他心里的情感十分复杂，他怜悯他们，同时对关押他们的人感到害怕，又因为自己的袖手旁观感到有些难为情。

这时，走廊里跑来了一个人，拦住了聂赫留朵夫，请求他帮忙；然后更多人出来了，将聂赫留朵夫和副典狱长围了起来。

副典狱长告诉聂赫留朵夫，这些人本该是送往省政府扣押的，但是省监狱着火了，所以先安顿在这里。他们的罪名是无身份证。

现在包围着聂赫留朵夫的人足有四十多个，他们七嘴八舌地叫嚷着。在副

典狱长的约束下，终于有一个人单独发声。这是一个农民，大概五十岁，他告诉聂赫留朵夫，他们并不是没有身份证，不过是身份证过期了两个星期。每年都有这样的情况，以前也没什么事，可如今他们被当成犯人。他说，他们是泥瓦匠，都在一家作坊做活。省里的监狱确实起火了，但是他们说这和他们没关系，央求聂赫留朵夫帮助他们。

聂赫留朵夫耳朵听到了他们的话，但是他的注意力却一直在面前男人的大胡子里的那只大虱子上。他问副典狱长为什么会这样，对方说确实是长官没做好。

接着讲话的是个小矮子，他说他们的待遇非常糟糕。他一直在讲，哪怕副典狱长已经不许他继续说了。终于，有个长官来了，制止了他。

聂赫留朵夫被几百人包围着，感觉自己马上就要去上刑。

他问副典狱长，这些人都是无辜的，为什么要将他们关起来。副典狱长只说没有办法，而且这些人说的不完全是实话，按照这种标准，所有人都是无辜的。就算像聂赫留朵夫所说，那些人确实无罪，可是对于平民来说，他们应该受到严格的管制。某些人向来无法无天，就像在昨天那种情况下，就必须给两个人教训，方式是用树条抽打他们。

聂赫留朵夫发出质疑，说已经禁止体罚了。但是副典狱长说像这样的人，已经被剥夺了公权，所以对他们能够施行体罚。

聂赫留朵夫脑海中浮现出昨天在走廊等待时看到的场景，忽然明白，那时就在进行刑罚。他感到前所未有的恶心，不只是精神上的，更是身体上的。各种情绪包围着他：迷惑、悲伤、好奇。

他急匆匆地从走廊前往办公室。典狱长并没有叫来薇拉，他忙忘了。直到聂赫留朵夫回来，他才又想起来，这才派人去叫。

chapter

·五十一·

　　这里有两间办公室。第一间办公室里面有两扇窗户，还有一个很大的炉子。一个角落放着一个黑尺，是给犯人们测量身高的。看守们站在房间里。在第二个办公室，二十多个人坐在墙边，男女都有。写字台立在窗户下面。

　　典狱长就坐在写字台旁边，他让聂赫留朵夫跟他坐在一起。聂赫留朵夫就观察起这屋子里面的人。

　　他最先注意到的是一个样貌好看的年轻人。他面前是一个女人，眉毛很黑。他很激动，手舞足蹈地说话。边上是一位老人，戴着蓝色的眼镜，他正拉着一个囚犯的手，那是一个岁数不大的女人。她正在听他讲话。有一个小男孩正看着老人，脸上一副害怕的表情，看衣服，他是实验中学的。有一对坠入爱河的年轻人正坐在角落，女孩子长得很可爱，岁数也不大。男孩子也很漂亮，头发卷卷的，穿着橡胶的短上衣。和他们距离不远，有一个男人，他的皮肤很黑，头发也很乱，表情很难看，正在对他的探监人说气话。离写字台最近的是一位母亲，她的头发已经全白了，眼睛瞪得很大，看的方向站着一个年轻人，好像得了痨病，也穿着橡胶的上衣。她想和他说什么，但是哽咽了；那年轻人不知所措，把手里的那张纸折来折去。他们的边上是一个很漂亮的女孩，身材很好，而且气色也很好，只是眼睛暴起，她穿着一身灰色连衣裙，还披了一条披肩。她正和她母亲坐在一起。这实在是一个非常漂亮的姑娘，而最漂亮的还属她羔羊一样深褐色的眼睛。聂赫留朵夫进门之后，他们俩的眼神就碰上了，然后她又回头和母亲说话。

聂赫留朵夫还在观察时，忽然一个剃了光头的小男孩来询问他要找的人是哪个。

这让他大吃一惊。不过男孩看起来很严肃，有一种超出年龄的成熟。于是他也认真地回答说自己等的是一个认识的女子。

他们二人又交谈了一番，引来了典狱长的注意，他觉得这有些违反规定了，就让那个有着深褐色眼睛的女孩把小男孩带走。

吸引聂赫留朵夫目光的女孩叫玛丽雅·巴夫洛夫娜，她向他们走了过来。

她脸上带笑，看他的目光充满信任。想来她一向是这样待人的。她对小男孩也露出了亲切的微笑，于是他们都笑了起来。

这个时候，典狱长让巴夫洛夫娜不要跟监狱以外的人讲话。于是她带着小男孩回去了。

聂赫留朵夫向典狱长询问小男孩的身份，典狱长告诉他，他是在牢里出生的，他的妈妈是女政治犯，再过段时间他们两个就要去西伯利亚了。

聂赫留朵夫又问女孩的身份，典狱长却说不能告诉他。这时，薇拉也到了这里。

chapter

· 五 十 二 ·

薇拉身材矮小，非常瘦弱，走起路来有些费劲。她看到聂赫留朵夫后握着他的手打了个招呼。

相对于聂赫留朵夫的惋惜，她对自己的境遇倒是不太在意，觉得自己过得还挺好。她的脖子又黄又瘦，一直在转动着，她那双怯生生的大眼睛也一直在看聂赫留朵夫。

聂赫留朵夫向她询问到底发生了什么，于是她兴冲冲地开始讲述他们从事的活动，其中夹带着很多外来的词语。在她看来这些词都是常识，然而聂赫留朵夫对此一无所知。

薇拉满心认为聂赫留朵夫会好奇民意党的秘密。然而聂赫留朵夫却搞不懂她为什么要做这些，对她充满了怜悯，这种怜悯和他对明肖夫的还不一样。他怜悯的是她对自己心里的想法很模糊，虽然她觉得自己的生命是为事业而奉献的，然而她并不明白他们的事业到底是什么意思。

薇拉谈到了她的一个女性朋友，叫做舒斯托娃，和他们的小组没有关系，但是因为帮别人保存文件，就被抓走了，就在五个月之前。对于这件事，薇拉希望聂赫留朵夫能够帮忙解决。另外她也想让聂赫留朵夫帮古尔凯维奇和自己的爸妈会面，他如今被关在彼得保罗要塞中，他想要弄到参考书，继续在监狱进行自己的学术研究。

聂赫留朵夫都答应下来，说自己会尽力。

薇拉讲起了她的经历。毕业之后，薇拉就开始参与民意党的活动，他们刚开始会去工厂中宣传，那时没遇到什么阻碍，然而在某个重要人物被抓走后，陆陆续续，剩下的人也都被抓了。

她笑容凄惨地说："我同样没有被放过，很快我就要去流放地了。但是没什么不好的，我觉得很安心。"

聂赫留朵夫问她关于那个吸引自己注意力的女孩的事情。薇拉说她是某个将军的孩子，参加革命党的时间很早。有人枪击了宪兵，她把这个责任担了下来，所以被抓了。她住的公寓十分隐秘，藏着一个印刷机。有一天晚上，警察来搜查，住在里面的人把灯关了，快速地清除证据。宪兵和警察冲进来时，某个人开了枪，重伤了一个宪兵。被审问的时候，她把这个罪名揽在了自己身上。可是她从来没有摸过手枪。但是事情已经没法改变了。现在她要面临服苦役的局面。

薇拉对她的评价很高。

另外他们又说起了玛丝洛娃。对于监狱的情况，薇拉了如指掌，她同样很清楚聂赫留朵夫和玛丝洛娃的事情。她建议聂赫留朵夫最好让玛丝洛娃去政治犯的牢房，也可以让她去当护士。现在医院的护士资源很稀缺。聂赫留朵夫非常感谢她。

chapter
·五十三·

典狱长阻止他们继续对话，因为探监已经结束了。他们二人分别之后，聂赫留朵夫去门口仔细地观察发生的一切。

典狱长站起来告诉大家探监结束了，然后坐下。

因为这个，房间里的人都紧张起来，他们恋恋不舍。其中的一些人还在说话。有的站着，有的坐着，另外一些人开始道别，都哭了起来。最让人感动的是那个患痨病的青年和他母亲的告别。他手上一直摆弄着一张纸，表情越发气愤，但是他用力压制下来。母亲就趴在他的肩上哭着。戴蓝眼镜的老头儿正和女儿牵着手，边聆听边点头。而那对爱人只是沉默地端详彼此，拉着对方的手。

和聂赫留朵夫一样在观察的还有那个穿短上衣的青年，他说开心的人只有那对爱人罢了。那两个人也发现了自己正在被观察，于是他们笑起来，还跳起了舞。

患病青年的母亲还在哭泣。年轻人在这声音中和聂赫留朵夫说："今天晚上他们就会结婚，然后去西伯利亚。那个男的是苦役犯。有他们俩在也算一件好事，不然我们听到的只有悲惨的声音。"

典狱长又一次提醒大家应该分别了。

对于典狱长来说，无论他有多少冠冕堂皇可以纵容某些人欺压别人却不用受到惩罚的理由，他都无法摆脱自己的罪责，他就是让这房间里的人痛苦的罪魁祸首之一。

终于这屋子还是空了下来。

聂赫留朵夫跟在老头身后，他旁边的年轻人和他一起往外走，他还在说话，说要感谢上尉，他心地善良，并没有严格的遵守规定，如此一来，大家也能好过一点。在别的监狱里，人们只能挨个儿谈话，两个人之间甚至还有一道铁栅栏。

典狱长面色疲惫地找到了他们，继续讨好聂赫留朵夫，说他明天就可以和玛丝洛娃见面。

聂赫留朵夫着急着要离开。和从前的每一次一样，他还是感到非常恶心，这种恶心从精神蔓延到身体。然而他并不明白为什么这些犯人要无故饱受煎熬，要经受这些屈辱，为什么看守们能麻木地折磨自己的同胞，为什么典狱长能忍心拆散那些家庭。所有的这些，聂赫留朵夫都找不到答案。

chapter

·五十四·

次日，聂赫留朵夫去找了律师，希望律师能替明肖夫母子的案子辩护。律师看过了案卷，表示他愿意无偿给他们辩护。聂赫留朵夫向律师询问那一百三十个因为身份证过期而无辜受罪的人该怎么办？

经过一番考虑，律师告诉聂赫留朵夫，在这件事情上大家都是无辜的，但长官们之间会互相推诿。聂赫留朵夫就想去找玛斯连尼科夫说这件事，但是律师觉得那个人只是个狡诈的歹徒罢了。不过聂赫留朵夫还是决定要去。

现在聂赫留朵夫有两件事情要找玛斯连尼科夫做，除了把那一百三十个无辜囚犯的问题解决外，还有一件事就是要将玛丝洛娃调去医院。聂赫留朵夫看不起玛斯连尼科夫，然而他却不得不向这个人求情，别无他法。

玛斯连尼科夫家的门前停了很多马车。聂赫留朵夫忽然记起今天就是之前玛斯连尼科夫告诉自己他夫人要招待客人的时间。有一辆四轮马车是柯察金家的，聂赫留朵夫认识。马车夫向聂赫留朵夫打招呼。这时候，玛斯连尼科夫正送贵客走下楼梯。这位客人来自军界，地位显重。他用法语讲起了市里举办的摸彩会，说太太小姐们都在募捐，钱是捐给孤儿院的，很有意义。

他们说着话，军界客人突然看到了聂赫留朵夫，顺势向他打招呼，还让他去找自己夫人，告诉他这里人很多，还有柯察金一家，可以说全市的美人都来了。说完后，他握了握聂赫留朵夫的手，跟班帮他穿好了军大衣。

然后玛斯连尼科夫兴奋地带着聂赫留朵夫去楼上，动作很亲昵，完全忽视了聂赫留朵夫的欲言又止和正经表情。二人前往客厅。

玛斯连尼科夫只说正事过会再说，又嘱咐仆人去向将军夫人通报聂赫留朵夫的到来。他坚持让聂赫留朵夫和自己的夫人见面。

副省长的夫人和聂赫留朵夫问好，她名叫安娜·伊格纳基耶夫娜。这位自称是将军夫人的副省长夫人，此时正被其他夫人们包围着。在客厅的那边，几位太太围着桌子喝茶，还有男人们站在她们身边，正在谈话。

安娜给其他人和聂赫留朵夫互相介绍，她语气亲昵，好像他们两个人的关系非常好，然而事实完全相反。她又邀请米西还有她同行的军官也来这边。

他们一直在说话。米西看起来很漂亮，看到聂赫留朵夫，她的脸红了起来，说自己没想到他还在这里。聂赫留朵夫解释之后，她就让聂赫留朵夫去见自己的母亲，说她母亲很想他。然而他们都很清楚，她只是撒谎罢了。

聂赫留朵夫假装自己并没有发现这件事情，只说自己没时间。

米西有些恼怒，就和别的军官说起话来。那个军官把米西手里的空茶杯接过去放到桌子上。他带着军刀，一做动作军刀就会和椅子碰撞发出声音。

客人们还在讲募捐会的事情。这是一个非常快乐的会客日。安娜本人也非常高兴，她和聂赫留朵夫说："小米卡告诉我了，您在给监狱做事情。他向来很善良，对待囚犯们如同对待自己的孩子。他心地也很好……"

小米卡指的正是她的丈夫玛斯连尼科夫。一时之间她不知道该用什么词来形容他的善良。可正是玛斯连尼科夫下令抽打犯人的，她上哪能找到合适的词呢？她又去和新进来的人打招呼了。

聂赫留朵夫和大家寒暄一番后，就去找玛斯连尼科夫，说有事情要谈，于是他们就去书房里了。

chapter

·五十五·

玛斯连尼科夫抽起烟来，问聂赫留朵夫要说什么。聂赫留朵夫说想请他帮两个忙。于是他的表情不再兴奋，反而有些阴沉。他一边留意客厅里的谈笑声，一边和聂赫留朵夫讲话。

聂赫留朵夫告诉他还是关于玛丝洛娃的事情，希望能让玛丝洛娃去医院工作，并且为了这个央求他。

玛斯连尼科夫说恐怕不行，不过表示商量后第二天会给他回信，并且保证会有回音。

这时，客厅里传来一阵哄笑声。于是玛斯连尼科夫也高兴起来。

聂赫留朵夫又向他提起那一百三十个无辜的人。

玛斯连尼科夫问他是如何知道这个的。聂赫留朵夫回答说他是去监狱找一个被告的时候被那些人围住了。玛斯连尼科夫继续追问他找的人具体是谁。

"一个莫名其妙被指控的农民，我找律师给他辩护。难道那些人坐牢就只是因为没有身份证吗？"

玛斯连尼科夫恼怒起来，告诉他这件事归检察官管，制度就是这样。副检察官也应该管理监狱，但是他们只会吃喝玩乐。

聂赫留朵夫看到副省长将责任推给检察官，十分不满意。玛斯连尼科夫说自己会很快解决这件事。

他们又听到了客厅的谈笑声。玛斯连尼科夫不再吸烟，提议回客厅去。

聂赫留朵夫又问起昨天体罚犯人的事情，玛斯连尼科夫并不给出正面的回答，只激动地说他什么闲事都管，然后挽住他的胳膊，带着他往外走，神情中有些不安。

聂赫留朵夫脸色阴沉地抽出胳膊，一言不发地离开了客厅，也离开了这座房子，回到了大街上。

房子里的人还在交谈，他们的新话题就是聂赫留朵夫。

次日，玛斯连尼科夫给聂赫留朵夫寄了信，说他已经给医生写过信，玛丝洛娃的事情估计可以如愿以偿。

chapter

·五十六·

有一种流传很广的迷信，认为每个人都有固定的天性：有的凶恶，有的善良，有的愚笨，有的聪明，有的冷漠，有的热情，等等。其实人并非如此。我们可以说，有些人凶恶的时候少于善良的时候，愚笨的时候少于聪明的时候，冷漠的时候少于热情的时候，或者正好相反。但我们不能断言一个人聪明或者善良，另一人愚笨或者凶恶。可我们往往就是这样区分人的。这是不符合实际情况的。人如同河流，河水处处相同，但每条河都有河身宽阔、水流缓慢的地方，有河身狭窄、水流湍急的地方；有河水浑浊，有河水清澈；有河水温暖，有河水冰凉。人亦如此。每一个人都是多面的，有时表现出这一面，有时表现出那一面。即使他变得面目全非，那其实还是他本人。有些人身上的变化特别厉害，聂赫留朵夫就是这一类人。这种变化，有的出自精神原因，有的出自生理原因。聂赫留朵夫目前就处于这样的变化中。

在聂赫留朵夫首次探望玛丝洛娃之后，他如获新生。然而经过上一次见面，他只感到害怕，甚至有些厌恶。他仍然没有改变想法，她愿意的话，他就会和她结婚，可是这件事让他十分痛苦。

和玛斯连尼科夫告别的次日，他去监狱里探望玛丝洛娃。见面得到了允许，但是典狱长把他们见面的地点定在女监探望室。显然，在经过两次谈话之后，玛斯连尼科夫指示自己的下级要特别警惕这个探监人。

典狱长请求聂赫留朵夫不要再给玛丝洛娃钱，而且说把她调到医院去工作是可以的，医生并没有拒绝，但是她本人不想去，觉得这种又脏又累的活儿自己不应该做。

聂赫留朵夫什么都没说，只是希望能跟玛丝洛娃见面，于是典狱长就让看守带着他过去。他们来到了探望室，那里没有其他人。

玛丝洛娃来到聂赫留朵夫的前面，并没有和他对视，声音也很小，请求他的原谅，说自己前两天的态度不太好。

聂赫留朵夫觉得她不用这样。

"您最好离开我。"玛丝洛娃看了他一眼，眼神非常可怕，聂赫留朵夫在里面发现了紧张还有怨恨。

他再三追问原因，玛丝洛娃看他的表情还是那样。

"坦白地讲，您还是离开我吧。请您不要再按照自己的想法来，不然我就要去上吊了。"

在聂赫留朵夫看来，她拒绝自己，就表示她还不肯原谅自己，不过其中还有一些美好的重要成分。原本聂赫留朵夫对她还有猜疑，但她的拒绝是这样的平静，这样的心平气和，他重新变得严肃起来，又恢复了原先那种疼爱怜悯的心情。

他严肃地说："我的想法一直是这样的，希望我们俩可以结婚。如果你现在不同意，那我就一直和你在一起，无论你去哪里，我都跟着。"

她的嘴唇哆嗦，说这件事不归她管。

聂赫留朵夫同样停了下来，平静了一会儿接着说："我会解决一切。希望上帝能够眷顾我们，原判可以被撤销。乡下是我的第一个目的地，接着我会去彼得堡。"

"即使不是为这件事，我也会为了别的事遭这个罪，所以不撤销也没什么的。"她将眼泪强忍了下去。为了平复心情，她又问他有没有见到明肖夫，他们是不是无辜的。

于是聂赫留朵夫跟她说了自己所知道的事情，又问她是否需要什么东西。她回答说没什么需要的。

他们都不再说话。

突然她看向他，说："如果您希望我上医院去，那我就去。我不会再喝酒了。"

聂赫留朵夫看到她眼里有笑意。于是他同意了，然后二人就道别了。

在聂赫留朵夫看来，玛丝洛娃和以前完全不一样，于是他不再感到犹豫，他认为爱无所不能。

玛丝洛娃回到牢房，脱下衣服坐在了自己的床上。房里只有几个女人，道口工和两个孩子，明肖夫的妈妈，还有来自弗拉基米尔省带着婴儿的女子，得了痨病的那个。昨日那个对一切都漠不关心的女人被诊断有精神病，被送去精神病院了。别的女人们都在洗衣服。老太婆正在睡觉。牢房的门没有关上，孩子们在走廊中玩耍。弗拉基米尔省的女人抱着婴儿，道口工则在织袜子，她们都来问玛丝洛娃的情况。玛丝洛娃却不给她们回复。

道口工手里不断编织着，让玛丝洛娃别哭，并安慰她。

玛丝洛娃还是不说话。

弗拉基米尔省的女人说其他人还在洗衣服，今天送来了很多东西，都是捐来的。

道口工呼唤自己的孩子，却没有得到回应。于是她把针插进了袜子和线团中，去走廊了。

　　走廊里的人很多，她们都穿着棉鞋，一边聊天一边回到各自的牢房，每个人都手拿白面包，有些人甚至拿着两个。

　　费多霞回来了，也问玛丝洛娃的情况。她在架子上放好白面包，告诉玛丝洛娃这是让她们吃的。

　　柯拉勃列娃问她，是不是那个人不愿意结婚了？但是玛丝洛娃说是自己不想。她们都觉得她这样想实在是太不可思议了，就算不能住在一起，也应该结婚的。

　　玛丝洛娃说："他愿意跟着我，无论我去哪儿，但这并不是我要求的。而且我也没求他去彼得堡处理事情，那里的官员他都认识。但是我不需要他啊。"

　　柯拉勃列娃整理袋子的时候忽然来了兴致，提议大家一起喝点酒，但是玛丝洛娃拒绝了，说自己不喝酒了。

Volume 02

◆ 第二部 ◆

chapter

· 一 ·

大概再过两个星期，枢密院就会审理玛丝洛娃的案件。于是聂赫留朵夫准备先去彼得堡，如果败诉了，就按照律师的建议去告御状。在律师看来，上诉是没有结果的，因为证据不太充足，所以要做好准备。这样一来，六月上旬，玛丝洛娃就要和苦役犯一起去西伯利亚了。聂赫留朵夫打算一起去，所以要提前处理好事情。聂赫留朵夫要先把乡下的事情处理好。

他的第一站是库兹明斯科耶，坐火车去，那里有他收入的支柱产业，一大片黑土地。这是他母亲留给他的遗产。他知道，那里的农民一直受着大地主或管家的奴役。早在学生时代，他就知道农民是受尽压迫的，那会儿，他还会把自己的土地分给农民。但是到了军队之后，他过惯了挥霍的生活，不再去思考他的钱财是怎么来的了。而继承了遗产之后，他又回忆起自己年轻时对土地私有制的看法。在一个月前，聂赫留朵夫会跟自己说，这不是他能管的事情，庄园的管理者也不是他。如此一来，他就能继续安心享受。然而如今他下定了决心。之后他要前往西伯利亚，监狱中还有很多问题等着他处理，这些都得花很多钱。但聂赫留朵夫已经不能再让这种奴役压迫继续下去了。他决定不再自己经营土地，而是把土地以低廉的价格出租给农民。

中午聂赫留朵夫下了火车。他不想搞得太奢侈，于是没有提前通知，在车站附近雇了马车。马车夫不知道他的身份，一路上说了很多聂赫留朵夫的管家的挥霍行为。

来到庄园后，聂赫留朵夫就开始处理各项事务。

首先把他账目都看过一遍，然后和管家谈了话。管家告诉他，因为农民们的土地不多，他们的地还都夹在地主的土地间，这样一来，地主就能吃到很多油水。听完后，聂赫留朵夫的心意更加坚决，他不打算给自己留下任何一亩土地。聂赫留朵夫很清楚，一直以来雇工们会用改良过后的农具耕种三分之二的好土地，剩下的那些则是被雇来的农民负责，一俄亩给他们五卢布，他们的工作是犁三次地，还要耙三次，播种之后再收割，然后捆起来，或者送到打谷场去。换作自由工人，酬劳最起码也得十卢布。账房会给农民发放他们需要的物品，但是价格都是最贵的，折成他们的工役。如果农民们要使用牧场、树林和土豆茎叶，都得付工役。这样一来，基本上每个农民都身背债款。但对地主来说，相比于五分利的地租收入，这样做的利益多了四倍。

对聂赫留朵夫来说，这不是新鲜事，但他现在却像是第一次听到一样。他实在不理解，那些地主老爷为什么会对这么不合理的事情视而不见。总管不愿意把土地交给农民，他害怕一件农具都留不下，也害怕他们不会珍惜土地，担心本钱连四分之一都收不回来。但是聂赫留朵夫反而觉得自己是在做好事，于是愈发坚持。他嘱咐管家，在他离开之后，处理好粮食，卖掉农具和非必需的屋子。如今要做的第一件事是召集农民开会，管家在第二天会把他们叫到库兹明斯科耶，然后聂赫留朵夫就会告诉他们出租土地的事情，并且商定好租金。

聂赫留朵夫想着自己即将为农民作出的牺牲，感觉非常轻松，回到了专门为他准备的房间。这是一个小房间，不过收拾得很好，挂着风景的装饰画，还有两扇窗户，中间夹着镜子。

"在我失去土地后，这个庄园也维持不下去了。不过我都要到西伯利亚去了，不管是土地还是庄园，对我来说都用不上了。"聂赫留朵夫对自己说，但同时，他心底响起了另一个声音，"但你又不是永远都不从西伯利亚回来了。到时候你有了孩子，就该把这个完整继承来的庄园再完整传承下去。你把土地交出去很容易，但是你要再创造这样一份产业可太难了。你以后怎么生活呢？你的决心有多大？"

聂赫留朵夫躺在床上，本欲安心睡觉，但是他越想越睡不着。窗户没关，涌进的气息十分清凉，有蛙叫，还有夜莺地歌唱。聂赫留朵夫忽然记起典狱长女儿的钢琴声，也记起玛丝洛娃，她拒绝他的时候，双唇颤抖，有点像青蛙。管家去抓青蛙了，聂赫留朵夫想阻止他，可他走着走着，竟然变成了玛丝洛娃，还跟他说："不能这样，我只是苦役犯，您是公爵。"于是聂赫留朵夫惊醒了，他有些迷惑自己究竟有没有做错。但是，这都不算什么了。他觉得自己得先睡觉。于是他又一次睡着了。

chapter

· 二 ·

聂赫留朵夫再睁开眼的时候，已经是早上九点。账房让年轻的办事员来伺候聂赫留朵夫，发现他醒了，青年就给他拿来水和皮鞋，告诉他，农民们都来了。农民们三五成群地站着，彼此打招呼，有人还挂着拐杖，他们围成了圈。

管家和聂赫留朵夫说，虽然他们都来了，但他为聂赫留朵夫备好了饮品，可以享用完再过去。不过聂赫留朵夫坚持先谈话，虽然他有些难为情。

农民们都和聂赫留朵夫打招呼，摘下自己的帽子，露出卷曲的、花白的头发，有的则是露出一个秃顶的脑袋。

现在正在下雨，很小，但是人们身上已经挂满水珠。他们期待着聂赫留朵夫的发言，但他却说不出来话。管家很会说俄语，他觉得自己已经完全掌握俄国农民们的想法，因此颐指气使地发言。

"公爵少爷要赏你们脸，允许你们自种土地，虽然你们没有这资格。"

有的农民不太服气地说："为什么没有资格？我们向来勤恳，先夫人对我们很好，少爷也照顾我们，我们都很感恩。"

聂赫留朵夫说："我找你们来，是打算把土地都交给你们。"

他们好像不是很理解，换言之是不敢置信，没人说话。有个正处壮年的农民穿着腰间打褶的长袍，他问聂赫留朵夫到底想干什么。

"我打算把地租给你们，你们要种地只需要交付租金就行。"

农民们争执起来，有人觉得这是好事，有人则有所担忧。管家大声警告他们守规矩。

管家和农民们突然吵了起来，没人说得上他们在吵什么。大家都很生气，但一方因为地位低下有所保留，另一方则因为手握大权而得意洋洋。这不是聂赫留朵夫想看到的局面，他希望人们可以认真平静地商定租金还有租期。

可是当聂赫留朵夫询问农民们是否同意这种做法，以及地租价格的时候，他们又开始讨价还价。

聂赫留朵夫说的价格远低于附近的价格，可是农民们完全不满足。关于承租人的问题，也一直有争议，一拨希望能排除那些支付能力不够强，劳动力也不强的人，另一拨就是那些被排除的人。最后帮忙决定价格还有付款期限的人是管家。然后农夫们就各回各家，聂赫留朵夫则和管家商量租约。

如今看上去聂赫留朵夫完全得偿所愿：农民们确实拥有了土地，相比周围一圈，租金低三成。他来自土地的收入基本上缩水一半，不过他也并没有捉襟见肘，还有来自农具和树林的售卖款。事情好像得到了完美解决，然而聂赫留朵夫却只觉得羞愧。聂赫留朵夫可以说是大出血，有些人嘴上虽然在表达感恩，但是仍不知足，希望他能让步更多。

次日他们将租契签好，聂赫留朵夫就离开这里前往火车站，几个农民送他走，坐的是管家的三驾马车。和他道别的农民们仍然不满意。聂赫留朵夫同样觉得不太满意，心中羞愧的感觉一直消退不了，然而他搞不清楚自己到底是哪里不满意。

chapter

· 二 ·

聂赫留朵夫回到了姑妈们让他继承的庄园，他在这里和喀秋莎相识。对于这个地方的处理方式，他觉得最好和库兹明斯科耶一样。另外他还希望了解喀秋莎的过去，包括那个孩子的情况，他真的死了吗？究竟是怎么死的？

他到了巴诺伏的庄园，那里的一切建筑物都显得格外荒凉，包括正房。屋顶本来是绿色的铁皮，由于荒废了太久，已经出现了红锈，暴风雨还将一些地方的边都卷了起来。原本正房的周围围着护墙板，现在那些易开裂的地方都被撬走了。门廊全都塌了，只能看到梁架。聂赫留朵夫还记得后门廊的模样。某些窗户由于破损钉了木板。曾经的所有建筑都不再完好。唯一还显得繁荣的是花园，里面有各种各样的鲜花树木。

聂赫留朵夫回忆起来那时候的自己，那么年轻，那么纯真，在这里听到各种各样的声音，感受到大自然的美好。那时候他十八岁，而现在的他又重新感到了生机勃勃，还有无限的野心。但他同样很清楚过去无法重现，于是他越发悲伤。

管家来问他吃饭的时间。聂赫留朵夫告诉他自己还不饿，要去村中走走。他顺势询问喀秋莎的姨妈玛特廖娜的情况。

管家说话的时候一直脸上带笑，希望能讨好主人，也觉得这位主人的想法和他一样。他说："她就在村子里住着。她私自卖酒，这事我很清楚，我甚至还教训过她，但是我又不忍心去官府告她。她只是个女人，而且还有孩子们要养。"

"她的住址是？"

管家表示自己可以送主人去。她家在村庄边缘，第三座房子。左手处能看到砖房，后面就是她家。

不过聂赫留朵夫希望自己去，同时要求管家召集农民们来开会解决土地问题，他希望今天晚上他们就能像之前那样把一切商量好。

chapter

· 四 ·

路上，聂赫留朵夫看到了一个穿着围裙的农家女孩，她把绒球挂在耳朵上，脚上没穿鞋，从牧场跑来。

在接近聂赫留朵夫的时候，她不再跑得那么快，慢慢停下来，鞠了一躬。聂赫留朵夫走过之后，她继续前进，还抱着公鸡。聂赫留朵夫在水井旁边碰见一个老太太，她有些驼背，穿的衣服由粗布制成，挑的水桶里全是水。看见聂赫留朵夫，老太太也同样鞠躬。

　　再往前走，就看到村庄了。聂赫留朵夫从各家的院子前走过。空气中飘满了牲畜的粪便味，因为每家的院子里都有耙松的畜便堆。农民们正在爬坡，赶着车，他们都没穿鞋，粪便沾满衣衫和裤子。他们不时回头看看走过来的聂赫留朵夫。对于他们来说，聂赫留朵夫是另一个世界的人。大家一边和他问好，一边对他上下打量。

　　有辆大车从第四户人家的门口驶出，聂赫留朵夫给其让道。车上全是牲口的粪便，装得满满的，最上面还铺着一张供人坐的蒲席。车旁边跟着一个小男孩，盼望着能坐上车。

　　聂赫留朵夫吓到了跟出来的小马，它顺着车边来到母马的身边。母马就是拉车的马，它看起来有些焦虑。又走出来一个很精神的老头，牵着一匹马。老头同样没穿鞋，身上是长布衫还有条纹裤，肩胛骨隆起。

　　马走上大路之后，老人又回到聂赫留朵夫的身边，向他问好，问他是不是小姐们的侄子，又问他是不是来看他们的。

　　聂赫留朵夫顺势问他们的情况，老人的回应透露出糟糕的状况。

　　聂赫留朵夫和老人一起回到院子，继续说话。敞篷下的粪便已经全都铲掉了，他们俩就站在这里。有些地方的粪便还没清理干净，有两个女人正在清理，她们满头大汗，拿着叉子，头巾滑落下来，裙子被掖到了腰间，腿肚子上全是粪便。

　　老头说着家里的窘况，告诉聂赫留朵夫自己家里有十二口人，但是种地种出来的粮食只够三个人吃到过年之前。买粮食要钱，缴税也要钱，所以他们不得不让孩子去当长工，还要从政府那里借钱。可是还没等交税，钱早早就没了。每户要交十七卢布，四个月一交。农民们根本不知道该如何应对这一切。

　　聂赫留朵夫想看看他们的房间。老人赶紧去聂赫留朵夫的前方，帮他开门。农妇们也不再干活，把自己打理好，观察着他们。

屋子里出来两个小女孩。聂赫留朵夫弯腰脱帽，从门廊来到屋子里。房间里很不干净，还有两台织布的机器。一个老太太站在灶台的旁边，袖子也都卷起来了。

老爷子告诉老婆婆这是东家的少爷。

得知少爷是来看看他们的日子过得怎么样的时候，老婆婆说："您仔细看看，这房子马上就撑不住了，说不定哪天倒了就把人砸死了。可是这是我们的家，老爷子还说挺好的呢。他们做活，得吃饭，我得赶紧做好饭。我们吃什么？吃的全是面包和格瓦斯。"

聂赫留朵夫以为她在开玩笑，想看看他们到底吃什么，老婆婆不愿意，但是老爷子坚持让他看。于是老太太告诉他，他们的伙食就是面包、格瓦斯和菜汤，有个女人在昨天送来了鱼，除此之外还有土豆，要是还想要别的，顶多就是把牛奶加在汤里。

门没有关，人们都挤在门廊里观看这位好奇他们食物的老爷。这让老婆子得意起来。老爷子一边说着自己家的情况，一边赶走门廊里那些围观的人。

聂赫留朵夫和他们告别，心中十分羞愧，然而他并不清楚原因。

聂赫留朵夫穿过人群回到大街，身后跟着两个没穿鞋的小男孩。他们衣着都不算整洁，大一点的孩子穿着脏了的白衬衫，另一个穿着褪色窄小的粉红衬衫。聂赫留朵夫回头看了看他们。

其中一个男孩问聂赫留朵夫要去什么地方，聂赫留朵夫就问他们知不知道玛特廖娜的家？他们确实知道，自告奋勇送聂赫留朵夫过去，也不管马了。三个人就这么出发了。

chapter

·五·

对聂赫留朵夫来说，相比于大人，与孩子们相处更加舒服。他们一路上一直在说话，两个孩子都很懂事。

聂赫留朵夫问他们谁是村庄中最贫穷的人，他们争执起来。对于谢苗·马卡洛夫和米哈伊拉的贫穷他们没有异议，但是他们对玛尔法和阿尼霞谁更穷的意见不太一样。一个说玛尔法家里有五个人，穷得要命；另一个则说，阿尼霞是个寡妇，虽然她家只有三个人，但是家里连头母牛都没有，只能要饭。大孩子这时反驳道，玛尔法也跟寡妇一样，反正她丈夫也不在家。聂赫留朵夫问他们玛尔法的丈夫在什么地方，他们回答："在牢里喂虱子呢。"原来他在上一年的夏季砍了东家的树，所以被送去坐牢，到现在已经快六个月了。他的妻子带着三个孩子只能乞讨为生，家里的老太太也生了病。

聂赫留朵夫问她的住址，于是男孩们指了一个房子给他看。那房子门口站着一个小男孩，他又瘦又小，生着一双罗圈腿，身子摇摇晃晃的。

这时，跑出来一个浑身脏兮兮的女人，大叫着小男孩的名字华西卡，寻找他。她看到聂赫留朵夫时十分害怕，连忙抱着孩子回到房里。

这个女人就是他们之前说的玛尔法。她的丈夫因为砍了聂赫留朵夫家的树被抓去坐牢了。

他们很快就要到玛特廖娜的房子，于是聂赫留朵夫问他们，这个女人家里情况怎么样，穷不穷？小男孩说她卖私酒，怎么会穷呢？

在玛特廖娜的房子前面，聂赫留朵夫让孩子们离开，然后他自己走了进去。这间房子很小，只有六俄尺。床在炉子的后方，如果个子高一点，在床上都没办法舒展身体。聂赫留朵夫看着小床，心里想，就是在这张床上，喀秋莎将孩子生下来，然后又生了病。织布机几乎占满了整个房间。老太太正在与孙女一起修理织布机。进门的时候，聂赫留朵夫的头撞在门楣上，那两个孩子跟着他进来，不过没有进去，只是站在门框那里。

织布机坏了，所以老太太不太开心，质问聂赫留朵夫的身份。因为她私自卖酒，所以很怕见到不认识的人。

聂赫留朵夫表明身份之后说希望能跟她聊聊。当老太太知道聂赫留朵夫的身份之后，一下子就变了脸，说："我都不认识您了，把您当成了路人。"

孩子们都站在门口。后面还有一个女人，她很瘦，怀里抱着个娃娃。小娃娃看起来不太健康，头上戴着一顶很小的圆帽子。

聂赫留朵夫提出想和她单独谈话。于是老太太把人都赶走了，还让他们关好门。他们全都照做了。

人都离开之后，老太太开始和聂赫留朵夫讲话。她先是不停地夸赞聂赫留朵夫，然后擦过矮柜之后让他坐在那里。她恭敬的话语中，不由让人觉出一丝嘲讽。

聂赫留朵夫坐好之后，老太太继续讲话，称赞他是养活大家的好老爷。他如今和之前的变化实在太大，她都有些认不清，恐怕他太过操劳。

聂赫留朵夫却直接问起喀秋莎的事情。

老太太说自己当然记得自己的外甥女，曾经发生了什么她一清二楚，为了这个多么伤心。

"那些事我全都知道。人还年轻的时候向来如此，总会犯一些错。咖啡和红茶能迷惑人们的心智。你没有完全不管不顾，还给了她一百卢布。她自己不够聪明，还不听我的话，不然她不会这么苦。说实话，她走的路不对。我曾经给她找到一份好工作，然而她和东家发生了矛盾。这种事情是不可以做的。所以她被辞退了。林务官家的活儿很不错，然而她自己又跑了。"

聂赫留朵夫又问起孩子的事情。

"我曾经在那孩子身上倾注了很多心血。喀秋莎病得很严重，我觉得她可能就要死了，但也不能让孩子遭罪。于是我照例将送他去了育婴堂。这要是发生在别的家里，孩子绝对会被扔掉。但是我还有点良心，花钱送他去育婴堂了。"

聂赫留朵夫问孩子有没有登记过号码，得到的回答是有。然而老太太说，人家告诉她孩子到那里没多久就离开了人世。那个人是个叫马拉尼雅的女人，家在斯克洛德诺耶村，专门做这种生意。她向来做得很好。一些人家把孩子送到她那里，她就留下，给孩子喂东西，将他们养起来。等过段时间，孩子多了，她就凑三四个孩子一起送走。她家有一个很大的摇篮，像双层床一样，里面装满了孩子，可以用把手摇动。为了不让孩子们碰到彼此，她一下放四个孩子，让他们脚对脚。这样一次也就能送走四个。为了不让孩子们吵闹，她在他们的嘴里塞上假奶头。

"喀秋莎的孩子在那里养了两个星期，得了病，于是被送走了。"

聂赫留朵夫想知道孩子是否漂亮。

"当然，全天下最漂亮的就是他，和你是一个模子刻出来的。"

"他身体那么弱，是不是伙食不好？"

"当然啦，都是敷衍罢了。反正孩子不是自己家的，送过去的时候没断气就好。她告诉我，到了目的地莫斯科，孩子就死了。不过她很聪明，将证明和手续都带了回来。"

这就是聂赫留朵夫能知道的一切。

chapter
·六·

　　离开的时候，聂赫留朵夫的头不只碰到了门楣，还碰到了门廊的门槛。孩子们在大街上等着，除了穿白衬衫和粉红衬衫的外，还有别的。女人们同样在这里，都抱着孩子，他之前看见的瘦女人也在其中。聂赫留朵夫能看出来孩子正饱受痛苦，于是问他们这女人是谁。

　　男孩子告诉他那就是阿尼霞。于是聂赫留朵夫给了她十卢布。陆陆续续地来了很多女人，她们都说自己很穷，需要接济，也想要同样的待遇。于是聂赫留朵夫把钱包里的钱全都散了出去。他回到家里，去管家的厢房，被告知太阳落山的时候，农民们就会来。道谢之后，聂赫留朵夫来到花园散步，脑海里还是方才发生的事情。

　　周围本来一片寂静，他突然听到女人们的争吵声，管家的声音也夹杂其中，很平静，还带着笑。

　　原来两个农妇的奶牛意外跑到了草场上，管家在索要赔偿。

　　他们正在房子的台阶那里，聂赫留朵夫走了过去，他发现两个农妇中有一个是即将临盆的孕妇。发现聂赫留朵夫后，大家都不再出声。管家则态度好转起来。

　　管家告诉聂赫留朵夫，东家的草场上经常跑来小牛，有时候是奶牛，这都是农民们故意放进来的。如今，他们抓到了农妇们的奶牛，惩罚是三十戈比赎一头牛，或者做两天工。她们不愿意，嘴里全是借口。

管家依旧满脸笑容，指责农妇们没有看好自己的牛，然后他把注意力转移到聂赫留朵夫身上，仿佛要他做个见证似的。农妇们则大声反驳，她们只是去看看自己的娃娃，牛就跑了。她们没日没夜地做工养家，他却还逼她们做工还债。

于是三人又吵了起来。

嘱咐管家把牛归还之后，聂赫留朵夫还在不住地思考，然而他觉得事情已经十分清楚了。可是为什么大家会对这一切视而不见呢？为什么之前的他对此也熟视无睹呢？

老百姓贫困的根源就是他们赖以生存的土地被地主强占了。他们没有土地放牧，没有土地种粮食，只能从事繁重的劳动，却得不到足够的食品。土地要依靠他们耕种，他们却因为缺少土地而死亡。而所有的生产资料都掌握在需要依靠农民却时刻压迫农民的地主手里。这种现状一定要改变。聂赫留朵夫这时才恍然大悟，为什么他在处理土地时会感到羞愧，因为他根本就无权占有土地，他在享受着这份权利的同时还装模作样地说要将部分土地收益送给农民。今后，他决定放弃土地所有权，将土地直接交给农民，收取租金，并且将地租归为农民的财产，作为公积金，任由他们自行支配，缴纳税款或用在村里的公益事业上。

回家之后，管家已经准备好了饭，他希望聂赫留朵夫能体谅他们这有限的条件。

土豆鸡汤过后是烤得太焦的公鸡，接下来上的是煎奶渣饼。饭菜并不符合聂赫留朵夫的胃口，不过他的心思不在这里。村子中的事情已经被他忘记了，他有了新的烦恼。

上菜的姑娘神色慌张，绒球戴在她的耳朵上；管家的夫人一直在门缝里观察。在管家看来，夫人的手艺十分令他骄傲，因此他十分开怀。

吃完饭，聂赫留朵夫让管家听听他的想法，在让农民拥有土地这件事上，他向来很关注这个话题，他希望管家也能赞同这一想法。管家其实根本没听明白，但是他表现得像是早有预料，而且十分赞成聂赫留朵夫。最让他困惑的是，这样一来，聂赫留朵夫自身的利益就会被损害。可是在管家的世界里，人们只会损人利己。聂赫留朵夫的提议让管家不敢确信自己听到的话，于是和他再三确认，终于完成一番问话之后，管家觉得聂赫留朵夫犯了病。然后就开始发掘这计划中是不是有他能捞到油水的地方，但在他确定完全没有机会的时候，他对这次谈话完全不感兴趣了，脸上的微笑只是为了不惹怒自己的东家。聂赫留朵夫看出管家并不能理解自己的想法，于是不再强留，他打算接下来的计划全由自己完成。

打好草稿，聂赫留朵夫就听到村子里传来的声音。他告诉管家不需要让农民们来账房了，他本人去到他们集合的院子即可。把茶一饮而尽后，聂赫留朵夫出发了。

chapter

· 七 ·

院子里原本人声鼎沸，但农民们一看到聂赫留朵夫就不再讲话，和库兹明斯科耶的人们一样，大家纷纷脱帽致敬。这里远不如库兹明斯克耶富裕。村里的女人们都把绒球挂在耳上，男人们则身穿老式长外衣、土布衫，还有树皮鞋。有人甚至没穿鞋，身上也只有衬衫。

聂赫留朵夫鼓起勇气，告诉农民们自己打算交出土地的决定，可是没有得到任何回应。

"我的想法是，土地是大家的，不种地的人没有拥有权。"

回应寥寥。

他继续说，希望农民们能同意这个决定，土地的所有收入都应该平分。他们只需要上交公积金，这笔钱其实也是他们的，而且交多少是他们自己说了算。有人捧场，但是农民们的脸色十分沉重，大家并不想再次被骗，但是也不想当场下聂赫留朵夫的面子。

对于聂赫留朵夫说的这些，农民们也像管家一样，完全不理解。对于他们来说，人类生来就要追求利益。在过往的生活中，他们很清楚地主们从来不会放弃自己的利益，只会压榨农民。曾经也有地主向他们宣扬所谓的新手段，可是那完全是为了他自己更好地获利。

聂赫留朵夫问他们希望付出多少钱来得到土地，大家只说这还得聂赫留朵夫说了算。哪怕他告诉他们钱还会用于建设村社也无济于事。

管家帮着阐述，跟他们说清楚地主的土地会发给农民，只需要他们交钱，这钱用于建设村社。

有位老爷子虽然牙都掉光了，但还是十分生气地说："这招数实在眼熟，和银行差不多，到时候还得我们付钱！我们绝对不会同意的，否则就要面对破产！"

人们都应和起来。

聂赫留朵夫提出签订契约，大家都在上面签字，这样一来大家都不能反悔。但是这个建议更加激怒了人群，他们提议以前怎么办，以后也怎么办就行，要是能取消种子就更好了。

一般来讲，农民需要自己出对分制农田上的种子，但现在他们就要求聂赫留朵夫给他们种子。

聂赫留朵夫问一个没穿鞋的农民，他们是不是不想要土地。这个农民当过兵，士兵们听到口令的时候就会举起帽子，他听到老爷的问话也这样做了，他还没有完全摆脱士兵的习惯。

聂赫留朵夫又问他农民们的地够不够用，他给出了否定的回答。

这把聂赫留朵夫难住了，他不明白，为什么他们没有地却不愿意接受自己的建议，于是他再次向他们申明自己的提议。

这却惹来了老爷子的怒火，他说："我们都决定好了！"

最后聂赫留朵夫告诉他们，自己的逗留时间还有一天，在此期间，他们可以随时找自己签订契约。

然后他什么都没做，回了家。

管家劝他不要试图和农民们争辩："对于他们来说，开会就意味着需要警惕，任何事情他们都要斟酌再三，任谁也别想说服他们。他们那么执拗，不过还是有脑子的。你要是带他们来账房，大家喝着茶说话，那他们就会表现得上知天文下知地理，这和开会时的情景截然相反。"

听了这话，聂赫留朵夫就建议他带几个最聪明的农夫来聊聊天。管家笑着说明天就会这样做。

晚上，有两个农民在大道上放马，任由马儿跑到东家的树林里吃草。他们嘴里不停地咒骂着，骂地主的心眼多，骂他想要捉弄他们。

有一个皮肤很黑，胡子也不整洁的庄稼汉想叫小马回来的时候，却发现它在草场里，于是他开始大骂这匹马。

另一个穿着破旧长衫的农民则说，周末得让女人们去地主家的地里割草，这样镰刀才不会割坏。

那个胡子乱糟糟的庄稼汉说起东家的建议来又是一阵咒骂："签契约只是方便他再压榨我们罢了。"

后面那个人非常认可。

他们的谈话停止了，路上只有马蹄声在回响。

chapter

·八·

晚上，聂赫留朵夫睡觉的地方就是账房，他们专门整理过。管家想用中午的剩菜款待他，不过聂赫留朵夫谢绝了。于是现在，房间里只剩下聂赫留朵夫一个人。

之前在库兹明斯克耶，农民们不但同意他的处理方法，而且对他感恩戴德。这里的农民却大不相同，对他还暗含着敌视的意味。聂赫留朵夫反而感觉更好一些。本来他想去花园散步，但是在那个夜晚，那里曾经发生过的肮脏事情让他却步。于是聂赫留朵夫坐在门廊中感受着大自然。管家屋里的灯已经熄灭。天上乌云密布，先是闪电劈下，然后雷鸣响起，再听不到鸟叫。鹅在雨水中大叫着。每逢这样的晚上，公鸡们就会早早开始啼叫，正如现在。

这会儿，他想到他在库兹明斯科耶的挣扎，那时候他舍不得他的房子、土地、农庄。现在他却觉得奇怪，为什么自己会留恋这些东西呢？他想到了那些穷苦的农民，想到了瘦弱的女人，想到了监狱、牢房、犯人，又想到了城里贵族穷奢极欲的生活。

聂赫留朵夫觉得一切都变得很简单，他不再考虑那些曾经困住他的问题，心中只坚定着自己的想法：应该把土地给农民；应该帮助喀秋莎，向她赎罪。他因为这样的想法而感到快乐。

乌云的距离更近。闪电照亮的范围也扩大到了整个院子。响雷一直响着，就像炸在头顶，然后是一连串的雷鸣。

聂赫留朵夫回到房间。

他不理解生活有什么意义。关于两个姑妈；关于死去的孩子和活着的他；关于喀秋莎的存在；关于他对喀秋莎不可理喻的执着；关于战争；关于自己曾经有过的放荡不羁的生活；对所有东西他都感到困惑，但他唯一能做的就是贯彻上帝想让他做的事情，而且他坚信，如此一来，他就不会再感到迷茫了。

他在床上躺好，然而墙纸又破又脏，他害怕里面会有臭虫。

"我已经不再是一个东家，我变成了仆人。"这样一想，他就很高兴。

把灯灭掉之后，就有虫子来咬他。不过聂赫留朵夫已经下定决心要去西伯利亚，而那里也不会少这种虫子。然而他依然有些接受无能，于是他回到窗户前面，继续感受大自然的美丽。

chapter

·九·

夜已经很深了，聂赫留朵夫才终于睡着，所以次日他起得很晚。

晌午，管家邀请了七个农民来做客。退伍的士兵今天脚上包了布，穿上了树皮鞋，将帽子举到胸前。直到那个留着花白胡子、相貌端正、肩膀宽阔的农民把帽子戴好，在长凳上坐下之后，剩下的人也跟着他坐下来。

聂赫留朵夫就坐在他们的面前，拿了一张纸，纸上写的是他的大概计划，然后他给他们讲自己的想法。

现在的他已经能够从容地面对大家了。他主要的倾诉对象是那个肩很宽的农民，想看看他是赞同还是反对。然而聂赫留朵夫选择的对象错了，虽然这个农民会时不时地作出反应，时而点头时而摇头，但其实他的脑子里面像有一团糨糊，只有其他农民给他解释了，他才能理解其中意思。但是坐在这个农民身边的一个老爷爷比较能听懂聂赫留朵夫在说什么。对于聂赫留朵夫的话，他都听得很认真，还给大家进行解释。还有一个老头虽然很矮，但是十分强壮，眼睛里透露出机智的光芒，他也很清楚聂赫留朵夫在说什么，而且会见缝插针地进行嘲讽，让大家看看自己有多聪明。从表面上看，那个士兵十分明事理，然而他当了太久的士兵，所以反应有些迟钝，从军队里保留下来的讲话习惯也让大家搞不清楚他在说什么。而态度最为恳切的人是一位个子很高的农民，他留了山羊胡。他能够全部理解聂赫留朵夫讲的话，但是他只在必要的时候开口说话。此外有两个人只是认真地听，基本上没有讲过话：一个老头个子非常高，头发没有一根是黑的，长相看上去十分和气，腿有点瘸；另外一个人在昨天开会的时候，对聂赫留朵夫说的任何东西都秉持了绝对否定的态度。

聂赫留朵夫先给大家讲了讲自己的想法："在土地能够买卖的情况下，所有土地都会被富人们买走，这样一来，没有土地的那些人只能任人宰割。光是站在富人的土地上，就要交钱。"

农民们对这些话反应非常激烈，有着极深的抵抗情绪。农民说自己的地离得很远，而附近租地的价钱又非常高，所以他们完全无钱可挣。

于是聂赫留朵夫接着跟他们讲，他的想法和大家一样，他觉得不应该让有钱人拥有土地。因此现在他要做的就是把土地交给农民，不过如今的问题是如何把土地分给农民，也就是说要分到哪些人身上，还有应该如何分交。在讲述的过程中，聂赫留朵夫感到有些难受，然而他还是打起精神来坚持讲了。

为了让他们能够更加明白，聂赫留朵夫给他们举例子。假如皇帝命令地主们把土地分给农民，在这样的情况下，他们希望如何分。于是农民们都赞成按照人头平分。可是当聂赫留朵夫说这样佣人们也能分到的时候，他们又坚决不同意了。

不过这是聂赫留朵夫早就做好准备的问题，他继续给他们讲，如果每个人都能分到，那有一些人本来不会去种地的，比如老爷、文书、城里人等，他们

也有地了，那么他们就会把地卖给富人，如此一来，地主们的手里又有了很多地。而那些靠着分到的一小块地养家的人，在孕育了后代之后，人口多了，但是地只有一小块儿，土地只会越来越分散。情况还是和之前一样，缺地的农民们还是会受地主们的压迫。

有人提议说禁止买卖土地，只把地分给那些自己耕种的农民。聂赫留朵夫反驳说，农民们为谁耕种其实也很难分辨。

那位个子很高的农民提出了另一个建议，那就是成立合作社，让大家一起种地。

对这个聂赫留朵夫也作了反驳。如此一来就必须保证所有人的公平，也就是说大家的马、犁、脱粒机还有农场都得是一样的或者是公有的，谁都不能比别人差。所得的收入也需要大家共同分配。他们当然不愿意这样做。

然后聂赫留朵夫又提出了新问题。土地肥瘦不同，如果分地的话，有些人会分到好地，有些人分到的地却很糟糕。

农民建议大家平分所有土地。

而聂赫留朵夫反驳说，可是如果每个省都要平分，农民们都可以无偿获得这些地，那凭什么有些人的地非常好，有些人的地很糟糕呢？

于是他们都沉默下来。

聂赫留朵夫告诉他们，这是一个很多人都在考虑的问题，有一个美国人，名字叫乔治，他有个很好的主意。

有个老头脾气很大，插嘴说聂赫留朵夫是东家，他想怎么做还不是就怎么做。然而懂事的那个农民制止了这种插话行为。

聂赫留朵夫本来有些窘迫，现在发现同样有人对这种插嘴不满，他又重新鼓起了勇气。他向大家说出了乔治提出的单一税方案。

"人们并没有土地的所有权，它是上帝的。在土地的问题上，大家享有同样的权利。可是土地也分好赖，那么没有人希望自己的地很糟糕，在这样的情况下，如果有人的地非常好，那他就应该给那些没地的人钱，按照土地的价格支付。然后我们其实很难界定付钱的人，还有收钱的对象。另一方面，村社的公益事业也需要钱来支撑。所以有一个好办法，就是如果有人分到了土地，他就要按照土地的价格把钱交给村社，村社可以拿这笔钱来做实事。得到土地的代价就是交钱。土地好，那就交得多，土地糟糕，就交得少，如果一块地都不要，那就一分钱都不用花，那些拥有土地的人会帮忙付钱。"

他们已经明白了聂赫留朵夫的意思。

不过那位个子很高的农民很清楚大家面对的难题，也就是买下土地的价格。聂赫留朵夫则表明自己现在在这里就是为了定下一个合适的价格。

大家相处的氛围重新变得融洽起来。管家则半真半假地表示同样需要土地，大家都开起玩笑来，说他没有土地也足够富裕了。于是这次谈话就到此为止了。

聂赫留朵夫希望这几个人可以和其他村民们商讨后，再决定到底怎么办。

他们答应下来，然后离开了。在回去的路上，他们还在谈论这件事情，直到逐渐听不见了。他们回到村庄之后仍旧谈了很久，很晚才停下来。

次日，他们仍然在考虑聂赫留朵夫说的话。现在有两种看法，一种是觉得这样做完全可以，没有任何问题；另一种则是觉得聂赫留朵夫是更加狡猾的地主，然而他们并不清楚他的建议具体狡猾在哪，所以越发担忧。又过了一天，农民们终于达成了一致认同的结果，于是他们来找聂赫留朵夫商量后续。

有这么完美的结局，多亏了一个老太太，她告诉大家聂赫留朵夫做这件事情的原因在于灵魂，他这样做全是为了拯救灵魂。于是大家都不再担心他是想加倍地压榨大家了。而在这里生活的这几天，聂赫留朵夫给大家发了很多钱，从侧面证实了这番话。

即将离开的时候，聂赫留朵夫把正屋打扫出来。姑妈曾经有一个红木做的衣柜，在它的抽屉里面，聂赫留朵夫发现了很多信，还发现了一张照片，里面的人物有他，还有喀秋莎和两位姑妈。这里面的喀秋莎看上去十分活泼，聂赫留朵夫带走了照片，还有一些信，剩下的东西全留给磨坊主了。磨坊主是管家介绍来的，他用十分之一的价格买下了所有的物品。

chapter

·十·

聂赫留朵夫再回到城里的时候，觉得一切都很新鲜。他在太阳落山的时候抵达火车站，然后回了自己的家。

次日清早，聂赫留朵夫离开了那所房子，他对那里十分反感。他去监狱的周围找了公寓，里面家具很齐全，他租下了两间房。他让佣人们搬来东西，这些东西都是他从家中挑出来的。接下来，聂赫留朵夫准备去找律师商谈。

前两天下了雷阵雨，所以现在出现了春寒。就算聂赫留朵夫身上还有一件薄大衣，他也还是感觉十分寒冷，于是他尽量走快些，让身子暖和起来。

聂赫留朵夫看着城里这些衣冠楚楚、肥头大耳的老板，不由得想起了他在农村见到的那些贫穷的老人、妇女和孩子。路的旁边有一家小饭店，桌子不太干净。堂倌在这中间走来走去，身体不停地摇摆，而围着桌子坐的那些人看起来都是因为没有土地而被迫进城工作的乡下人。他们看上去都很呆，出了一身汗，脸也红红的，大叫着。窗口坐着的人眉头紧皱，嘴也噘起来，呆滞地看着前方，好像在努力想着什么。

关于他们为什么在这里聚拢，聂赫留朵夫想不明白，他吸进来的空气满是油漆还有灰尘的味道。

道路并不平坦，货车成队前进，车上装的全是铁器，行进过程中声音很大，让聂赫留朵夫有些接受不了，于是他就想往货车的前面走。在这声音中，他忽然听到有人在喊自己的名字。离他没有多远的地方有辆马车，是轻便型的，上面有一位军官，正在和聂赫留朵夫打招呼，态度十分亲切，牙齿都笑得露出来了。

聂赫留朵夫认出来这是申包克，刚开始还觉得十分开心，然而没过多长时间他就清醒过来，认为其实没有开心的必要。

申包克曾经来过聂赫留朵夫的姑妈家里，他们两个已经许久没有见面了。听说，申包克已经债台高筑，也不在步兵团服役，而是调去了骑兵队，然而不知什么缘故，他一直没有退出富人的圈子。他看上去也确实十分神气。

申包克从马车上跳下来，和聂赫留朵夫说话："现在我在城里没碰到任何一个认识的人，所以能和你遇见实在是一件好事。但是说实话，你现在有点儿憔悴。你走路的样子还是没变，所以我这才能认出你。我们一块吃饭去吧，你知不知道有什么好餐馆？"

聂赫留朵夫并不想和他多做纠缠，却也不想惹怒他，于是敷衍了一番，还问他要去做什么。

"萨马诺夫的产业现在由我来管，我现在是监护人，现在就是要去处理这件事情。他可有钱了，土地足有五万四千俄亩。不过土地都被糟蹋了，全是农民们在租借，他们却不肯交钱，已经欠了八万多卢布。不过我只用了一年的时间，就让东家的收入增加了百分之七十。"明明那土地和申包克没有任何关系，他却得意成这样。

聂赫留朵夫听人说过，申包克欠的钱太多，所以他专门找了关系，给一个老财主的产业当监护人，现在这就是申包克的经济来源。

申包克如今有些发福，一直在向聂赫留朵夫吹嘘自己做监护人有多厉害，还讨论要去哪家好餐馆吃饭。他不但邀请聂赫留朵夫去用餐，还邀请他晚上一起去赛马，不过聂赫留朵夫都拒绝了。如此一来，申包克开始质问聂赫留朵夫到底有什么事情。

聂赫留朵夫只是说自己要找律师谈谈,他就问聂赫留朵夫究竟在监狱里忙活什么,是不是要解放牢犯。这是柯察金家的人和申包克讲的,不过现在他们已经离开了这里。

聂赫留朵夫都承认下来,推托说现在并不是聊天的好机会,又一次拒绝了申包克赛马的提议,还表示自己并不想惹他不高兴。

于是申包克的表情一下子严肃起来,眉毛也皱在了一起,他好像在思考什么事情。这副表情和聂赫留朵夫之前在饭店的窗户那里看见的人如出一辙。

他们两个又寒暄了几句,申包克就回到了马车上面,管马车夫要自己买下的物品。告别的时候申包克一边表达自己的开心,一边握住聂赫留朵夫的手,笑的时候还是露出了牙齿。

聂赫留朵夫回到了自己的道路上,有些奇怪自己曾经是不是也是这样的做派。他想了想,他曾经确实不是这样,但是希望能变成这样,而且能这样过一辈子。

chapter

· 十一 ·

聂赫留朵夫一和律师见面,就讲起明肖夫母子的事情,他们被控告,却没有充足的理由,这让聂赫留朵夫十分气愤。

"确实让人恼火,有很大概率是房东本人放了火,只是想拿到保险钱。可是根本没有办法证明这对母子做过这样的事情,一点证据都没有。副检察官根本没有上心,可是侦讯官却太过卖力。如果案件能在这里审讯而不是转到县里,那我敢保证我们肯定能打赢，甚至我什么报酬都不要。我们得说说其他案子的事情。费多霞案子的呈文已经写好了，是递给皇上的。您要是去彼得堡就带好，把这个亲自交给皇上，然后找找关系，不然的话他们问过司法部之后只会被敷衍回来，最后的结果还是驳回上诉。最好的办法还是交到最高当局的手里。但也不至于真要交到皇上的手里，级别太高了，您可以给委员会主任或秘书。"

把这些事情说好之后，聂赫留朵夫又拿出来教派信徒交给他的信件。这里面的事情如果都是真的，那确实有点不可思议。今天聂赫留朵夫和律师见面也是想说一下这件事情。

律师对聂赫留朵夫的乐善好施有些感慨。监狱里有数不清的冤假错案，如今想要聂赫留朵夫帮忙处理的案件太多了，但是他肯定没办法完全解决。

聂赫留朵夫大概告诉律师究竟是什么情况。原来村子里面的村民都在一个地方朗读关于宗教的书籍，第一次他们被长官们赶走了，而一个星期过去，他们又重新聚集在一起。长官们就写好公文，让警察送他们去法院。一套流程走下来，百姓们直接被送到法庭接受审判。宗教书籍被作为物证放在桌子上面，副检察官把起诉书读给大家听，然后这些百姓就被判流放了。

对于聂赫留朵夫来说，他可以理解警察接受命令抓来人，但是他不能理解接受过教育的副检察官写好了起诉书。

"曾经侦讯官和检察官确实是新派的人物，这也是我们的常识，然而如今他们变成官僚了，他们唯一在乎的就是发钱的日子，他们想的只有领薪水和涨工资。这就是他们唯一的行动准则，剩下的他们想做什么就做什么。"

律师接着说："一直以来，我都在讨好法官大人们，正是因为他们仁慈，所以我们没有在牢里蹲着。对于他们来说，想把我们流放去附近什么地方是很简单的事情。"

"法院的存在不就是为了限制检察官吗？"

　　律师被聂赫留朵夫的话逗笑了，说这个问题归属于哲学，并且邀请他星期六前往自己家，到时候会有很多画家、文人还有学者们。这样，对于一般的问题，他们就可以进行讨论了。聂赫留朵夫也认识律师的夫人。

　　聂赫留朵夫应承下来，然而他内心并没有参加聚会的想法，他不太喜欢参加这些聚会的那些有身份的人。

　　他明明很认真地在和律师讲话，可是律师听完后一直哈哈大笑，还对一些词汇表达出特殊的情绪。如此一来，聂赫留朵夫感受到他并不属于这帮人的圈子，三观也并不一致。聂赫留朵夫很清楚自己并不属于申包克那个圈子，然而他也还没有进入律师的圈子，甚至离得更远。

chapter

·十二·

要去监狱还要走很长的路，然而现在已经很晚了，于是聂赫留朵夫雇了马车前去。

车夫如今正是壮年，行进过程中还让聂赫留朵夫留意一座正在建造的大厦。他介绍这大厦时洋洋得意的样子，就好像他有这座大厦的股份一样。

这是一栋非常大的大厦，结构很复杂，样子也新奇。

脚手架旁边有一个可能是建筑师之类的角色，看上去很胖，他旁边站着一个包工头，正在恭敬地聆听老爷讲话。车辆在他们俩旁边来来往往，进去的车都装着东西，出去的则什么都没装。

聂赫留朵夫看着这栋大厦，心里想：不管是做工的人，还是老爷们，在他们看来，日子就是这样的。虽然工人们的妻子已经怀有身孕，但是还需要完成那些繁重的家务；孩子们很快就要饿死了，但在那之前脸上还带着凄惨的笑容。这座宫殿是他们亲手建造的，可是宫殿的主人却头脑空空，百无一用。工人们被不断压迫，受尽迫害。

于是他和马车夫说了自己的想法，马车夫却恼火起来，说："您不应该这样讲，正是因为它，百姓们才有饭吃。"而且他想法坚定，不可动摇，"建造房子能给百姓们提供工作。"

马车并没有停下来，车轮的响声使得沟通很费力，于是聂赫留朵夫闭上了嘴。

在监狱的附近，马车上了驿道。这时讲话就不用大声说了，于是马车夫又开了口："怎么这么多乡下人今年到城里来？"他让聂赫留朵夫留意那些工人，都是农村人。

这倒是聂赫留朵夫不知道的事情，马车夫告诉他，往年的人没有现在多，如今城里到处都是乡下人，老板们对这些人呼来喝去。他们来这里是因为无处可去，就算留在乡下也没有土地，什么都做不成。

对于聂赫留朵夫来说，这是揭他的伤疤，而且偏偏是他疼痛的点。

他不知道这种情况是不是普遍现象，于是就问马车夫，他的家乡土地有多少，还有马车夫家里面土地有多少，如今又为什么不回乡下。

"在我家那边一个人大概只能分到一俄亩土地。我爸爸和一个兄弟在家，另外一个兄弟去服兵役了。我们家有三份土地。家里的人都在种地，然而其实事情没有多少，所以我弟弟想来找我。"

聂赫留朵夫又问他们为什么不租借土地。

"上一任土地的主人已经坐吃山空。现在土地全都掌握在商人们的手里，你想和他们租，那是不可能的事情。曾经那个东家的土地都被一个法国人买走了，他在自己管理。他的名字是杜弗尔，不知道您有没有听说过？曾经他给大剧院的演员们制作假发，手里有很多钱，于是我们老东家的地全被他买走了，现在我们只能任他摆布，无论他想对我们做什么都可以。其实他人品挺好，但是他的夫人是俄国人，向来厉害得很，没有人希望触她的霉头。前面就是监狱，您什么时候下车？他们好像不让人从大门进去。"

chapter

·十三·

　　来到监狱这里，聂赫留朵夫的情绪就紧张起来，因为他不清楚今天玛丝洛娃是不是高兴，而且他知道她和她牢房里的那些人有小秘密，却不告诉他。看守知道他的来意之后跟他说如今玛丝洛娃去医院了，于是聂赫留朵夫又前往医院。医院的看守年纪已经很大了，知道聂赫留朵夫是来找玛丝洛娃，就带他去儿科的病房那里。

　　聂赫留朵夫见到了一个年纪很轻的医生，告诉他自己想找一个来自监狱、正在当助理护士的女人。医生向来体恤囚犯，他担心聂赫留朵夫是来找麻烦的，于是冷淡地告诉他，这样的人在这里有两个，问他想做什么。

　　聂赫留朵夫说出玛丝洛娃的名字，告诉医生，两个人关系不错，他现在想见她一面。

　　"我马上就要去彼得堡，是去给她上诉的。我想将这个信封转交给她，里面装着照片。"

　　医生不再针锋相对，让一个老太太去叫玛丝洛娃，问聂赫留朵夫是不是要在这休息一下等她。

　　聂赫留朵夫发现医生的态度软化了下来，就开始问他玛丝洛娃最近待在医院里面是否有好好工作。

　　"挺好的。考虑到她曾经经历过的那些事情，她如今算得上非常好了。"

　　玛丝洛娃跟着老太太来了，她穿着一件条纹的连衣裙，戴着一条白色的围裙，三角巾把头发都给遮住了。看到聂赫留朵夫之后，玛丝洛娃的脸变得通红，往前走的时候十分犹豫，也不敢看聂赫留朵夫。来到聂赫留朵夫面前之后，玛丝洛娃犹豫着要不要握手，最终还是和他握手了，脸更是涨得通红。今天聂赫留朵夫发现她身上有了新变化，那就是她变得拘谨了。他觉得她是在厌恶他，于是他把和医生说过的话又说了一遍，将信封交到了她的手上。

"这张照片来自巴诺伏。希望您能喜欢。"

玛丝洛娃看了信封一眼，然后将它收拢在自己的围裙里面。

聂赫留朵夫又告诉她自己见到了她的姨妈，还问她最近情况如何，有没有什么不习惯的。而玛丝洛娃说自己一切都好。对聂赫留朵夫说这里的人比监狱里的人更好的说法，她不太认同。

聂赫留朵夫告诉玛丝洛娃，自己已经处理过明肖夫母子的案件，但还没有结果。玛丝洛娃就开始夸奖老太太的性格。

然后聂赫留朵夫告诉玛丝洛娃，今天他就会去彼得堡，然后办理她的案子，聂赫留朵夫的想法是撤销原判。

不过玛丝洛娃的态度不是很热情，她说撤不撤销对她都一样。在聂赫留朵夫看来就是她不确定他的心意有没有转变。

"虽然不清楚您到底是怎么想的，但是在我看来，无论结果如何都没有什么区别。无论发生什么事情，我曾经许下的诺言都会做到的。"

玛丝洛娃不再低头，眼神好像在看聂赫留朵夫又好像没有，不过她看上去倒是很快乐。她虽然内心已经十分快乐了，说出来的话却不是这样子。

两个人又说了几句话，之后他们听到孩子在病房中哭泣，于是玛丝洛娃的心飘到了那边，二人就此告别。聂赫留朵夫想要和她握一握手，玛丝洛娃无视了，竭力让自己显得不那么得意，然后回到了病房里。

聂赫留朵夫在内心揣测玛丝洛娃的想法，然而他完全猜不透。现在他唯一清楚的事情就是她有所转变，尤其是在心灵上。两个人因此而团结起来，也让聂赫留朵夫能够联结上帝。于是聂赫留朵夫十分开心。

返回病房的玛丝洛娃按照护士的安排把床铺好。她的腰弯得很低，险些摔倒。有个男孩脖子上还缠着绷带，看到这一幕就开始大笑，玛丝洛娃加入了他们，坐在床边和他们一起笑，大家越笑越开心。护士却生气起来，让她赶紧拿饭过来。

玛丝洛娃当然照做，不过她又和小男孩对视了一眼，然后忍不住地笑了。这一天，每当周围无人的时候，玛丝洛娃就拿出照片来仔细观看。当一天的工作结束之后，她一个人在房间中又一次拿出照片，仔细地端详上面的一切，眼神中全是情意，无论如何也看不够。她看得最多的还是自己的脸，那时的她年纪还小，是那样的漂亮。由于太过专注，和她一起住的助理护士进了房间，她也没有发现。

这个护士很胖，但是她人很好，就问玛丝洛娃照片是不是聂赫留朵夫给她的，还问照片上的人都是谁。

玛丝洛娃告诉她聂赫留朵夫的姑妈是哪个，她说这照片拍摄的时间距离现在太久了，根本没办法辨认。

玛丝洛娃听了这话不再高兴，反而变得难过起来，她觉得照片和现在的生活隔了一辈子。

护士问起玛丝洛娃曾经的生活情况，玛丝洛娃只说很苦，一天到晚都有事情要做。对方就说那就应该不再这样生活。可是这是没有办法的事情，玛丝洛娃不再躺着，把照片也扔到了抽屉中，强忍住眼里的泪水，关上房间门去走廊里面。

当她端详那张照片的时候，心好像又回到了曾经，幻想自己那时候的快乐。可是护士提醒了她，如今的生活已经变成了这样，还提醒了她：之所以变成这样，就是因为聂赫留朵夫这个人。曾经玛丝洛娃并没有对这个问题深入思考过。可是现在她的心中全都是仇恨，是对聂赫留朵夫的。在外面待了一段时间，她就返回了房间，也没有再和护士说话，只是哭泣，为自己所经历的那些事情。

chapter

· 十 四 ·

这趟去彼得堡，有三件事情需要聂赫留朵夫解决：第一件事是向枢密院上诉玛丝洛娃的案件，第二件事是给委员会提交费多霞的案件，第三件是去宪兵司令部或者第三厅寻找释放舒斯托娃的办法，这是薇拉拜托他的，而且还得让一个要塞里的男人和自己的母亲见面。薇拉在信中提及过这两件事。另外聂赫留朵夫本人希望能够重新审理教派信徒的案子，让他们不再蒙受冤屈。

聂赫留朵夫自从拜访了马斯连尼科夫，又回了乡下后，现在的他已经完全明白自己对上流社会的厌恶了。在这个社会，为了让极少的人享受优渥生活，有无数的人为此受难，然而受益者都在遮掩这件事情。聂赫留朵夫厌恶那样的生活，也厌恶与那个圈子里的人交往的自己，可是他已经过了很多年这样的生活，如今的生活习惯和亲朋好友们都在吸引着他回到那个社会里。而如今他唯一在乎的事情，就是让玛丝洛娃还有其他所有人得到自由。想做这件事，就必须有上流社会的人帮忙，在这一过程中，聂赫留朵夫就要忍受自己心中的负面情绪。

在彼得堡这段时间，聂赫留朵夫住在姨妈家，也就是察尔斯基伯爵夫人家里。这位姨父曾经做过大臣。回到姨妈家就等同于回到上流社会，聂赫留朵夫并不想这样，然而他没有办法。如果去旅馆里住，姨妈就会不高兴，但是对聂赫留朵夫即将要做的事情来说，姨妈是不可缺少的存在。

聂赫留朵夫来到家里后，姨妈和他一起喝咖啡，询问他最近做的事情，问他现在是不是要成为霍华德那样的慈善家，这样帮助监狱里面的人。

"这可不是我的初衷。"

"不如你给我讲讲你的风流韵事吧。"

于是聂赫留朵夫告诉姨妈关于玛丝洛娃的事情。

"这件事你母亲爱伦告诉过我。曾经你在那两位姑妈家里面住了一段时间，就要和那位养女结婚。原来就是玛丝洛娃啊，如今她还是那么美丽吗？"

姨妈已经六十岁，身强体健，说起话来精力充沛。她个子很高，还有些胖，嘴唇上面长了黑色的汗毛。聂赫留朵夫从小就和她接触，她的开朗活泼，也感染到了聂赫留朵夫。

"如今的事情和之前的事情没有关系。我希望能让她脱困，只是因为她其实是无辜的，而她入狱也和我有关系。另外她之所以变成现在这样，也是因为我当初做了错事，所以我必须尽心尽力。"

"人们都说你们俩要结婚啊？"

"我的打算是这样，只是她好像没有这个想法。"

姨妈的表情看上去很诧异，但是她也为此感到开心，说玛丝洛娃还不算笨，但聂赫留朵夫就是一个彻头彻尾的笨蛋了，怎么会真的产生结婚的想法。又问他："哪怕玛丝洛娃曾经是做皮肉生意的，你也不介意吗？"

"我才是导致这一切的罪魁祸首。"

姨妈想笑，但是她没有笑出声来："你可真笨，不过我向来偏爱这样的人。我曾经参观过阿林创办的收容所，他收留了很多从良的妓女。我感觉实在恶心，回到家的第一件事就是洗澡。但对于阿林来说，他的心意十分真切。不如我们就让阿林收留玛丝洛娃，他向来擅长做这种事情。"

"玛丝洛娃要被流放了，我来这里就是想看看能不能把判决撤销。这是我想求您的第一件事情。"

察尔斯基伯爵夫人知道案子是在枢密院办理的时候，告诉聂赫留朵夫自己的表弟就在枢密院任职，叫做廖伏什卡，但是他的部门是傻瓜部门。

"我和那些真正的枢密官们完全没有生活在一个世界里面，他们那帮人干什么的都有，我完全不认识，不过我可以帮你转告我的丈夫，他的交际很广，但是他老是听不明白我的话，所以你要自己去跟他说。我觉得他是故意这样做，大家都知道我在说什么，唯独他不知道。"

仆人送来了一封信，姨妈告诉聂赫留朵夫这是阿林的信，信件内容主要是关于基泽维特的演讲。

姨妈邀请聂赫留朵夫今晚来做客，这样就可以听听基泽维特的演讲是什么样的，就连那些穷凶极恶的歹徒听了都会感动。

聂赫留朵夫这位姨妈对于赎罪相当狂热，哪怕她的性格有些奇怪。她经常前往聚会的地方，甚至会让信徒们来自己的家。即使这些信徒和她的观念并不全然吻合，行动上也截然不同，但她从来不会错过教会的仪式。对她来说这两者并不冲突。

姨妈热情地邀请聂赫留朵夫今晚来聆听基泽维特的演讲，哪怕聂赫留朵夫明确拒绝，她还是坚持，甚至告诉聂赫留朵夫，任何需要帮忙的地方都可以提出来。

于是聂赫留朵夫告诉她，要塞那边也需要帮忙。姨妈说自己可以写介绍信，这样聂赫留朵夫就可以去面见克里斯穆特男爵，那是一个非常棒的人，也是聂赫留朵夫爸爸的同事。

聂赫留朵夫告诉姨妈，要塞那边关着一个男子，他想和自己的母亲见面。

但是聂赫留朵夫听人们讲过，这需要去找切尔维扬斯基。

对于这位官员，姨妈的观感很不好，不过她认识官员的妻子玛丽爱特，她们两个的关系一向很好。

聂赫留朵夫又告诉姨妈，还有一个女人被关在牢里几个月，然而这牢狱之灾完全没有由头，谁都不明白为什么，所以他想替她求情。

"监狱里那帮人谁不知道自己到监狱的原因呢，都是活该罢了。对于那些虚无党，尤其是剪了短发的女性，我十分厌恶，而且我也不会装出自己喜欢她们的样子。"

姨妈之所以不喜欢她们，是因为三月一日事件，哪怕那些女人并不是都参与了进去，可是对于姨妈来说，这种事情就不是女人家应该干的。

聂赫留朵夫提到姨妈认识的一个女人，玛丽爱特，为什么她就可以过问这些事情呢？

"她和她们又不一样。你知道你想求情的女人到底是怎样的人吗？她是那么卑微的一个女人，却想教训大家。"

"她只是想帮助百姓罢了。"

"那就应该弄明白谁是值得帮助的。"

"我前段时间就在农村，人们都不富裕，他们拼了命地干活，却没办法填饱肚子。可是我们这些人过的生活却这么奢侈，这一点也不符合常理。"姨妈一向是很善良的，这才使得聂赫留朵夫说出了真实的想法。

"那我干脆也别吃饭好啦。"

聂赫留朵夫笑起来，说："这不一样，我的诉求是大家都能吃上饭。"

姨妈的表情看上去很好奇，她跟聂赫留朵夫说，他的结局绝对不会好。

还没等聂赫留朵夫问清楚原因，就进来一位将军，他个子很高，肩膀也很宽。这就是聂赫留朵夫的姨父，也就是察尔斯基伯爵。

伯爵一边和聂赫留朵夫打招呼，一边亲吻夫人的额头。

于是姨妈就和丈夫说："你看看，哪有这种事情，他让我亲自洗衣服，还只能吃土豆。你看他多傻呀，但是我希望你能帮帮他。卡敏斯卡雅太伤心了，不一定能活得下去。我觉得你需要去探望一下。"

姨妈要去写信，留他们两个单独对话。在聂赫留朵夫即将离开的时候，姨妈还问他需不需要写信给玛丽爱特，聂赫留朵夫当然答应下来。

"我会在信上专门为你留下地方，让你亲自写那个女人的事情。玛丽爱特肯定能说服她的丈夫。你千万别觉得我不够善良。你想保护的那帮人，其实并没有你想得那么好。不过我也不想让她们太过遭罪。今天晚上你必须回家来听基泽维特的演讲，对你来说这没有一点坏处。爱伦和你，你们俩对这个都不太上心。"

chapter

·十五·

在某些方面，察尔斯基伯爵的想法非常坚定。

在他还青春年少的时候，他就已经树立了这样的观念：他生来就该享受优渥的生活。他能得到的功勋数量是和他从国库里拿到的现金、他与皇亲国戚的交往挂钩的。于是他越发喜欢和那些皇亲国戚们交流。除此以外，什么都不值得让他挂念。四十年间，这位姨父一直生活在彼得堡，维持着这里的关系，直到成为大臣。

在他成为大臣以后，无论是别人还是他本人，都坚定地认为，在治国方面，他是不可多得的人才，然而一段时间过去，他什么成就都没有做出来，按照惯例，他被其他官僚排挤了。那些官僚和他一样，看上去仪表堂堂、深谋远虑，可是一点原则都没有，仅仅只是能看懂公文。于是察尔斯基伯爵退休了。众人忽然发现他本人没有任何的谋略，脑子空空，却又相当自信。但是他的信念丝毫没有被动摇，一年里他能领到几万卢布，除了养老金之外，还有参加国事的酬劳。最高级的政府机关里有他的挂名，他还在不同的委员会中担任主席，朋友圈也越来越壮大。

当聂赫留朵夫和这位姨父说话时，后者找到了听报告的感觉。察尔斯基伯爵告诉聂赫留朵夫自己会写两封信，把一封交给上诉部的枢密官沃尔夫就行。

"虽然外界对他褒贬不一，但其实他为人相当正直，而且还对我有所亏欠，所以他绝对会全力帮助你。"

上诉委员会里还有一个人物非常厉害，另一封信就是给他的。这个人一直很关注聂赫留朵夫说的费多霞案件。另外在这件事情上，聂赫留朵夫还想给皇后递上文章，但是姨父说有机会会提起这件事，只是没办法确定能否办成，他们最好按照规定上诉，如果可以的话，他会在星期四的碰头会上谈起这件事。

如今聂赫留朵夫手里有三封信，两封来自伯爵，另一封是姨妈给玛丽爱特的。然后他就出发了。

他先要递交给玛丽爱特的信。他们两个认识的时候，玛丽爱特年纪还很小，后面听说她找了一个做了大官的丈夫。对于玛丽爱特的丈夫，聂赫留朵夫的观感很不好，因为这个人在折磨人上很有技巧，对政治犯们非常残忍。聂赫留朵夫的心情非常低落，明明他想要帮助的是被压迫的那些人，可是他现在只能站在压迫者的一边，他不得不向压迫者们求情，希望他们能够稍微善待被压迫的那些人。可是这样的举动，也是对他们不合法行为的一种承认。聂赫留朵夫的心中一直没有停止过争斗，他不确定自己是不是要去求情，然而最终他只能选择这样。他在面对玛丽爱特还有她那个高官丈夫的时候，实在感觉很憋屈，然而他这样做却能使那个正在被折磨的倒霉女人得到释放，他们一家子都能解放出来。如今聂赫留朵夫已经不属于那个上流社会了，可是在其他人看来，他仍然归属于他们，所以他在求情的时候实在做不到言辞达意。

他很久没来过彼得堡了，但是这里还是能刺激他的身体，麻痹他的精神。这里的人已经不再追求什么，所以生活就显得格外轻松，让一切看上去都十分整洁舒适。

聂赫留朵夫坐马车穿过了彼得堡的很多地方，最终抵达玛丽爱特家。在门

口他看到了由两匹英国马拉动的马车，上面还坐着一个十分神气的马车夫。

帮聂赫留朵夫开门的门房身穿制服，看上去相当漂亮；门廊里还有跟班，他比之前那个还要漂亮，浑身上下都透露出整洁的气息；另外那个值班的勤务兵也整整齐齐，还身带刺刀。

他们告诉聂赫留朵夫，现在这户人家不会见客，因为夫人就要出去了。

于是聂赫留朵夫把信还有自己的名片都放到专门放置这类物品的桌子上，还写了几句客套话。就在这时，门房走到了门外面，跟班也去了楼梯的入口，勤务兵则立正站好。原来是他们的太太下来了，她又瘦又小，但是走路速度是不符合自己身份的快。

玛丽爱特的帽子非常大，她身上穿了一条黑色的连衣裙，还披了一件黑色的斗篷，手上戴的是全新的黑色手套，面纱把脸给盖住了。

这位太太把自己的面纱揭起来，看向聂赫留朵夫，忽然认出了他，甚至把他的名字都叫得很清楚。这让聂赫留朵夫诧异不已。

于是玛丽爱特说起话来，讲的是法语："当初我和妹妹可都对您心有好感，不过现在您和之前大不相同了。我还有事情要做，不如我们去楼上说话。"她有一些迟疑，又去看钟表上的时间，告诉聂赫留朵夫，她现在出去是为了参加卡敏斯卡雅家的丧事。

原来卡敏斯卡雅的儿子因为和人决斗被打死了，她只有他一个孩子。与他决斗的人叫波森。这件事情聂赫留朵夫略有耳闻。

玛丽爱特还是决定要走，她邀请聂赫留朵夫今天晚上或者明天来家里做客，然后就要离开。但是聂赫留朵夫告诉她自己今晚无法前来，现在来找她是有事情。然后把察尔斯基伯爵夫人的信交给玛丽爱特，告诉她，信中的内容就是关于自己需要求助的事情。

"她可能觉得我能干预我丈夫的工作吧，可我其实什么都做不了，而且我不想掺和进那些事情里面。但是既然这件事是您和伯爵夫人想做的，那我可以尝试一下，不过到底是什么事？"

"要塞关押了一个姑娘，但是她得了病，而且她是被冤枉的。"

玛丽爱特询问女孩的姓氏。

聂赫留朵夫告诉她那个女孩叫舒斯托娃，李迪雅·舒斯托娃，这也写在了信上。

玛丽爱特只说自己会去尝试，然后就上了马车，把阳伞打开。跟班就坐在前面，让车夫前进。马车将要离开的时候，玛丽爱特示意车夫停下，于是车夫就让马停下，然后玛丽爱特看向聂赫留朵夫，神情看起来有些不安。

她笑了一下，笑得十分漂亮，跟聂赫留朵夫说："请您一定要来。可不只是为了您的这件事情。"然后她就示意车夫继续前进。

聂赫留朵夫脱帽致敬，马车就这样离开了。轮胎很新，是用橡胶做成的，有些道路并不平坦，于是轮胎就轻轻地跳了一下。

chapter
·十六·

一回忆起来玛丽爱特和自己的相视而笑，聂赫留朵夫就开始埋怨自己。

在他心中，又展开了激烈的斗争，他觉得自己并没有完全醒悟，又开始重新滑向过去的生活。这样的想法常常出现在他迫不得已去向那些不喜欢的人求情的时候。

现在聂赫留朵夫要往枢密院去。到了之后他就被人带去办公室，有一间房非常大，里面坐着很多文官。

　　他们和聂赫留朵夫说，收到玛丝洛娃的上诉书了，而且枢密官沃尔夫也正在查看。这个人就是聂赫留朵夫姨父的一封信所要呈交的对象。

　　"这个星期法院就会开庭，不过这次的会议不一定会办理玛丝洛娃的案件。你最好找一下关系，这样一来，周三开庭的时候就可能会办理。"

　　他们正在检查案子的情况，聂赫留朵夫在这里等候，听到了他们的闲谈，是关于那场决斗的。他们细细地描述了卡敏斯基是如何被人打死的。原来这件事的情况是这样的：军官们去酒馆吃饭，还喝得大醉。其中一个军官说了一些不好听的话，针对的正是卡敏斯基服役的军团。于是卡敏斯基很生气，说他这是诽谤。那个军官就打了他。事情发生的第二天，他们进行了决斗。卡敏斯基的肚子被枪打中了，他死于两个小时之后。警察逮捕了凶手，还有他的两个帮手。但是人们说他们只被关了禁闭，而且两个星期之后就会被释放。

　　离开枢密院之后，聂赫留朵夫就前往上诉委员会，这是为了和莫比罗约夫男爵见面。男爵的家相当豪华，无论是门房还是听差，都一点儿情分不讲，想要见男爵就只能在会客日来。今天男爵去了皇上那边，明天也会去那里。于是聂赫留朵夫把信交给他们，然后又前往枢密官沃尔夫的家中。

　　现在的沃尔夫正在散步，还抽着雪茄，因为距离他吃完早饭还没有多长时间，他正在消化。聂赫留朵夫终于见到了他。在沃尔夫本人看来，自己是非常正直的人，并且绝不贪污，十分廉洁，就和骑士一样。但是让公家报销自己的开支，霸占妻子和姨妹的财产，在当年担任省长时迫害当地数百名无辜百姓，在他看来，都是非常正常的事情。

　　两个人寒暄过后，沃尔夫的笑容显得十分亲近，但是其中暗含着一些嘲讽。在他看来，自己的正直远胜于常人。读过聂赫留朵夫交给他的信之后，沃尔夫就让聂赫留朵夫先坐下来，自己还是需要散步。他的书房非常大，他就在里面散着步，同时和聂赫留朵夫说话："很高兴见到你，而且我非常乐意帮察尔斯基伯爵的忙。"他边说边吐着烟雾。为了不让烟灰落下来，他把雪茄小心翼翼地从嘴里取出。

"我希望案子可以尽早地审判。如果被告人必须前往西伯利亚，那时间最好能往前提。"

沃尔夫的脸上还带着笑容，说："这样一来，可以去下城，搭第一批轮船前往西伯利亚。"

然后他问聂赫留朵夫被告的姓氏，聂赫留朵夫告诉他是玛丝洛娃。沃尔夫看了一眼公文夹，上面有张纸，然后他和聂赫留朵夫说："哦，玛丝洛娃。我会帮你通融通融，案子星期三就可以办理。"

聂赫留朵夫询问他自己可不可以先给律师发电报，他说都行。然后聂赫留朵夫继续讲："可能我们并没有足够的上诉证据，但是我觉得您可以通过案卷发现，判决是存在误会的。"

"确实可能出现这种情况，然而对于案件到底有没有错误，枢密院是没有办法去审核的，我们审核的是有没有遵照流程引用法律或者解释法律。"说这话的时候，沃尔夫显得非常严厉。

聂赫留朵夫想要提醒他这个案件的特殊性。

"每个案件都有其特殊之处，但是我们还是要遵照流程。"雪茄上的烟灰很快就要掉下来了，为了避免这种情况发生，沃尔夫把雪茄竖起来，不过好像还是有点危险，于是沃尔夫小心翼翼地把它拿到烟灰缸旁，果然，烟灰落了下来。

"你知道卡敏斯基的事情吗？他实在太可怜了，他是那样好的人，而且是他妈妈唯一的孩子，他妈妈得有多难过。"他说的这些话和彼得堡大众所谈论的一模一样。

接着聂赫留朵夫和沃尔夫告别，沃尔夫邀请他星期三来家里吃饭，这样就能明确地知道事情的进展。

事情都办完了，聂赫留朵夫坐马车返回察尔斯基伯爵夫人的家中。

chapter

·十七·

伯爵家里面吃饭的时间是七点半。他们每把一道菜吃完之后，夫人就会按下桌子上面的铃铛，于是仆人进入餐厅，收走吃完的空碟，把接下来的菜端上来。饭菜都非常精致，而且喝的酒也相当高级。厨房很大，厨师是法国人，他有两个下手，他们还在工作。饭桌上一共有六个人：伯爵夫妇二人、他们在近卫军做军官的儿子、聂赫留朵夫、来自法国的女朗诵员，还有从乡下来的总管。

在吃饭过程中，大家又谈论起卡敏斯基的事情，有一个共识：对于死去的人的妈妈，皇上十分同情，而且人们都为她难过。但是同情归同情，对于凶手是没有办法严厉打击的，因为他是军人。所以人们不得不让自己变得心胸开阔。察尔斯基伯爵夫人倒是不管这些，她直接谴责凶手。

"那个年轻人多好啊，就这样被他们打死了，这是我绝对没有办法原谅的事情。"

伯爵说自己不太理解，但伯爵夫人接着就和聂赫留朵夫说："他当然不会理解我说的是什么。一直都是这样，大家都很理解我说的话，唯独我的丈夫不理解。那位母亲有多难过，我也就有多难过。那个杀人犯凭什么这么神气？"

本来他们的孩子一言不发，听完母亲的话后他却开始帮凶手说话，和母亲作起对来。他说话的时候声音很粗。他告诉她，身为一个军官，遇到这种事非这么做不可，否则就会遭到同事们的批评，甚至被赶出军团。聂赫留朵夫一直没有说话，只是听他们讲。曾经他也是军官，他非常理解小察尔斯基说的这些话。但是他在心里将那个凶手和监狱里非常漂亮的年轻农民进行比较，那个农民只是因为打架的时候不小心杀了人就被流放了。两个人都是在酒后把人打死，如今军官待在禁闭室中，吃喝都非常精致，还能看书，并且人们非常理解他，也肯定会让他重获自由，他的生活没有任何的改变，甚至有可能更吸引人们的关注；可是农民呢，他不得不离开自己的家庭和熟悉的环境，被流放到边远的地方去做苦役。

他和饭桌上的人讲述自己的心里话。刚开始还得到了察尔斯基伯爵夫人的赞同，后面她也不出声了。其他人也大多都保持沉默。聂赫留朵夫忽然意识到了，他其实不应该这样讲。

吃完晚饭，他们就在大厅里面待着。这里已经摆好了雕着花纹的高背座椅，足有几排。还放了一张桌子，后面有一把圈椅，旁边放着茶几，上面摆好了玻璃做的水瓶。这水是给演讲的人喝的。那是一个外国人，名叫基泽维特。听众们都陆陆续续地到场了。

很多马车都来到了门口。很多贵族夫人们坐在大厅中，她们都戴着假发，腰部也被勒得细细的。在这中间还有几个男人。

基泽维特的身体非常健壮，但是头发已经全白了。他演讲用的是英语，旁边有一个非常瘦小的姑娘在帮他翻译，翻译得很不错，速度很快。

"人们所犯下的错实在是太多太大，所以会受到严厉的惩罚，而且根本无法逃离，但是我们不能就这样坐以待毙。"

说完这些话，他发不出声来，流出了眼泪。距离他第一次演讲已经过去了八年，可是每当讲到这里，他还是会流眼泪。然后他的心情越发激动。大厅中的人也哭了起来。察尔斯基伯爵夫人的位置在小桌的旁边，她用手抱住脑袋，圆润的肩膀现在也在不停地抖着。马车夫惊奇地看着，他的神情看上去就像他还在赶车，而很快车就要撞到德国人的身上，但是德国人坚持留在原地，不肯让开。人们基本上都和聂赫留朵夫的姨妈用同样的姿势坐着。

忽然基泽维特激动起来，他的笑容十分甜蜜，正如他的声音："如今不一样了。我们将会重新获得快乐的生活。我们被上帝拯救了，我们的苦难全都结束了。朋友们，我们一起来感谢上帝吧。"

聂赫留朵夫忽然觉得非常恶心，于是没有发出什么动静，回了自己的房间。

chapter

·十八·

次日，聂赫留朵夫将要下楼的时候收到了听差送来的东西，那是莫斯科律师的名片。律师是为了别的事而来的，但如果枢密院马上就要审理玛丝洛娃的案件，那律师就会出庭。聂赫留朵夫刚给他拍去了电报，但是正好跟他错开了。然后聂赫留朵夫就和他讲了开庭的时间，还有办理案子的枢密官都是哪位。律师笑了一下。

"一共有三位枢密官，但他们的类型都不一样。沃尔夫属于彼得堡的官僚，而且非常典型；斯科沃罗德尼科夫则是一个法学家，他的学问很深；贝则也是法学家，但是他更讲究实际。我们希望找到的突破口在贝则的身上。"律师又问聂赫留朵夫上诉委员会的情况。

"昨天我去找沃罗比约夫男爵了，但是没能见到他，今天我还要去找他。"

"沃罗比约夫能够成为男爵，是因为保罗皇帝出于某种原因赐给他祖父这个爵位。他祖父本来只是个听差的，但不知找到什么方法博得了皇帝的欢心，皇帝就说：'让他去当男爵，我已经下达了命令，你们不可以进行阻拦。'于是世界上就出现了沃罗比约夫男爵。从事实来看，他非常狡猾。"

聂赫留朵夫打算现在去找沃罗比约夫男爵，律师则说两个人可以结伴而行，他有一辆车可以过去。

要出发的时候，玛丽爱特用法文写的信也到了，聂赫留朵夫看了一下：

> 本来我是有原则的，但现在我已经不管不顾地向丈夫说了您所想做的事情。这个人很快就会被释放，我的丈夫已经将手谕交给了司令官。现在您可以正大光明地拜访我家了，期待您的到来。
>
> 玛

聂赫留朵夫就和律师讲："这实在是太荒唐了，明明这个女人什么错事都没有做，但却在牢里待了七个月；现在，他们一句话又能让她得到自由。"

"这是这个世界的常态，不过最起码您能够得偿所愿。"

"这样轻易地解决了问题反而让我心里更不是滋味。他们到底都是怎么工作的？她又是因为什么才被关押？"

"您最好不要追溯这种问题的根源，现在我们就出发吧。"他们来到门口，站在台阶的上面。前面就是律师雇佣的马车。律师确定现在就要前去会见沃罗比约夫男爵后，告诉了车夫地点。

聂赫留朵夫乘坐马车来到沃罗比约夫男爵的家，男爵就在家里。进门之后，一个年轻的官员坐在第一间房中，他身上的制服是文官穿的。房里还有两个妇人。

年轻的官员从太太们身边来到聂赫留朵夫的面前，问他的姓氏。聂赫留朵夫回答之后，年轻官员就说男爵曾经提起过他，让聂赫留朵夫在这里等待片刻。然后官员自己进入了一个房间，那个房间的门之前一直关着。他从里面带出来了一位满面泪痕的太太。她把面纱放下来，掩盖自己的情况。

　　然后年轻官员就让聂赫留朵夫进到那个房间。那里是书房，聂赫留朵夫进门之后看到了一张写字台，后面放着一把圈椅，坐在上面的男子看起来十分开心，他正看着前面，脸上的表情非常和蔼，笑容相当亲切。

　　"很高兴见到您，我和您爸爸认识的时间很早，也看过您小时候的样子。您当军官的时候，我们两个也有见面。现在请您坐在这里，告诉我，我可以帮您什么忙。"

聂赫留朵夫把费多霞的事情和盘托出。男爵摇了摇头，问他有没有进行上诉。聂赫留朵夫取出诉状，说他已经做好了准备，希望男爵可以稍微关注一下案件。

男爵说自己一定会亲自给上面汇报这件事。他想让自己表现出怜悯的样子，然而装得并不贴切。"这实在是一个非常美丽的故事。她是那么的年轻，丈夫本来对她很不好，所以她讨厌自己的丈夫；然而一段时间之后，她发现了丈夫的优点，两个人重归于好。我会将这个案件汇报到上面的。"

"察尔斯基伯爵告诉我会把这件事情告诉皇后。"

男爵听完后不再那么淡定。

"我会尽全力帮助您的，只要您去办公室交了上诉书。"

这时，年轻的文官进来告诉男爵，说之前的太太还想再聊一聊。男爵允许了，然后和聂赫留朵夫说了一些客套话，还说自己会尽力。

之前的夫人进来了，向男爵苦苦地请求，并且亲吻男爵的手。男爵只说会尽力而为。

太太离开后，聂赫留朵夫和男爵道别。男爵说："我一定会全力帮助你，这件事情要去问司法部，他们会告诉我们答案，然后我们就能再想想办法。"

离开房间之后，聂赫留朵夫又经过办公室。房间里面还有很多看起来非常端正的官员们，他们的穿着都十分整洁，而且很有礼貌，从服装到个人的修养都显得非常上台面。

而聂赫留朵夫的想法是：为什么会有这么多这样的人？简直多得不可思议。他们的身体看上去都十分强壮，他们的衣服也都很整洁，他们的鞋亮得可以反光，这都是因为什么？不用提那些牢犯，就和农民们相比，他们也显得非常阔绰。

chapter

·十九·

　　如今彼得堡所有的牢犯都被一个年老的将军管理，他原本是德国的男爵。他的一生中，被赐予了非常多的勋章，不在一般情况下，他只戴白十字章。听人们说如今他的头脑已经有些糊涂了。这枚白十字章是他早年间工作的时候得到的，那个时候他带着俄罗斯的农民们，拿着武器杀了一千多个人，那些人都是为了保护自己的亲人、家园，还有自由才战斗的。后来他换了一份工作，带领俄国的农民们一起战斗，又拿到了勋章，还有一些新的小玩意儿。他工作过的地方很多。如今他已走入暮年，但他现在的职位也不容小视，他的房子还非常豪华，每年能领到非常多的钱，人们也都十分尊敬他。对于上面下达的命令，他都能够仔仔细细地完成，也相当肯花力气。上面给他发下来的命令对他来说是最重要的事情，而且绝对不可以动摇。

　　按照上面的规定，这位上了年纪的将军每个星期会去监狱里面巡查一次，还会征求犯人们的建议。他听的时候不动声色，什么也没表示，听完就全都无视掉了。他觉得这些要求都不符合法律规定。

　　当聂赫留朵夫抵达将军家的时候，他正在会客厅中，坐在一张小桌的旁边，他对面还有一个年轻人，他们两个正在合力转动小碟。这个年轻人是他属下的弟弟，是一名画家。两个人的两只手紧紧相握，一起按在茶碟上面，茶碟被倒扣过来。茶碟的下面是一张纸，写着所有的英文字母。将军对茶碟提出了问题：当人离开这个世界后，灵魂要怎么认识彼此？

　　勤务兵将聂赫留朵夫的名片拿给将军，这个时候茶碟正在转告贞德灵魂的话语。这句话是用字母拼凑而成的："认识彼此的方式是……"句子拼凑到这里时，勤务兵也进来了。现在茶碟正在不停地滑动，因为将军认为贞德想要表达的是，想要认识彼此的灵魂，那就要清理掉所有的俗世杂念；但是画家认为贞德想表达的意思是，灵魂是通过自己散发的光芒认识彼此。将军的眉毛都皱了起来，他紧紧地盯着盖在茶碟上方的手。他认为茶碟只是自己移动，但实际上是他在用力推动茶碟，想要让茶碟落在自己想要的字母上。而画家的脸十分苍白，头发掖在耳朵的后面，他的眼睛是浅蓝色的，正在看着会客室的某个角落，他的嘴唇一直在动来动去。他的手也在将茶碟推往自己想要的字母上方。将军的眉头皱得很紧，他把名片拿了过来，戴上自己的眼镜，腰有一些痛，所以他闷闷地哼出声，然后直起身来，轻轻揉动自己的手指。

　　将军让勤务兵带客人去书房，然后画家请求将军让他自己一个人完成剩下的问话，因为贞德的灵魂并没有离开。

　　将军同意之后前往了书房。见到聂赫留朵夫，将军的态度十分亲热，让他坐下来，问他到达彼得堡已经多长时间。

　　聂赫留朵夫告诉他刚到几天。

　　将军又问聂赫留朵夫父母如今情况怎么样，知道他的母亲已经离开这个世界之后，表达了自己的遗憾。然后说自己的儿子提过，已经和聂赫留朵夫见过面。

　　将军的孩子和他父亲一样在官场上如鱼得水。他曾经就读于军事学院，毕业之后为侦查局服务，并且为此十分得意，他如今管理的人员全是暗探。

　　"曾经我和你爸爸一起工作，我们认识了很久，而且关系很好，您现在是否有工作呢？"

　　"不，我没有什么差事。"

将军不当回事地低下了头。聂赫留朵夫向他说明自己的来意，说自己有事情求将军。

"这件事情其实不应该麻烦您，但是希望您能够体谅我，我实在是逼不得已。在您关押的人里面，有一个人叫古尔凯维奇，他妈妈想和他见面，还希望可以给他一些书。"

聂赫留朵夫说明之后，将军的头歪着，眼睛也眯了起来，好像在仔细地思考；实际上，他心里早就准备好了照章回答的话。

"说实话，我没办法做这个主。最高当局批准的法律中有明确的规定，如果法律允许的话，那就可以探监，而想看书，也可以去这里的图书馆，里面那些书都是经过许可的，他们都可以看。"

"他想要进行研究，所以要看的书具有学术性。"

"他们只是在说谎。他想要的根本不是进行研究，只是在给人们找麻烦。"

"对他们来说，生活已经充满苦难了，为了打发时间，必须做一些事情。"

"他们总是说自己过得苦，但是我很清楚，我们提供给他们的住宿条件十分优渥，相对于大环境来说已经是非常好的了。"将军谈到他们的时候，就好像在谈一些品格极差的人。

他给聂赫留朵夫详细地讲述牢犯们居住的地方有多好，就好像他们已经确实给了这些人足够优厚的待遇一样。

"曾经他们吃了不少苦头，可是如今他们的生活非常棒。在大部分情况下，他们每顿饭都有三道菜，并且经常能吃到肉，要么是牛排要么是肉饼，星期天的时候还会给他们加上一份甜点。在俄国，真的每个人都能吃到这样的饭菜吗？"

当老人希望强调什么事的时候，就会不停地讲，将军也是如此。他希望告诉聂赫留朵夫，牢犯们的贪心是没有办法被满足的。

　　"我们专门开设了图书馆，把适合他们看的书都放了进去，包括旧杂志之类的，但是他们很少去看。刚开始的时候他们还兴致勃勃，可是后面，送去的新书大多数都没有被打开过，旧书更是一点儿都没人看了。曾经我们专门做了实验，在书中放了一些纸片，然而后面我们发现根本没人动过纸片。我们并没有不让他们写字，他们都能领到石板和笔，想怎么写就怎么写，还可以把之前写的内容都擦下来重新写。然而他们根本不会这样做。没过多长时间，他们就变得安静沉默。他们刚开始的时候可能还会有一些躁动不安，到了后期就越发安静，还会发福。"将军根本没意识到，从他嘴里说出的是多么残酷的话。

　　聂赫留朵夫只能岔开话题，说起另一个案件，也就是关于舒斯托娃的事情。他告诉将军，今天就有人告诉他，已经得到了上面的命令，会把她释放。

　　然而对将军来说，他管理的犯人实在太多了，他根本记不住他们的名字。他这是在谴责有太多人犯罪了。他按下铃铛把办事员叫了过来。

　　趁办事员没来，将军又给出了自己的建议，希望聂赫留朵夫可以去进行一些工作。如果一个人足够正直，那他就会受到皇上还有国家的欢迎。他之所以说国家这个词汇，就是为了让自己的话更加高尚、动听。

　　"我的岁数已经很大，可我还在努力地工作。"

　　办事员告诉将军，舒斯托娃关押的地方十分特殊，他们也没有收到公文。

　　"如果我们接到公文就会立刻让她重获自由，绝对不会让她在这里多待。"将军努力尝试让自己笑得调皮一些，但是他的年纪已经很大，这样做只会让他看起来更加丑陋。

　　聂赫留朵夫和将军告别，竭尽全力不让自己表现出对将军的一些看法，而在将军看来，这个年轻人是他过去同事的孩子，所以不用过分地苛责，随随便便说几句话就行了。

　　"您走好，不要怪罪我，我这么说全是出于对您的关爱。但凡是关押在这个地方的人，都犯下了罪过，而且人品都很差，所以不要和他们交流。"对于将军来说，这一点毋庸置疑。如果把这样的想法否定，他就无法承认自己是一位值得人们尊敬的英雄了，反而变成了一个无赖，虽然岁数已经大了，却还在让自己的良心受折磨。"希望您可以找点工作，皇上和国家都很需要品德高尚的人。如果大家都和您一样，那么工作该由谁来完成呢？现有制度总是受到批评，但是又没有人做实事。"

聂赫留朵夫叹气之后向将军鞠了一躬，然后和他握手，离开了这个房间。将军伸展自己的身体，回到会客室。画家已经结束了对话，并且做好了记录，等着将军回来。将军重新戴好自己的眼镜，念出记录：认识彼此灵魂的方法是通过灵魂自己散发的光芒。

将军把眼睛闭上，表示赞许，但他又说，如果每个人的光芒都是一样的，那么大家又如何能分辨清楚呢？然后两个人坐在一起，手指相握，继续他们的问话。

聂赫留朵夫正乘坐马车离开这座宅子，马车夫和聂赫留朵夫说："这里实在有一些憋屈，太闷了。本来我想一个人离开这里的。"聂赫留朵夫对"这里太闷了"这个观点是相当认同的，他深深地吸了口气，好像卸下了身上的重担，看着天空，然后又去看旁边的河水。

chapter
·二十·

次日，玛丝洛娃的案件就要公开审核，于是聂赫留朵夫向枢密院出发。枢密院的大厦门口已经停放了许多车辆。法纳林律师也抵达了这里。他们来到二楼，律师对这里的路线很熟悉，他们向左拐了个弯，进入了一个木门。现在枢密官们都已经来到了这里，于是法纳林前往另外的房间。在这个房间，他们看到楼梯上下来了一个官员，他还把皮包夹在了自己的腋下。房间里面坐着一个很像家长的老爷子，两个跟班十分恭敬地站在他的身旁。

老爷子的头发已经全白了。房间里的大柜子相当于更衣室，老爷子进去之后关上了门。法纳林开始和遇到的同行聊天。这时候，聂赫留朵夫开始观察在这间房子里面的人。旁听的人大概有十五个，其中有两位女性，一个看起来岁数还不大，戴着眼镜；而另一位的头发已经全白了。

马上就要审理的案子是报纸诽谤罪，有很多旁听者，大部分都是从事新闻工作的人。

身穿制服的民事执行吏手里拿着一张纸，询问法纳林要办的案子是什么，然后把答案"玛丝洛娃案"记录下来，离开了这里。

老爷子从大柜子的门里面走出来，现在他身上的短上衣、灰长裤已经变成官服，胸前挂满了勋章和奖牌，他看起来就像一只大鸟。这套服装十分好笑，老爷子本人也有一些窘迫，他走得很快，走进了入口对面的门里面。

法纳林告诉聂赫留朵夫这个人就是贝，很受人们的尊重。然后他把自己的同行介绍给聂赫留朵夫，随后又谈论起马上就要受理的十分好玩的案件。

开庭之后，聂赫留朵夫跟随旁听者们进入法庭，他们的旁听席就在栅栏的后面。而彼得堡的律师去了栅栏的前面，那里有一张斜面的写字台。

这里的法庭没有地方法院的大，而且看上去也十分简陋。枢密官的桌子上铺着深红色的丝绒布，还镶了金边，不同于地方法院的绿呢。这里虽小，但是已经具备了所有行使审判职能机关的标志。民事执行吏宣布开庭之后，人们都站起来，枢密官们进入了法庭，坐在后背很高的扶手椅上，把自己的胳膊支在桌子的上面，看上去十分镇定。

一共有四位枢密官。首席枢密官叫尼基丁，他的眼睛是银灰色的。沃尔夫的嘴巴噘了起来，他正在用白净的手翻阅卷宗。坐在下面的名叫斯科沃罗德尼科夫，他是一个法学家，而且学问很深。再下面就是老爷子，贝，他的位置最靠后。副检察官和书记长跟随在他们身后。副检察官看起来年纪不大，非常瘦。尽管他穿的制服相当古怪，他们也有六年的时间没有见面，但聂赫留朵夫还是认出了这个人，他就是自己大学时代的好朋友谢列宁。

和律师证实谢列宁的身份之后，聂赫留朵夫告诉律师，他们两个人的关系非常好，而谢列宁本人也非常不错。律师则说他的工作完成得非常棒，他非常卖力，早知道就应该找他通融一下了。

聂赫留朵夫则说，谢列宁很有原则。聂赫留朵夫和谢列宁的关系向来很好，他们的友谊也很深厚，而且谢列宁本人确实非常优秀，他是那样的正派、诚恳而纯洁。

法纳林正在听他们报告案件，他小声地告诉聂赫留朵夫："如今说这些已经没有用了。"

对于地方法院的判决，高等法院的裁定是没有办法将其改变的，现在这个庭审就是为了解决对高等法院裁定的上诉。

聂赫留朵夫尽量认真仔细地聆听，想搞清楚现在在审的这个案子是什么情况。然而他实在没办法接受大家说出来的东西其实都并不重要这件事。这起案件是关于一篇文章，这篇文章揭发了一位股份公司的董事长舞弊的情况。明明最重要的问题是搞清楚这位董事长到底是不是侵犯了股东们的利益，还要搞清楚如何阻止他的行为。可是他们纠结的问题是：从法律上看，报纸的发行人应不应该将小品文刊登在报纸上面？把小品文发表出来是触犯了什么法律？是算诽谤，还是算污蔑？诽谤加上污蔑，还是污蔑加上诽谤？另外他们还提到某个总署颁布的法令还有决议，这让普通人理解起来更加困难。

聂赫留朵夫唯一能搞清楚的一点就是，昨天沃尔夫告诉他，枢密院不可能检查案件是否正确，但是现在他作为报告案情的人，竟然帮被告说话，为了让高等法院撤销裁定。令人没有想到的是，谢列宁对此表示激烈反对。聂赫留朵夫十分惊讶，他并不知道其中缘由。原来，谢列宁早就知道这位董事长暗中舞弊的事情，而且他又在偶然的情况下知道，在开庭的前段时间，沃尔夫去参加了这位董事长的宴会。现在沃尔夫报告案情的时候对董事长有所偏袒，这让谢列宁越发气愤，他对沃尔夫的反驳十分强烈，这让沃尔夫非常不快。他看起来是那样的惊讶，仿佛受到了严重的冒犯。他起身和其他枢密官们前往议事室。

民事执行吏又来询问法纳林将要办理的案子，法纳林重新告诉他是关于玛丝洛娃的。他有些犹豫地说："这个案子是今天要审理的，但是不打算公开讨论，所以当枢密官们宣布自己的裁决后，可能就不会再出来了。不过我会去通报的。"

法纳林质问他怎么通报，他含糊回答，然后又在纸上记录了什么。枢密官们确实不打算再出来，将诽谤案的裁定宣布给大家之后，他们就会在议事厅将别的案子都审理完。

chapter
·二十一·

来到议事室之后，枢密官们刚刚坐好，沃尔夫就开始讲述撤销原判的理由，他陈列了很多理由，滔滔不绝。

　　首席枢密官尼基丁一直以来都很刻薄，而在今天，他的心情特别不好。在案件进行审理的时候，他就已经有了决断。现在和大家坐在一起，他脑海里全都是自己的小算盘。昨天他在备忘录上记下来一件事，那就是：有一个相当好的差事，被分到了维梁诺夫的头上，那是他早就想要的肥差。他昨天还在备忘录上批判了几个一二等文官，说他们是他拯救俄国路上的绊脚石。其实他们只是阻止他领取更多薪水罢了。他的心思根本就不在现在的案件上面。

贝看上去有些忧伤，他在自己面前的纸上画花环。他属于自由派，而且成分非常纯粹，对他来说，六十年代的传统不可动摇，哪怕有些时候他不会站在严格公正的立场上面，但那全都是为了自由派。贝驳回上诉的原因之一就是控告报馆人员诽谤就相当于压制新闻自由。当沃尔夫把案件报告完之后，贝的脸色看上去很不好，他不想再给人们花费大量口水去讲常识。他的说明十分简单，也让大家信服，那就是上诉是没有理由的。然后贝接着低头画自己的花环去了。

沃尔夫对面是斯科沃罗德尼科夫，他正在不停地咀嚼自己的胡子。贝说完之后他就开始说话，声音非常尖锐，他说在有法律依据的情况下，他希望能够把原判撤销，然而事实上并没有法律依据，所以他很支持贝的建议。对他来说这是值得高兴的，因为他有机会挖苦沃尔夫了。首席枢密官也倾向于斯科沃罗德尼科夫的看法，于是他们否决了这个案件。

唯一不太开心的就是沃尔夫，因为他这种并不正直的偏袒行为，好像大家都看出来了。不过他表面上还是很镇定。下一个案件就是玛丝洛娃的，他读得很仔细。枢密官们叫人来送茶水，开始谈论另外的事情。这件事和卡敏斯基的决斗一样，已经在彼得堡引起了广泛的讨论。

这个案件审判的是一位局长，他触犯刑法第九九五条，被人检举揭发了。

贝对此表现得非常厌恶："真是恶心！"

斯科沃罗德尼科夫正沉醉于香烟之中，笑了笑说："这挺好的呀，我可以在书里找出德国作家的一篇文章给您看看。他认为这没什么罪过可言，男人之间也是能结婚的嘛。"

贝坚定地否定了。

斯科沃罗德尼科夫把著作的名字讲给贝听，还说出了出版的年份还有地点，十分详细。

尼基丁则说："据说他如今在西伯利亚的一个城市做省长。"

斯科沃罗德尼科夫已经抽完了烟，又开始嚼他的胡子，说："那可真棒，我认识和他差不多的人，可以推荐给他。"

这时民事执行吏进门和枢密官们说聂赫留朵夫还有律师想要出庭给玛丝洛娃的案子作证。

对于聂赫留朵夫和玛丝洛娃的关系，沃尔夫知道一些，于是他就把这些讲给枢密官们听。

枢密官们谈够了这段风流韵事，回到法庭把上一个案件的判决宣布给大家，然后接着开始审理玛丝洛娃的案件。

对案件进行报告的还是沃尔夫，然而他的说法不够公正，可以看出来他是想撤销原判的。首席枢密官则问法纳林是否需要补充。

法纳林十分严肃，他说的话也很得当。他逐条证明了法庭违背法律的六个方面，顺便表示了案件的真实情况，也就是说原判并没有公正的处事。当法纳林陈述的时候，他的语气听起来十分抱歉，他仿佛在说，自己这么做只不过是在承担作为律师的责任罢了，枢密官们肯定比他看得更清楚，比他理解得更透彻。法纳林话里话外都表明，他坚信枢密院会把原判撤销，于是发言结束之后，他笑得十分得意。聂赫留朵夫看见律师的笑容，认为官司不会输掉。但是当观察了枢密官们之后，聂赫留朵夫才发现，唯一得意的只有法纳林。无论是枢密官还是副检察官都十分不耐烦，好像他们已经听够了这样的演讲。当律师说完话放他们空闲的时候，他们终于又高兴起来。在这之后是首席枢密官和副检察官的讲话。谢列宁的主张是不撤销原判，因为并没有充足的证据。然后枢密官们就离开了法庭，去议事室开会，他们发生了一些争论。沃尔夫的期望是把原判撤销,这和贝一样,而且贝的态度非常坚决,并且根据自己的了解告诉同伴们当初法庭上的情况,还有陪审员们是如何产生误判的。尼基丁一贯的主张都是要严格一些,所以他不想把原判撤销。如此一来,斯科沃罗德尼科夫的立场就很重要了,可是他也不希望撤销原判,因为他很讨厌聂赫留朵夫要和那个女孩结婚的做法。

斯科沃罗德尼科夫信仰唯物主义和达尔文主义,他非常讨厌抽象道德,对他来说,这种存在非常恶劣,太过癫狂,也是在侮辱他自己。对他来说,这个由妓女引起的麻烦,聂赫留朵夫和有名的律师的参与,一切都太可恶了。他一直在咀嚼自己的胡子,做出一副不清楚事情到底是怎么回事的样子,说撤销的证据并不充分,所以最终还是应该维持原判。

于是原判还是没有被撤销。

chapter

·二十二·

律师和聂赫留朵夫回到了接待室。聂赫留朵夫十分气愤地说:"事情讲得还不够明白吗?都这样了,结果还是驳回吗?"

"根源还是第一场庭审时没有把事情搞清楚。"

"谢列宁居然也不愿意撤销原判,怎么会这样呢?我们如今该作何打算?"

"只能去告御状了。我会帮您把状子写好,然后您一定要本人交上去。"

沃尔夫走进接待室,面对聂赫留朵夫,他只说了一句"证据不够",然后就离开了。

谢列宁跟在他的身后进了屋，他得知了聂赫留朵夫也在这里的消息。

谢列宁的表情很开心，但是眼神里还透露出来忧郁。他说："怎么会在这种地方和你相遇呢？你是什么时候来彼得堡的？"

"你又是什么时候当上检察官的？"

"不过是副检察官罢了。你来枢密院干什么？他们告诉我你来了彼得堡。你来这里的原因是？"

"我之所以来到这个地方，是想让一个无辜却被判刑的女人得到自由。"

"她是谁？"

"就是你们方才审理的那个案子里的女人。"

"啊，玛丝洛娃。上诉的理由不够。"

"关键是她什么错事都没有做，可是还是要被流放。"

"并不是没有这种可能性，然而……"

"事实就是这样。"

聂赫留朵夫告诉谢列宁自己陪审了那个案件，也很清楚事情的经过。

谢列宁惊讶极了，说他们当时就应该把这件事情说出来的，而且说完之后应该做好笔录，这样上诉的时候就可以一起交过来。

谢列宁几乎不怎么参加社交活动，专心处理公务，所以他完全不知道聂赫留朵夫身上的那些风流韵事。这一点聂赫留朵夫也发现了，所以他不打算告诉谢列宁自己和玛丝洛娃的情况。

"如今事情已经变成了这样，原判是那样的荒唐。"

谢列宁边回忆边说："枢密院是没有说这种话的权利的。如果说枢密院不认可原判，就能将它撤销，那么正义也就存在被破坏的可能了。"

"可是玛丝洛娃确实什么都没做错。如今我们完全失去解救她的希望。这种行为一点也不符合法律，可是却被最高机关批准了。"

"枢密院并没有批准,枢密院是没有权利对案件本身进行审理的。你现在是不是住在你姨妈家里?昨天她告诉我,你在那。伯爵夫人希望我们两个能去参加聚会,是去听外国人演讲。"谢列宁希望换一个话题,脸上浮现出了笑容。

这样的行为惹怒了聂赫留朵夫,他说:"我听了,但他还没讲完我就走了。"

"没有必要做到这种程度吧。"

谢列宁好像急于让旧时的朋友知道自己的全新看法,他说:"你不觉得有些地方十分奇怪吗?我们好像对很多事情缺少了解,就连那些很基本的道理也被我们当成了全新的发现。"

这话让聂赫留朵夫十分惊讶,他发现谢列宁的目光中不再是单纯的忧郁,还含着一些恶意。

民事执行吏来找谢列宁了,于是谢列宁和聂赫留朵夫道别,并且希望大家能有机会再次见面。他十分感慨地说:"我家的住址是纳杰日津街。家里的晚饭是在七点吃,在那之前我都在家里。我们已经太久没见过了!"

聂赫留朵夫表示有时间一定会去拜访。但他心里觉得,曾经那个亲切可爱的同学已经变得让他感到陌生了。

chapter

·二十三·

聂赫留朵夫和谢列宁是在大学认识的,那个时候的谢列宁十分优秀,在上流社会中也属于相当出色的年轻人,而且他有自己的原则,长得也好看,又懂礼貌,人品还非常好。他在学习上并没有花费太大的力气,可是他的成绩总是很不错，所写的论文也拿到过几枚金质奖章。

在现实生活中，谢列宁一直把为人民服务作为目标。他觉得只有去政府机关工作，才能达成目标。毕业之后他立马进行系统地研究，得出来的结论是最好能去立法办公室二处工作，于是他就到了那里。虽然他在本职工作上非常出色，但是他自身的追求却没有得到满足。他发现，即使努力工作也无法有益于人们，而且他和自己长官的关系也不好，这让他越发苦恼。于是他来到了枢密院，情况稍微有所好转，然而他还是觉得不满意。

无论什么时候，他心中很清楚自己所希望的和现实是完全不同的样子。当他在枢密院工作的时候，亲戚们给他找了关系，为他谋得了一份去宫里面当侍从的工作。于是他只好穿上侍从的制服——去给亲戚们表达谢意，但是对于这样的工作他完全不能理解。在他看来，这样的工作还不如去政府里面上班呢，可是他不想让那些为他奔走的人不高兴，也觉得这项工作可以满足他的虚荣心，自己只要穿着这身衣服，看到他的人就会恭敬起来，所以他也就顺从了。

这样的苦恼同样发生在他的婚姻大事上。大家竭力促成了他现在的婚姻，每个人都觉得这桩婚事十分圆满。然而对谢列宁本人来说，结婚的原因只是他不想惹新娘还有亲戚们不高兴，而且新娘显贵的家世和年轻的外表也可以满足他的虚荣心。然而，在婚姻中他越发感觉不太对劲。他的妻子生下了一个孩子，然后就不想继续为他生育。她在生活中大手大脚，和大家的交往很密切，还强迫他也参与进去。她的长相不算美丽，不过对谢列宁十分忠诚。她在这样的生活中唯一得到的东西就是过度的疲惫，因为她消耗了过多的精力，可是她甘之如饴。谢列宁想尽了各种办法，希望能够扭转这种局面，然而他的妻子却坚持到底。谢列宁与自己的梦想越来越远。

他们的孩子是个小女孩，不过谢列宁本人并不喜欢自己的女儿。她与他的期望并不相符。而在生活中，这对夫妻也对彼此一无所知。谢列宁生活在这样的家庭中，内心能感受到的只有苦闷。

要说最奇怪的，那就是他对待宗教的态度。他和所有同时代的人一样，因为接受过非常好的教育，所以不再对宗教产生迷信，从那里面解脱了出来。他是那样的严肃又正直，当他还在上大学的时候，就已经不再受宗教的困扰。随着时间的流逝，他的官职越来越高，在这个时候，社会里面的保守反动势力开始嚣张起来，他的活动与精神上的自由产生了矛盾。比如他父亲离开这个世界的时候，需要进行宗教仪式，谢列宁的母亲希望由谢列宁来主持；而且生活在这样的社会环境中，他作为机关人员也不得不参加各种宗教仪式。在这样的情况下，他不得不作出选择。要么就得装作自己有信仰，要么就得想尽办法避开这些仪式。然而想要彻头彻尾地解决问题，就必须进行很多工作。他需要经常反抗自己身边的人，还需要舍弃自己公职人员的身份，牺牲他自以为通过现在的职务能为人们谋取的利益，并且今后能给人们带来的更多福利。他坚信自己的观点是正确的。他这种肯定是完全有依据的，所有接受过良好教育的人都很清楚历史过程，也知道宗教是怎么发展起来的。在这样的情况下，谁都会坚信自己的看法。所以他不信仰宗教，那也没有任何毛病。

然而他的生活环境让他不得不欺骗自己，他告诉自己，这个事情并不合理，为了证实这一点，所以他需要进行研究。开始时这点小小的虚伪，在后来将他引向了更大的虚伪的深渊，他已经无法脱身了。

他从小到大生活的环境都充斥着宗教的身影，如果他不去信仰，那他就没办法继续给人们谋取福利。东正教正确与否他很早就清楚。虽然一直处于这样的环境中，然而他还有理智，所以他很清楚，这并没有意义。可是如果他承认信仰宗教，那他面对的一切问题都不存在了，他就能安安心心地主持礼拜，也能接着做政府的官员，而且完全不会让自己心中产生什么烦恼。对他来说，成为政府的工作人员是很有好处的，而且对他的家庭也很好，所以他觉得自己已经对东正教产生了信仰，可是他的潜意识告诉他这并不正确。

如此一来，谢列宁整个人看上去十分忧郁。当他遇见聂赫留朵夫时，就回想起当初纯真的自己。当他告诉聂赫留朵夫自己如今是怎样看待宗教之后，他空前强烈地感觉到自己如今走在错误的道路上，于是心中产生了一种悲哀。聂赫留朵夫刚开始和这个老朋友见面时还觉得很高兴，但后面也变得忧伤起来。

两个人都说还要找机会见面，但事实上，在聂赫留朵夫离开彼得堡之前，他们一次都没有再见过。

chapter

·二十四·

聂赫留朵夫和律师一起离开了枢密院，在大街上走着，律师让马车跟着他们。律师跟聂赫留朵夫说起枢密院中曾经提到的那位局长的事情，明明他已经被人检举了，但是却没有被流放，反而被派去西伯利亚当了省长。说完这件事情之后，律师又说起来另一件事：本来人们捐了钱要去建一座纪念碑，这座纪念碑还没有建完，钱就全没了，原来都被某些上层侵吞了，所以纪念碑的建造也就耽搁了下来。律师又讲，某人的情人发了一笔横财，钱都是从证券交易所来的。此外，律师还讲了政府的上层官员们想尽办法营私舞弊，而且做出很多不符合法律规定的事情，但他们并没有被关进监狱里，反而依然身居高位。律师表示这样的事情实在是太多了，所以他们赚钱的手段和官员们比起来显得格外正当。聂赫留朵夫没有听到最后就和律师道别了。律师看见他自己雇马车回家的时候感觉特别诧异。

　　如今的聂赫留朵夫感觉非常难受。枢密院已经将上诉驳回了，所以哪怕玛丝洛娃没有做错什么，也还是要被流放；如此一来，聂赫留朵夫想要和她同进同退的决心就更难实现了。他想起律师给他讲的那些肮脏的事情，他还想起谢列宁如今的样子，是那样的冷淡而凶恶，好像完全不让人接近自己一样。所有的这一切都让他心里难受。

　　回家之后聂赫留朵夫收到了纸条，是由看守转交的，那个人的神色中透露出一些鄙夷。看守告诉聂赫留朵夫这个纸条来自一个女人。原来这张纸条是舒斯托娃的妈妈写的，她向聂赫留朵夫道谢，感谢他救了自己女儿的命，希望他能去她们家做客，还表示薇拉也盼望看到这样，而聂赫留朵夫什么都不用担心，她们并不想打扰他，也不会刻意地表达感谢，只希望能够相见。如果聂赫留朵夫愿意的话，就请在明天一早去她们家。

　　还有一张纸条来自宫廷的侍从武官，名叫鲍加狄廖夫，他们两个曾经是同事。聂赫留朵夫请他将自己亲笔写下的案状交给皇上，是关于教派信徒的。鲍加狄廖夫告诉聂赫留朵夫，他会亲自将案状交给皇上，不过希望聂赫留朵夫可以先去和那些办理案件的人请托一下，这样更合适一点。

　　来到彼得堡之后，聂赫留朵夫只感觉什么事都没有办成，完全失去了希望。他在莫斯科规划好了一切，可是这一切都变成了泡影，回到现实世界就消失了。但是来都来了，他还是需要把自己规划好的事情都完成。明天他要去鲍加狄廖夫的家里，然后去找能在这个案子上说话的人。

　　聂赫留朵夫正准备再把关于教派信徒的案状读一遍的时候，姨妈让听差来叫他去楼上喝茶。

　　聂赫留朵夫答应下来，放好了案状，前往姨妈所在处。上楼梯的时候，聂赫留朵夫无意中看到了大街上的情景，发现了玛丽爱特家的马车，于是不由自主地笑了起来。

玛丽爱特还是戴着帽子，衣服却换成了一条浅颜色的连衣裙，正端着茶和伯爵夫人坐在一起说话。她的眼睛十分漂亮，散发着光芒。当聂赫留朵夫来到她们身边的时候，玛丽爱特刚给伯爵夫人讲完笑话，逗得她大笑起来。伯爵夫人胖胖的身子正不停地抖动着。玛丽爱特生性调皮，她微微撇着含笑的嘴，正在和女主人对视。

聂赫留朵夫从两个人的谈话内容中听出，她们说的正是如今彼得堡的第二大新闻，那位刚刚上任西伯利亚的省长。玛丽爱特对这件事件发表了一句非常有趣的评语，让伯爵夫人笑得停不下来，甚至都开始咳嗽。

聂赫留朵夫和她们问好之后就坐了下来，想要警告玛丽爱特别再表现得这么浮夸。但是玛丽爱特十分敏感，她发现了聂赫留朵夫的情绪，于是整个人都沉淀下来，希望聂赫留朵夫可以开心。自从两个人重新见面以来，玛丽爱特一直在刻意讨好聂赫留朵夫。此刻她一下子正经

起来，就好像对什么东西不满意一样，又好像有所追求。可是这并不是她伪装出来的样子，她的心中确实是这样想的，哪怕她还不明白这到底是一种怎样的心情。

玛丽爱特询问聂赫留朵夫今天外出的结果，聂赫留朵夫告诉她们一切都不成功，还说了谢列宁的事情。

太太们都在夸奖谢列宁，还用上了上流社会对他一贯的评价："他的灵魂多纯洁啊，那是一位骑士。向来惩恶扬善，太纯洁了！"

聂赫留朵夫询问谢列宁夫人的情况，玛丽爱特十分同情地说："我不太愿意讲她不好的话。不过对谢列宁，她对他的了解还不够深。谢列宁也没有主张撤销原判吗？"

这个话题是聂赫留朵夫不想听到的，于是他开始讲舒斯托娃的事情，和玛丽爱特表达自己的感谢，因为她替自己向丈夫讲话。他本想接着说，因为无人关注，舒斯托娃和她的家人都遭受了苦难。然而玛丽爱特没等他说完，立刻表现出了自己的气愤。

"当初我听到我丈夫的话，说她可以被释放的时候，我实在是太惊讶了。如果她确实没犯什么错，那他们凭什么把她关到监狱里呢？"这正是聂赫留朵夫的想法。

聂赫留朵夫的姨妈发现这两个年轻人正在调情，所以感觉特别有意思。

察尔斯基伯爵夫人要求聂赫留朵夫明晚去阿林家听基泽维特的演讲，还邀请玛丽爱特一起去。

"你吸引了他的注意，我跟他说了你的话。他告诉我一切都会顺顺利利的，所以你必须去听他演讲。玛丽爱特，劝他去的这个任务就交给你了。你们俩都要去。"

玛丽爱特的眼神还在聂赫留朵夫的身上，她说："夫人，首先，我指挥不了公爵；另外，您知道的，我可不愿意……"玛丽爱特想向聂赫留朵夫传达出这个信息：他们两个对于伯爵夫人还有所谓演讲的看法，都十分默契。

"你向来有你自己的主意。"

"我能有什么主意。而且还有一个问题，明天我得去看法国戏。"

聂赫留朵夫的姨妈有些好奇，想知道法国女演员的名字，于是玛丽爱特就讲了出来。察尔斯基伯爵夫人听了就推荐说这个女演员演得相当好。

聂赫留朵夫打趣地说："姨妈，那我该怎么办呢？我是该选择看戏还是听演讲？不如就先听演讲好了，否则看完戏还怎么专心听演讲呢？"

玛丽爱特则说："你不如看过法国戏之后再去诚心诚意地忏悔。"

"快别说啦，如果你们真的想让自己的灵魂得到拯救，也没必要通过哭泣这一种方式。人只要把信仰留存在心里，就会快活。"

"姨妈，您比任何人都会演讲。"

玛丽爱特邀请聂赫留朵夫明天去自己的包厢观看演出，聂赫留朵夫正要推托的时候，听差过来报告，有客人来了。伯爵夫人主持了一个慈善团体，来人正是团体中的秘书。

伯爵夫人说交流过程会非常无聊，所以她要去其他地方和秘书见面，过一会儿就回来找他们，让他们俩先在这里喝茶，然后自己就走到客厅去了。

玛丽爱特把自己的手套摘了下来。聂赫留朵夫看到她的手，发现戒指戴在她的无名指上。

玛丽爱特询问聂赫留朵夫需不需要茶水，然后和他讲话，说话的时候表情相当正经，并且有一些悲伤。

"我向来很尊重别人，然而其他人看待我的时候，总是把我和我的身份地位混在一起，这样一来搞得我很不开心。"

其实玛丽爱特说的话没有任何额外的含义，可是现在的聂赫留朵夫竟然认为其中蕴含着深刻的哲理。他已经完全陷进了对方迷人的眼睛里。

聂赫留朵夫盯着玛丽爱特的脸，眼睛都不眨一下。

"在您看来，我可能对您的了解并不深入，可是大家都知道您在做什么。我对您的所作所为非常赞赏，也很佩服您。"

"其实我做的都是小事，并不值得你们夸赞。"

"这没什么，我很清楚你是怎么想的。我们先不说这个了吧。"玛丽爱特发现聂赫留朵夫的心情有些低落，于是转移了话题，"当然我很清楚，在看过监狱中发生的那些苦难之后，您就想让他们脱离苦海，毕竟他们已经受尽了折磨。我也很清楚，有些人甚至可以为了这份事业贡献自己的生命，我当然也想这么做。可是我们必须承认，人各有命……"现在的玛丽爱特脑子里想的都是如何迷住聂赫留朵夫，并且凭她女性的敏感，很容易猜到聂赫留朵夫真正在意的事情。

"对于您现在的情况，你还有什么不满足的吗？"

"我当然应该满足了，其实我也确实十分满足。然而我还是觉得心里有些地方正在觉醒。"

"那您就应该顺从这种心意。"

玛丽爱特说的这些话只是在讨好聂赫留朵夫，可是在聂赫留朵夫看来，这些话完全是她的肺腑之言。

后来，每当聂赫留朵夫回忆起这段对话的时候，他就觉得十分羞愧，那些话明明都是在故意讨好他。包括他给她讲解监狱里的惨状，农村景象的时候，她的脸上呈现出来那种怜悯之情也都是在迎合他。

当伯爵夫人解决完自己的事情回来的时候，这两个人已经变成了完全了解彼此的知心好友。他们身边的人都不了解他们，可是他们两个却很清楚彼此的想法。他们谈论很多方面的内容，如人民的贫穷，那些没有受到上帝眷顾的人正在遭受的折磨，甚至包括上层领导们是如何的不公正。然而他们的眉眼之间却在传达情意，就好像在质问对方有没有爱上自己，而另一个人的回答则是肯定的。他们的性别不同，于是在对方眼里就格外有魅力，现在这种魅力正以一种特殊的方式呈现，让他们彼此之间更加紧密地联结起来。

分别的时候，玛丽爱特告诉聂赫留朵夫，无论他什么时候需要她，她都愿意为他效劳，还请他明天一定要去戏院，和她在一起，就算只能共处一分钟也好。玛丽爱特要对聂赫留朵夫说一件十分重要的事情。

两人依依不舍地分别。

夜晚，聂赫留朵夫一个人留在房间里，他始终睡不着。他想到了玛丝洛娃，想到了枢密院的审判，想到了自己已经决定好要跟着玛丝洛娃，甚至想到自己放弃了的土地。突然，好像要跟这些念头作对一样，玛丽爱特的脸出现在他的脑海中。他开始质疑自己的决定，不知道前往西伯利亚，放弃自己的财产到底对不对。

他始终找不到答案，脑子里的想法十分混乱，他想要继续曾经的那些思考，然而现在他已经没办法继续了。

"如果将来我后悔自己的所作所为呢？"但是这个问题没有答案，于是他十分烦恼。慢慢地他睡着了。

chapter
·二十五·

当聂赫留朵夫再次睁开眼睛的时候，他产生的第一个想法是：昨天他的行为十分卑鄙。

他想起自己昨天产生了一些糟糕的念头。他觉得无论他现在在谋划什么，都是不可能成功的，而且也不太现实，他也许应该回归从前的生活。

他当然没有做出什么糟糕的举动，但是最糟糕的是他的思想发生了变化。人们可以控制自己不再做错事，但是如果思想变得糟糕，那么行为也将跟着改变，甚至产生依赖。

聂赫留朵夫知道，他现在所做的事才是他唯一的出路。恢复原来的生活听起来很诱人，但那实际上是死路一条。

第二天聂赫留朵夫就会离开彼得堡，所以他早上去了舒斯托娃的家里。

聂赫留朵夫经人指点后来到了舒斯托娃家，他顺着楼梯首先进到厨房。一个戴着眼镜的老太太站在炉子旁，在锅里搅拌什么东西。

当客人表明自己的身份之后，老太太变得十分高兴。她简直不知道该怎么向聂赫留朵夫表达自己的谢意了，还告诉聂赫留朵夫昨天去他家是因为自己妹妹的强行要求。然后她带着聂赫留朵夫进入了自己家。她告诉聂赫留朵夫自己妹妹的名字，询问他有没有听说过。这个女人被卷进了政治事件中，不过她十分聪明。

他们穿过走廊进入了一个很小的房间。房间里有一张桌子，桌子后面是一个长沙发，上面坐着一个姑娘。她长得和她母亲很像。她对面的单人沙发上坐着一个年轻人，两人正在谈话，说得十分起劲。直到聂赫留朵夫走进屋里，他们才回过头来。

老太太告诉丽达（舒斯托娃）聂赫留朵夫的身份，于是小姑娘变得紧张起来。

聂赫留朵夫主动和她问好，问她是不是薇拉要他帮忙拯救的女人。

气氛变得融洽起来，丽达也笑了，叫自己的姨妈出来和聂赫留朵夫见面。

丽达让聂赫留朵夫坐在年轻人刚才坐的沙发上面，说那里会舒服一些。丽达给他们互相介绍，那个年轻人是她的表哥。大家互相打了招呼，聂赫留朵夫也坐了下来。这时，一个中学生进来了，他有着浅黄色的头发，看上去大约十六岁。他一进来就去窗台上坐着了。

丽达说自己的姨妈和薇拉认识，不过自己和薇拉没有什么交情。这时，丽达的姨妈也进到房间里，和聂赫留朵夫打起招呼来，并询问薇拉的情况。

聂赫留朵夫告诉他们，薇拉觉得自己的情况挺好。姨妈笑了笑，表示薇拉向来这样。

薇拉一心为别人着想，因为丽达蒙冤而伤心。原来丽达保管的文件正属于这位姨妈。那天别人将文件交给姨妈，可是姨妈没有房产，就交给了丽达保管。结果警察当晚就来搜查，丽达被关到现在才得到自由。警察们一直希望丽达能说出上家，不过丽达一直没有坦白。

在这一点上忽然发生了一些小争吵。丽达情绪激动地说米丁被逮捕并不是因为自己。她的脸涨得通红，心神不宁地告诉大家，在刚开始的那两次审讯中，她都一言不发。然后那个暗探彼得罗夫就和她好声好气地说，她说出来不会造成什么严重的后果，但是这样的话可以释放那些被冤枉的人。不过丽达还是咬定了没说。后来，彼得罗夫念出了一串名单，在这之后的第二天，米丁就被人抓走了。

在丽达看来，米丁被抓走正是因为自己。这对于丽达来说无疑是巨大的打击，让她的心灵十分沉重。就算是现在，丽达还是有一些神经质的表现。

她的母亲希望她能安静下来，但是丽达已经控制不住自己的情绪了。她放声大哭，从房间里面冲了出去。她的母亲紧随其后。

chapter

·二十六·

姨妈感慨着年轻人确实经受不了这样的打击。她说，如果真正地投入了革命，那么被逮捕就变成了一种休息。地下工作者们一直生活在一种不稳定的状态里，当他们被抓走后，反而获得了喘息的机会。这样他们就能放下身上的重担，也能好好地休息。所以他们被抓走的时候反而是高兴的。可是那些从来没有犯过事儿的年轻人就不是这样想的了。最让他们不能接受的是第一次被捕后精神上遭受的打击。

姨妈本人蹲过两次监狱。第一次是被冤枉的，那时候她才二十岁出头，有了一个孩子，肚子里还有一个。她被关押起来，远离自己的亲人。肉体上的折磨根本不算什么，让她真正难以忍受的是精神上的痛苦。那个时候，她觉得自己只是一个物件，根本不能称之为人。她希望能和女儿道别，但是他们强压着将她抓走，她的任何问题他们都不好好回答。被审问之后她穿上了囚犯的衣服，然后被送回牢房，门也被锁上了，哨兵拿着枪在外面溜达。那个时候她觉得非常难过。最让她感到惊讶的是被审问的时候，宪兵的军官给她递来一支烟。他很清楚人们喜爱抽烟，也喜欢光明自由，同样他也了解母亲爱孩子，但是他们依然做出这样残酷的行为。本来人与人之间是应该相亲相爱的，但是在这之后她什么想法都没有了。

"从那时起，我就对人失去了信心，也不再心软了。"

丽达的母亲回到了房间，告诉大家丽达实在太难过了。

"她还那么年轻，何必遭受这种折磨。我是罪魁祸首。"

"让她去乡下吧，那里会让她好起来的。"

姨妈向聂赫留朵夫表达感激之情，并且希望聂赫留朵夫能够转交给薇拉一封信。她还告诉他，对于这封信，聂赫留朵夫想怎么处理就怎么处理，里面并没有什么不合适的内容。

聂赫留朵夫接过信，表示自己会转交，然后就和他们道别了。他没有看信的内容，只封好了口，准备转交给薇拉。

chapter

·二十七·

聂赫留朵夫要去处理自己在彼得堡的最后一件事，是关于教派信徒的。他希望鲍加狄廖夫能够把案状交给皇上，于是一大早就去了他的家里。鲍加狄廖夫正准备出去。他个子有点矮，但是非常强壮，体力也很好，而且他非常善良。

两个人打过招呼，鲍加狄廖夫建议聂赫留朵夫先去找托波罗夫，因为这个人可以决定事情的走向，或许他当场就能解决这件事。于是聂赫留朵夫决定一会儿去拜访托波罗夫。

鲍加狄廖夫追问他，觉得彼得堡怎么样。聂赫留朵夫只说，觉得自己好像被催眠了。鲍加狄廖夫笑了起来，告诉聂赫留朵夫，如果托波罗夫不愿意，那他就把案状交给皇上。

然后他们两个就告别了。对聂赫留朵夫来说，鲍加狄廖夫是非常有朝气的，自己每次见到他都会很高兴。

聂赫留朵夫心里清楚，这次拜访恐怕不会有结果，但是他非常听话，还是去找托波罗夫了。

托波罗夫从事的这项工作，从职责来说其实是非常矛盾的。只有像他这样头脑迟钝，而品德又过于低下的人才看不出矛盾点。这项工作要求竭尽全力保障教会的安全，无论使用怎样的手段，哪怕是暴力也可以。但是教会的教义又说无论是地狱之门还是人力都不能改变教会。这是一个神的机构，但是保卫力量却由人组成。托波罗夫并没有发现矛盾之处，也或许是他不想发现吧。他对自己的工作十分上心，在保卫教会上面也相当尽力。他丝毫没有一点博爱的思想，认为老百姓和自己是完全不同生物。平民百姓就必须有信仰，但对于他来说那不是必要的。他不信仰任何东西，也觉得自己这样非常自由，但是他又害怕百姓们同样没有信仰，所以他认为自己的职责就是让他们拥有信仰。

在托波罗夫看来，无论是哪个圣母都属于愚昧的偶像崇拜，不过既然老百姓们的喜好是这样，那这种迷信就得被维护。他根本没有考虑过，老百姓之所以信仰这些，正是因为从古至今总有像他这样的人。他们拥有知识、见过光明，却不把知识用到正途，他们不帮助老百姓摆脱愚昧，反而一直压迫他们，让他们长久地身处黑暗之中。

当聂赫留朵夫来到接待室的时候，托波罗夫正在和一位女士讲话。

值班的官员询问聂赫留朵夫的来意，聂赫留朵夫说自己要将案状送去皇上那里，是为了教派的信徒们。这位官员从聂赫留朵夫手里接过案状，自己进入了办公室。那位女士已经离开了，聂赫留朵夫却还未被请到办公室去。

托波罗夫正在读案状，他十分不高兴。在他看来，皇上看了这份案状一定会产生一些误会，引起麻烦。于是他吩咐手下请聂赫留朵夫进来。

之前托波罗夫就知道这案子。这些教派信徒们最开始被警告，然后接受法庭的审判，法庭判他们无罪。不过官员们还是找了由头，说他们的婚姻不合法，把丈夫、妻子和孩子都拆散开，然后流放了。托波罗夫回忆起当初那些夫妇是如何苦苦哀求，让他别拆散他们的。当时的他并不确定要不要制止。然而他明白，不否定之前的判决就不会出错；但是如果非要他们留下来，就会产生新的矛盾。所以他就什么都没做。

可是现在，聂赫留朵夫突然出现，要为他们辩护，而且他在彼得堡还有很多朋友。那么这个案件就会作为一个暴行出现在皇上的面前，或者刊登在外国的报纸上。托波罗夫没多思考，就作出了一个出人意料的决定。

他接待了聂赫留朵夫，装出一副公务繁忙的样子。他的态度看起来十分热情，表示这个不幸的案件是省当局做得太过分了。可是在聂赫留朵夫看来，这张脸上戴着面具，十分令人厌恶。托波罗夫说自己马上就下命令，把信徒们送回他们原来的所在地。这样一来，聂赫留朵夫就不用再交案状了。

托波罗夫立马就开始写命令。看到他这样做，聂赫留朵夫觉得实在太奇怪了，这种人怎么会做这样的事情，而且还如此上心？

把信写好之后，托波罗夫将它交给聂赫留朵夫。聂赫留朵夫又问他为什么会惩罚这些信徒，托波罗夫并没有给出准确的回答，只说在宗教问题上必须更加严格。

两个人就这样分别了。

离开托波罗夫的办公室之后，聂赫留朵夫开始回想他在监狱里看到过的那些曾经被政府官员们判决的人。他的看法是，他们之所以被这样对待，不是因为他们做错了事，而是因为他们挡了上层的路，没办法让上层安稳地占据压榨来的财产。

聂赫留朵夫也很明白，无论政府里的什么角色，满脑子思考的都是如何把那些妨碍他们的人清除掉。所以他们宁可错杀十个没罪的人，以除掉一个真正有罪的人，一点宽恕之心都没有。

　　这样思考下来，聂赫留朵夫觉得所有事情都变得格外简单。可是他居然有些不敢确定。这些现象看起来是这样的复杂，难道真的能用这么简单的道理解释吗？他们宣扬的关于善良、法律的话总不能都只是空话，难道他们只是想以此来埋藏他们的贪念和恶行？

chapter

·二十八·

聂赫留朵夫原本打算在太阳落山的时候离开彼得堡，但是他答应了要和玛丽爱特见面，所以无视了内心的争斗，决定赴约。聂赫留朵夫违背了自己的理智，来到了戏院。

当聂赫留朵夫抵达的时候，《茶花女》已经演到了第二幕。这位女演员的演技表现确实非常新颖。剧场里坐满了人。

聂赫留朵夫打听到玛丽爱特的包厢在哪里之后，就去了那里。对面几个包厢的观众看得十分认真，所以包厢门被打开的时候，人们都不太高兴。

玛丽爱特坐在包厢里，除她之外还有一个女人和两名男子。一个男子是玛丽爱特的丈夫，他是一个将军；另外一个男子聂赫留朵夫也不认识。玛丽爱特穿着晚礼服，有些暴露，但展示出了她优美的肩颈，让她显得十分漂亮。聂赫留朵夫进来之后，玛丽爱特回过头示意他坐在自己的身后，还对他嫣然一笑。她的丈夫对聂赫留朵夫看了一眼，又点头示意。他看上去很友好，可是能够感受到他是在宣扬自己对玛丽爱特的占有权。

女演员的表演结束，大家都鼓起掌来。玛丽爱特来到房间的后半部分，向自己的丈夫介绍聂赫留朵夫。他看上去笑得很亲切。

聂赫留朵夫告诉玛丽爱特，自己本来已经打算走了，不过还是遵守了和她的约定。玛丽爱特则说，就算不是为了看她，也应该来看看女演员。

聂赫留朵夫表示，女演员的表演根本打动不了他，因为他今天目睹了太多不幸的人的经历。将军的眼中透露出来一股嘲讽的意味，他听了两句之后就出去抽烟了。

聂赫留朵夫一直在等玛丽爱特对他说所谓的重要事情，然而玛丽爱特只是一直开玩笑，谈论戏剧。最终，聂赫留朵夫明白了，玛丽爱特其实根本没有什么重要事情，她只是想向他展现自己的美丽。聂赫留朵夫的心中生出厌恶之情。

玛丽爱特确实长得很漂亮，但是聂赫留朵夫很清楚，她其实心肠非常硬，并且对自己丈夫做过的那些残忍的事情无动于衷。将军抽完烟后又回到了房间。他的神情看上去是那样的得意。聂赫留朵夫趁着包厢门还没关，直接离开了。

聂赫留朵夫感觉自己的头脑前所未有的清醒。一般来讲，人们如果将什么东西捧上神坛，那通常是为了隐藏污秽。人们想尽办法给自己的罪恶披上漂亮的外衣。

聂赫留朵夫其实很想忘掉这些事，然而他必须记得。哪怕他不清楚照亮前路的光来自何方，哪怕这光本身也显得有一些古怪，而且十分暗淡，但是他已经看见了光芒下面的真实。于是他感到快乐，也有一些害怕。

chapter
·二十九·

再次回到莫斯科，聂赫留朵夫第一件事就是去监狱医院寻找玛丝洛娃，想告诉她上诉没有成功，让她准备好去西伯利亚。现在，聂赫留朵夫要把准备呈交给皇上的案状带去给玛丝洛娃签名，他对这件事的成功已经不抱希望了，而且他已经完全准备好去西伯利亚了。何况，他根本想象不出玛丝洛娃被释放后，他们二人该如何相处。

医院的看守和聂赫留朵夫说玛丝洛娃离开了这里，回到了牢房。聂赫留朵夫询问原因，看守说："像这样的人不就是这样。她和医师总是勾勾搭搭，所以就被送回去了。"

这是聂赫留朵夫没有想到的，两个人竟然经历了相同的精神状态。他有一些诧异，觉得很难过，并且十分羞愧。他觉得自己之前的想法实在可笑，玛丝洛娃怎么会改变呢？她之所以不想让他牺牲，责备他，甚至流眼泪，只不过是狡猾的骗术罢了，希望可以让他尽量多地给予她好处。上一次去监狱里探望玛丝洛娃，他就发现这人无可救药，现在只是更加确定罢了。

然而当他询问自己要不要继续走上原定的道路时，他发现，如果撇下她不管，受到惩罚的其实是他自己。

他不会改变自己的决定。无论现在玛丝洛娃想的是什么，想做什么，那都和他没有关系，他要做的事只是为了让自己良心上过得去。两个人一定得结婚，就算没有实质的婚姻生活也可以；聂赫留朵夫决定一直追随玛丝洛娃的脚步。想到这些，聂赫留朵夫去了监狱。

聂赫留朵夫按照惯例让看守告诉典狱长自己要和玛丝洛娃见面，但是看守告诉聂赫留朵夫监狱已经换了天，新的典狱长非常严厉。

聂赫留朵夫见到了新上任的典狱长，他又瘦又高，看上去不太开朗。

典狱长告诉聂赫留朵夫只能在规定好的日子探监，就算要让犯人在交给皇上的案状上签名，也只能由典狱长转交。聂赫留朵夫不得已拿出了省长的许可证，典狱长才松口。典狱长带聂赫留朵夫回到了办公室，看来这次见面的地点就在这里。典狱长也不允许他和薇拉见面，因为薇拉是政治犯。聂赫留朵夫手里那封要转交给薇拉的信没能交出去。

　　玛丝洛娃来到了办公室。典狱长并没有离开，让他们就在办公室里交流。玛丝洛娃的服装和以前是一样的。

　　看到聂赫留朵夫十分冰冷的神色，玛丝洛娃十分紧张，脸涨得通红。她的紧张让聂赫留朵夫更加确定看守所言非虚。聂赫留朵夫并不希望自己对她的态度有所改变，想像上次一样主动和她握手，可是心中的厌恶之情却让他完全做不到。

　　他直白地告诉玛丝洛娃上诉并没有成功，不过玛丝洛娃一点儿也不意外。放在之前，聂赫留朵夫绝对会询问玛丝洛娃的想法，然而现在他什么都没有说。看到玛丝洛娃眼中含泪，聂赫留朵夫越发恼怒。不过为了表示礼貌，他向她表示遗憾。

　　不过玛丝洛娃告诉聂赫留朵夫，自己的难过并不是因为这件事情，而是因为医院的事情。之前聂赫留朵夫觉得自己的尊严被践踏，所以生出了强烈的反感之意。后面这种心情渐渐地平复了下去，但是现在又反弹回来。他那么有钱、有地位，只要他愿意，在他们的圈子里，任何姑娘都会迫不及待地嫁给他。可是他只想给这个女人当丈夫，而这女人却恬不知耻地和医师调情。

　　聂赫留朵夫指导玛丝洛娃在案状上签字。在此期间，聂赫留朵夫心中不断发生着争斗，是关于自己的自尊心和对玛丝洛娃的怜悯之情，最终对她的怜悯占据了上风。聂赫留朵夫认为自己不会被外界的任何事情所动摇，既然自己已经原谅了她，那么就应该安慰安慰她。

　　玛丝洛娃已经签好了字，站好。聂赫留朵夫告诉玛丝洛娃："我会跟你走的，哪怕是到天涯海角。"

　　玛丝洛娃却不愿意让他这样想。聂赫留朵夫询问玛丝洛娃还需要准备什么东西路上用，但是玛丝洛娃却说什么都不需要。

　　典狱长还没有开口，聂赫留朵夫就和玛丝洛娃告别了。

离开监狱后，聂赫留朵夫感觉前所未有的轻松。无论玛丝洛娃做了什么，都不会影响聂赫留朵夫对她的爱。这么一想，聂赫留朵夫感觉自己的精神到了前所未有的高度。

然而玛丝洛娃并不是真的因为和医师调情才被赶走的，事情的真相是：女医师让玛丝洛娃去药房拿草药，她在那里遇到了个子很高的医生乌斯基诺夫。他总是纠缠玛丝洛娃，玛丝洛娃很讨厌他。这一回玛丝洛娃想摆脱他，于是用力地推了他一下，乌斯基诺夫撞到了药架。有两个药瓶从药架上摔了下来。这时路过的主任医师听到摔碎瓶子的声音，看到她涨红了脸从药房跑出来，然后就很生气，又问乌斯基诺夫到底发生了什么。不过主任医师并没有听完医师的辩解，就回了病房。就在这一天，他告诉典狱长把玛丝洛娃换成一个更稳重的女助手。

玛丝洛娃离开了医院，却是因为这种原因，这让她感到非常耻辱。聂赫留朵夫来找她，她觉得他已经听到了医院那边的风言风语，本来还想辩护一下，不过他大概率是不会信的，所以她什么都没说。

玛丝洛娃努力想让自己相信，她有多恨聂赫留朵夫，然而她对他的爱早就已经重新燃起，并且无药可救。他想让她做什么事情她都愿意去做，因为她希望能让他满意。她一直在拒绝聂赫留朵夫结婚的请求，不想让聂赫留朵夫为她牺牲。玛丝洛娃很清楚，如果两个人结了婚，那倒霉的只会是聂赫留朵夫。玛丝洛娃坚决不肯让聂赫留朵夫为自己牺牲，但是她又因为聂赫留朵夫看不起自己感到委屈。聂赫留朵夫并没有发现她精神上已经发生了变化，还误会她在医院里做了丑事，这让她伤心不已。

chapter

·三十·

因为玛丝洛娃大概率就要和第一批犯人一起流放了，所以聂赫留朵夫的准备工作做得十分积极。但是事情太多，他总觉得时间不够。从前的情况和现在完全不同，从前他一心想的都是自己，然而做的事情却都没什么意思；如今他忙活的事情和他自己一点也没有关系，却充满了意义。

从前别人给聂赫留朵夫帮忙的时候，他一直觉得很不高兴；现在他给别人帮忙，却满心愉悦。

聂赫留朵夫把自己现在要做的事分成了三类，而且放在三个文件夹里面。

第一类是关于玛丝洛娃。这方面主要是为了告御状奔走，还有为西伯利亚的流放旅程做好准备。

第二类是关于他的地产。巴诺沃的土地都已经分到了农民的手里，他们只需要缴付地租，成立公积金就行，不过这件事情还需要办一些手续才能被法律认可；而库兹明斯克耶那边只需要按照之前定好的流程走就行。他得弄清楚自己需要多少生活费，又需要留多少钱给农民。因为害怕去西伯利亚要花太多钱，所以他不能完全扔掉收入。

第三类是监狱里其他犯人们的事情。向他求助的人越来越多了。

刚开始，当犯人来找聂赫留朵夫帮忙的时候，他十分上心，希望能让他们每个人都脱离苦海。但是遇到的人越来越多，他没有办法帮助到每一个人。所以他不得不思考起第四类事，这也是他这段时间最上心的问题。

第四类事就是要解答他提出的问题，他想搞明白像刑事法庭这种政府机关存在的意义是什么？它们为什么要存在？正是因为有这样的机关才产生了监狱，而正因为刑法的存在，才有数不清的人在苦海里挣扎。

聂赫留朵夫接触到罪犯的途径有很多。总结下来，他认为罪犯们一共有五种类型。

第一种人是真正无辜的人，也就是被法庭错判了的人。但是，这类人并没有多少，大概只占全部罪犯的百分之七，然而他们的遭遇特别让人同情。

第二种人则是在情绪过于激动或者酗酒的情况下铸成大错，所以来到监狱里。换成其他人处于他们的情况，做的事情也不会比他们好到哪里去。聂赫留朵夫大概估算过，这种人是罪犯中的大多数。

第三种人自认为没有犯罪，只是他们的行为让制定法律的人接受不了。比如贩卖私酒的、走私的、在地主家树林里砍树的都属于这类人。

第四种人有比社会上的大部分人更高的品德，但就因为这个他们不得不在监狱里面待着，就像那些政治犯。这类人在罪犯中的数量也很多。

第五种人则是被社会抛弃的人。他们所处的环境非常恶劣，所以他们的脑袋也不太清醒。生活一直在向他们施加压力，所以他们不得不犯罪。另外有一些人道德败坏、甘于堕落，但是经过与他们的深入接触，聂赫留朵夫觉得他们也同样能够被归到第五种人里面。犯罪学新派们觉得刑法和惩罚之所以有存在的必要，就是因为这样的人还没有消失。但是在聂赫留朵夫看来，他们之所以犯罪，是因为社会曾经对他们犯下更大的罪过。

聂赫留朵夫留意到一个小偷，名叫奥霍京。他的妈妈是个妓女，他的生活环境就是妓院。现在他已经三十岁了，但是他所见过的品德最高的人就是警察。他一直和小偷们在一起，十分招人喜欢。他来找聂赫留朵夫寻求帮助，与此同时又觉得一切都很好笑，无论是他自己、法官还是监狱。聂赫留朵夫还在关注一个人，他的名字是费多罗夫。他和土匪们团伙作案，抢劫了一个岁数非常大的官员，而且把他打死了。费多罗夫是农民，他爸爸的房子被强占了，一点儿也不符合法律的规定。后面费多罗夫去服了兵役，却因为喜欢上长官的情人而受尽苦头。他最擅长的事情就是找乐子，在他看来，这世界上没有人能克制欲望、放弃享乐。他也不知道生活在这个世界上还能有别的目标。在聂赫留朵夫看来，这是两个本来可以非常优秀的人，但是他们并没有接受到良好的教育，所以没有正常的发展。聂赫留朵夫曾经看到过一个流浪汉和一个女人，他们看上去是那样的麻木，又是那样的残酷，然而他不认为这两个人就是意大利犯罪学派口中的"犯罪型"。他讨厌这些人，但是这种讨厌和对那些身穿礼服、满身华饰的男男女女的讨厌是一样的。

而聂赫留朵夫寻找答案的第四类事就是这件事。为什么做了同样的事情，有些人就得待在监狱里，而另一些人却能享受自由，并对前者进行审判。

刚开始聂赫留朵夫以为书本会告诉自己答案，于是他买了所有可能讨论这个问题的书。但是经过阅读，他只感觉失望。如今聂赫留朵夫并不追求学术成就，只是想找一个很简单的问题的结果，可是什么都没有找到。这些书可以为他解答无数关于刑法的深奥问题，但是他提出的简单问题却没有得到回答。

聂赫留朵夫回忆起来，他曾经问一个小男孩是否学会了拼法，男孩告诉他已经学会了，于是聂赫留朵夫让他拼写爪子这个词，男孩却反问是狗爪子吗？聂赫留朵夫多日以来一直在寻求答案，得到的却只是这样的反问。

聂赫留朵夫的问题是：为什么一些人可以对另一些人做出审判？然而什么回答都没有，书中只会辩解，说惩罚有其存在的理由。聂赫留朵夫看了许多书，但是并不连续，所以他觉得自己没找到答案是因为书看得不够多。所以，哪怕有一个想法已经在他心里面酝酿了很久，他也没有将其完全肯定。

chapter

·三十一·

　　玛丝洛娃这帮人的出发时间是七月五日。聂赫留朵夫准备要和他们一块儿走。就在离开的前一天，聂赫留朵夫的姐姐和姐夫来到了城里，想和聂赫留朵夫见面。

　　姐姐的名字是娜塔丽雅，两个人差了十岁，但是姐姐对聂赫留朵夫的成长很重要。当聂赫留朵夫还是一个小孩子的时候，姐姐就非常喜欢他。后来，在姐姐快要嫁人的时候，两个人的关系非常好，简直就像同龄人。他们都具备博爱精神。

　　但是过了一段时间，两个人都变了样子，堕落了。聂赫留朵夫去了军队，在那里染上了一些不良习气；姐姐则成了家，然而她只是喜欢丈夫的肉体，在精神上他们完全没有共鸣。

　　聂赫留朵夫的姐夫叫拉戈任斯基，地位不高，也没有什么产业，但是他已经混迹官场多年。他能在司法界步步高升主要靠的是他哄女人欢心的本事。聂赫留朵夫觉得他目光短浅、自私自利，所以很不喜欢他。

　　他们夫妻俩有一个男孩和一个女孩，不过这一次并没有和他们一起来。他们住的旅馆是最棒的，房间也是最好的。娜塔莉雅很快就回到了娘家，却没有在那里找到弟弟。阿格拉菲娜跟她说，现在她弟弟住在一家公寓，里面有家具。娜塔莉雅又去了公寓，却发现弟弟也不在那。娜塔莉雅希望能够给弟弟留下字条，于是门房带她进入了弟弟的房间。弟弟的房间像以往一样，十分整洁，不过这个房间有一点过于简朴，简直让她不可思议。

娜塔利雅写了一张字条，让弟弟务必在今天就去找她。写完后她就返回了旅馆。

如今娜塔莉雅只对弟弟生活中的两件事非常在意。第一件就是她听人们说聂赫留朵夫要和喀秋莎结婚；第二件事就是聂赫留朵夫想让农民们拥有土地，大家都知道这件事情了，而且觉得这种行为非常危险。娜塔莉雅并不是不愿意让聂赫留朵夫和喀秋莎结婚。但是她又恐惧于弟弟的结婚对象是这样的女人，而且这种恐惧压倒了其他的感情，所以她还是打算阻止弟弟这样做。娜塔莉雅其实并不关心弟弟要让农民拥有土地的行为，但她丈夫的反应却很激烈，他希望娜塔利雅可以劝一劝自己的弟弟。

对于拉戈任斯基来说，这种行为简直不可理喻，就好像疯了一样。他认为聂赫留朵夫可能还需要别人监护。

chapter

·三十二·

　　回到家中，聂赫留朵夫发现了姐姐留下的纸条，于是动身去他们的旅馆。

　　和姐姐见面的时候，房间里只有娜塔莉雅一个人。见面之后两个人都非常开心，表情中都传达出情谊，但是说话却没有那么真诚。

　　这是母亲去世之后，他们两个第一次见面。简单寒暄之后，他们就没有再说话了，可是他们用眼神交流没有说出来的部分。

　　聂赫留朵夫告诉自己的姐姐，他已经搬了家。曾经的大房子对他来说实在太过空旷，现在那所房子里面的东西都属于姐姐了。

　　两个人一边喝茶，一边坐在那里，继续保持着沉默。

　　娜塔莉雅提起喀秋莎的事情。她还是想要劝劝弟弟，她认为喀秋莎过去经历了那么多，无法改过自新；而且，他就算想赎罪也有别的方式。聂赫留朵夫听得十分认真，希望可以和姐姐好好地交流。经过上次和玛丝洛娃的碰面，聂赫留朵夫如今心中有一种平静的愉悦。

　　"我追求的只是我自己的良心能够安稳，而与她结婚是最好的方式。如此一来，我就可以在另一个世界中成为非常不错的人。"

　　娜塔利雅坚定地认为弟弟不可能在玛丝洛娃的身上找到幸福。两个人因此争论起来。

　　聂赫留朵夫觉得自己的姐姐变了。他发现自己的姐姐虽然容貌依然美丽，但是脸上已经出现了皱纹。他回想起姐姐曾经的模样，那种亲切的感觉又涌上了心头。

这个时候，拉戈任斯基进入了这个房间。他和聂赫留朵夫打过招呼之后就坐了下来。对于这位姐夫，聂赫留朵夫是相当讨厌的。看到他那洋洋得意的表情，厌恶的感觉更深。

拉戈任斯基询问聂赫留朵夫如今的计划是什么。聂赫留朵夫如实地告诉他们自己即将前往西伯利亚市，这是在追随一个女人，而且也承认了自己想要和这个女人结婚的想法。拉戈任斯基想让聂赫留朵夫解释自己行为的原因。然而聂赫留朵夫想不出合适的措辞。

"明明是我的错，可是被惩罚的人却是她。"

"如果她被惩罚了，那她就是有罪的。"

这引起了聂赫留朵夫的强烈反对，他给他们详细地讲述事情的经过。

"审判长确实有所疏忽，陪审员们也没有想全面。在这样的情况下可以上诉给枢密院。"

"被驳回了。"

"那就是证据还不够。"拉戈任斯基脑袋里装的还是他们俗事中惯常用的那一套。他又问有没有和皇帝告过状。

"当然有，不过这肯定不会有结果。他们都在踢皮球，皇上问司法部，司法部问枢密院，而枢密院重复之前的裁定。没做错事情的人还在受苦。"

"首先我要纠正你第一个错误，司法部会直接从法庭调来卷宗，要是真的发生了错误，就会予以改正。第二个错误，我们从来不会惩罚没犯错的人，那都是罕见的情况。"

看到姐夫得意的样子，聂赫留朵夫越发反感："但是事实完全不是这样，很多人被判了刑，可他们没有做错。我认识的很多人都是这样被惩罚的。"

"当然可能存在误判，而且这种情况以后也不会消失。我们只是人，没办法做到尽善尽美。"

"再说，有很多犯人其实什么错都没有，只是他们的成长环境造就了他们这样的行为。"

"请原谅我不能认同你的看法。小偷们谁不知道自己做的是错事呢？"

"他们确实完全不清楚。大家都告诉他们不能做小偷，可是他们付出劳动，只得到了很少的工资。老板偷走了他们的劳动，税收偷走了他们的财产。"

拉戈任斯基只说聂赫留朵夫这想法属于无政府主义理论。

"但我说的全都是事实。他们很清楚自己的财产被政府偷走了，他们也很清楚，土地本来应该是大家的，却都被地主抢走了。他们只是在本来属于自己的土地上捡树枝当柴烧，就进了监狱，成了小偷。可是究竟谁才是贼？是那些从他们手里偷走土地的人吧。他们将被偷走的东西拿回家，这样做才是对家庭负责任呢。"

"我不同意你的观点。土地只能作为私有财产，如果你真的让每个人都拥有土地，那过不了多长时间，它还会被掌握在小部分人的手里。"

"土地当然不能平分，但是也不能成为个人财产，更不应该被允许买卖。"

"人类生来就会占有财产，如果不这样做，那谁都不想种地了。这不是重回蛮荒时代了吗？"拉戈任斯基说的都是维护私有财产的陈词滥调。他唯一想表达的东西就是人们想要占有土地，所以土地就要私有化。

"事实恰好相反。当土地私有制不复存在，土地就会被利用起来。土地都被地主们霸占，他们明明不会种地，但是又不肯让那些会种地的人来种。"

"您的头脑还算清醒吗？土地私有制真的不应该存在吗？我拜托您说话之前先在脑子里思考一下。"对于拉戈任斯基来讲，这个问题实在是太关键了。"我们的身份地位都不算低，所以我们就应该对我们的孩子负责任，也就是说让他们能够享受我们现在的生活水平。"

聂赫留朵夫本来想说话，却被拉戈任斯基打断了："我还没有说完我的话。这样讲其实并不是出自我个人的利益，也不是站在孩子们的角度上。我可以保证我的孩子会享受优渥的生活，接受良好的教育，钱不是问题。但是我之所以不赞同您，是因为这违背了原则，希望您可以多看看书……"

"我很清楚我在做什么，我会处理自己的事，也很清楚我要看什么样的书。"聂赫留朵夫觉得自己已经没有办法控制好情绪了，所以不再讲话，开始喝茶。

chapter

· 三 十 三 ·

当心情平复下来一些之后，聂赫留朵夫向姐姐询问孩子们的情况，得知他们都在奶奶那里。

娜塔利雅看两个男人已经不再吵架了，于是告诉聂赫留朵夫孩子们在玩旅行游戏，正如儿时的聂赫留朵夫玩两个布玩偶一样。

争吵终于结束，娜塔莉雅松了口气。不过她不想让丈夫被排斥在对话之外，于是她就开始讲述彼得堡的那件事情，这边刚刚知道这个消息：卡敏斯基因为决斗而死，他的母亲十分难过。

在拉戈任斯基看来，决斗致死应该包括在普通刑事罪里，但是聂赫留朵夫不这样认为，两个人就这个问题又开始非常激烈的争吵。大家都没讲清楚自己的想法，但是他们都将自己的观点坚持到底，并且反驳对方。

在拉戈任斯基看来，他所做的每项工作都被聂赫留朵夫蔑视；他也想告诉聂赫留朵夫，对方的观点没有一个是正确的。而聂赫留朵夫非常讨厌在自己处理土地的时候，姐夫来指手画脚。尤其让他恼火的是，拉戈任斯基居然觉得这些罪恶和荒谬的事一点问题都没有。这种过于轻慢自大的态度，让聂赫留朵夫格外生气。

聂赫留朵夫问他法院会如何处理这类事。

"和对待其他杀人犯没什么不同。决斗中的一个人要被流放。"

聂赫留朵夫听后又和姐夫吵了起来。最终聂赫留朵夫说："法院只不过是一个用来保护现存的有利于我们阶级的利益的工具罢了。它们活动的目的根本不是维护正义。"

"您这种看法倒是很新颖。大家都觉得法院身上肩负着别的使命。"

"这只是理论而已，但事实并不是这样。对于法院来说，它的责任就是让社会稳定，所以如果有人的品德更加高尚，比如说那些政治犯；或者有的人品德不够高，比如那些犯罪型犯人，法院就会对他们作出惩罚。"

"请原谅我不能认同您的说法，大部分政治犯都是败类，他们就像犯罪型犯人一样，十分堕落。"

"我结识的很多人的道德甚至比法官高尚……"

但是聂赫留朵夫的这位姐夫刚愎自用，一点也不想听别人讲话，只想自己一个劲儿地说。

拉戈任斯基和聂赫留朵夫展开了激烈的争吵，关于法院，关于刑法，关于这个社会。

聂赫留朵夫说："一个人做错了事情，揍他一顿，这样他就会知道自己做错了，以后不会再做让自己挨打的事。将那些危险分子杀了，这也没问题。然而现在采取的措施是将那些堕落分子都关起来。让他们不用为了生计犯愁，却又没什么事情可做，和他们相处的人也全都是品德败坏的人，这样能让他们改好吗？他们犯的错可能不大，却要被流放，而且国家为了这个花了很多钱，这又能改变些什么呢？”

"这种措施当然存在意义。不然我们还可以像这样谈话吗？"

"可那些人并不会被关到死。他们重获自由的时候，品德可能比以前更差。也不可能改良监狱，因为那需要花的钱实在是太多了，会给人民带来负担。"

拉戈任斯基坚定地认为，无论制度如何，都和法院没有关系。

"但我们必须承认，问题是客观存在的。"

"那要去杀人吗？或者挖掉他们的眼睛？"

"虽然不够人道，效果却够了。可是如今的措施既不人道也没有效果。如果一个人的脑子没有坏掉，那他怎么会参与到荒谬而又残酷的法院工作中呢？"

"我就是参与的工作人员之一。"

两个人又一次针锋相对。

聂赫留朵夫接着说："曾经有一个小男孩，让任何脑子清醒的人都怜悯他，可是检察官却一定要在他身上降下惩罚。对于法院来说，他们必须做这种没有意义的残忍的事情。"

"可是我之所以做这个工作，就是因为我不这样想。"

忽然聂赫留朵夫发现姐夫竟然流眼泪了。拉戈任斯基离开了对话的地点，整理好自己的仪态之后又回来。他开始抽烟。

这是他的姐姐和姐夫，可聂赫留朵夫把他们都得罪了。明天他就要离开这里，可能再也没有机会见面。聂赫留朵夫和他们告别，返回自己的住处。

他想：其实我并没有说错什么，他已经无法反驳我了。但是我的态度有一些问题，我当时实在是太冲动了，把姐夫给惹恼了，也让姐姐难过，说明我还是没有成为一个更好的人。

chapter

·三十四·

三点，犯人们就会离开火车站。聂赫留朵夫打算跟着他们从监狱出发，一起前往火车站，所以他应该在十二点之前抵达监狱。

当他收拾东西的时候，发现了自己的日记，于是他开始浏览这段时间的日记：

> "对于我的牺牲，喀秋莎是不愿意接受的，她更希望自己作出让步。在我看来，她的心灵已经愈发纯净，这是不可思议的事情。然而我非常开心，她正在复活。
>
> "现在的我非常快乐，又非常难过。她在医院犯下了错误。如今的痛苦是我自己完全没有想过的。我讨厌她，可是我自己呢，我不也做过很多错事，有过很多坏念头吗？出于对自己的讨厌，还有对她的怜悯，我不再那么难受了。如果我们可以及时发现自己有多麻木，那么就不会再那么残忍。"

他今天写的是："和姐姐见面了。但是我太过得意，所以逞凶斗恶，我实在是太难过了。明天我就要开始新生活了。我心里面的想法实在是太乱了。"

次日，聂赫留朵夫睁开眼睛的时候，他想到的第一件事情就是他很后悔与姐夫吵架。他觉得应该去道歉，可他必须得马上出发，前往监狱。聂赫留朵夫收拾好东西，让看门人送行李去车站。聂赫留朵夫本人则雇车前往监狱。他已经买好了车票。不过他乘坐的列车在犯人们的火车出发之后两小时才会出发。聂赫留朵夫已经把公寓的钱都结算清楚，打算不再回来。

现在是七月份，天气炎热。

聂赫留朵夫抵达监狱的时候，犯人们还在里面。从四点起，监狱就开始了移交流放犯人的程序，一直到现在还没结束。这批被流放的犯人中有六百二十三名男性，六十四名女性。他们需要被挨个核对，体弱多病的人会被挑出来移交押解队。监狱的管理层正在院子的墙下乘凉，他们面前放着办公桌，一直在机械工作。押解官一直在催促文书，让他快点清点。

桌子已经不完全在阴凉里了。天气本来就热，犯人们又多，就显得更热。大家都很不耐烦。

可是犯人们已经晒了三个多小时了。

监狱的门口站着拿枪的哨兵，此外停着二十辆大车，这是用来装行李的，也会搭载那些病弱的犯人。犯人们的家属已经来到了监狱的附近，希望能再看家人一眼，最好能给他们一些物品。聂赫留朵夫就和他们在一起。

他们等了差不多一个小时，终于听到监狱里传出了声音。看守在门口进进出出。终于，口令声传来，大门打开，镣铐的声音响起。

先出来的是押解兵，他们熟练地在门口排好队列，然后发出口令。接下来出来的是男犯人，他们的脚上戴着镣铐，背上背着袋子。队伍的开头都是苦役犯。然后是剃光头的男犯，这些人是被流放的。接下来是村社送来的流放犯。接着出来的是女犯们，同样也是苦役犯领头，流放犯们跟着她们。还有一些女人自己没有罪，只是和丈夫共进退，自愿跟着一起被流放。有些女人用囚服的前襟包着小娃娃，也有一些大孩子跟着女犯一起走。

男犯们已经站好了，他们都默不作声，说话的只有女犯。聂赫留朵夫起初觉得自己看到了玛丝洛娃，但后来又找不到她了。在他看来，眼前这群穿着灰衣服的人已经不能被称之为人了，就连女犯们也完全没有女性的特质。

　　押解兵们又进行了一次清点的工作。犯人们并不老实，总在走来走去，于是大兵们就开始辱骂他们，并且推搡他们。犯人们当然不会反抗，可是从他们的表情中还是能看出来愤怒。终于，清点完了，押解官发出口令，队伍一下子骚乱起来。大家都想去大车上坐，于是争先恐后地跑到车边，把袋子放好之后

就自己爬上去。

　　有几个男犯人去找押解官，希望押解官能让他们坐车。不过押解官并没有理睬他们的要求，反而对他们进行了羞辱。

　　有一个看起来十分虚弱、个子很高的老头经过允许上了车。可是他上车的

时候花了好大的力气也没能上去，后来还是车上的其他人把他拉上去的。

当那些车辆被行李和犯人堆满之后，押解官就发出口令，让队伍出发。

于是这支发出各种动静的队伍，缓慢地前进着，卷起尘土。走在最前面的是士兵，接下来是戴着镣铐的犯人们。中间是流放犯和村社的农民们。最后是女人，大车跟着他们。聂赫留朵夫听到某辆车上传来女人的哭声。

chapter

·三十五·

这是一支相当长的队伍。等最后的大车启动之后，聂赫留朵夫也让马车出发。他想在队伍里看看有没有熟人，还想找到玛丝洛娃，问她有没有收到自己给她的物品。

气温越来越高，犯人们的头顶全是灰尘。队伍前进的速度非常快。聂赫留朵夫这辆车的马走得并不快，他花了一段时间才来到队伍的前头。队伍里面的人很多，可是他们的模样是那么单调，前进的动作也几乎一样，看起来十分可怕。这场景一度让聂赫留朵夫感到惊悚，直到他发现了自己认识的人。

聂赫留朵夫这种身份的人跟着他们的队伍，这让犯人们都不由自主地关注起来。费罗多夫和聂赫留朵夫打招呼，奥霍京也一样，但是他们并没有说话，因为不允许他们这样做。聂赫留朵夫来到女犯们的队伍旁，很快就找到了玛丝洛娃。她在队伍的第二排，靠边的位置是俏娘们，旁边是个孕妇，走得十分艰难。玛丝洛娃站在第三个，她扛着袋子，目视前方，看上去十分坚定。第四个人岁数不大，长得很漂亮，是费多霞。聂赫留朵夫离开了马车，希望能和玛丝洛娃说话。不过他这一行为引起了押解军士的注意，军士告诉聂赫留朵夫不能靠近队伍。监狱里没有人不认识聂赫留朵夫，军士一下就认出了他并向他敬礼，跟他说："想说话的话，等到火车站再说吧。"然后就让犯人们别掉队，继续往前走。天气很热，他看上去却很精神。他踩着自己脚上那双非常好看的全新的皮鞋，回到了自己的位置。

然后聂赫留朵夫返回了人行道，却不坐车，只让马车跟着自己走。这时犯人们前进的道路上驶来了一辆非常奢侈的马车，就连车夫都相当富态。车主是一对夫妻，女人打的伞非常鲜艳，男人穿的大衣奢侈无比。他们的两个孩子坐在前座上，一个男孩，一个女孩。男人怪马车夫没能抢在犯人的队伍前面离开马路，女人则对遇到的这一群人非常讨厌。在车夫看来，主人的批评一点儿都不公平，明明是他们自己要求从这条路走。于是他恼怒地把前进的马勒住。

警察本来想让犯人们停下来，这样就能讨好一下马车主。可是他忽然发现自己并不敢破坏队伍前进的氛围，哪怕服务的对象是一位老爷。于是他向车主敬礼，然后对犯人们怒目而视，就像是在表达自己的态度。无论如何，这辆马车都得等前进的队伍里最后一辆装行李和犯人的大车走完才能继续前进。本来之前在大车上哭叫的女人已经平静了，现在看到马车，她又开始哭天抢地。

直到这时，车夫才又开始赶马，带着这四位贵族去他们的别墅避暑。

对于遇到的事情，父母并没有和孩子们说什么，所以孩子们只能凭借自己的认知来理解看到的景象。

小女孩想的是这些人品行都很差，所以他们应该受到这样的待遇。她很害怕，直到犯人们离开，她才放心。

男孩却有不同的看法。他认为这些人和自己的身份没有什么区别，都是人，所以他们变成这样一定是受人压迫。他同样感到害怕，但也很怜悯。他最怕的还是压迫者。他不想受到嘲笑，于是忍着没让自己哭出来。

chapter

·三十六·

聂赫留朵夫跟着队伍向前走去。他穿的只是一件很薄的大衣，可是仍然觉得很热。他还觉得自己十分口渴，于是询问车夫去哪能够喝点东西解渴。

车夫赶着马车来到了一家上好的饭店。聂赫留朵夫坐在那里，和掌柜要了一瓶矿泉水。

旁边的桌子上坐着两个人，他们正一边擦汗一边算账。其中一个人让聂赫留朵夫想到自己的姐夫。其实他希望能够和姐姐姐夫再见一面，可是现在时间不够了，只能写信。趁现在空闲，他找伙计要来信封、信纸和邮票，写起信来。可是对于写的内容，他又有一些犹豫不决。

当他写下希望他们能够原谅自己的时候，觉得不太合适，因为他说的都是自己原原本本的想法。如果道歉，姐夫就会觉得自己已经改变了想法。聂赫留朵夫又开始讨厌起自己的姐夫，因为他实在太过自大，还对聂赫留朵夫指手画脚。聂赫留朵夫还是没能把信写完，他将没写完的信放入口袋后，继续和犯人们一起走。

气温越来越高，在这样的道路上光脚走路肯定像被火烤一样痛苦。

马车匀速地前进，车夫已经开始打起盹儿来。聂赫留朵夫坐在那里，脑子里面一片空白。他发现一座大厦门口围了很多人，旁边还有押解兵，于是聂赫留朵夫吩咐车夫停下来，去问人们这里怎么了。

"有一个犯人出了事。"

聂赫留朵夫跳下马车，穿过人群，发现一个年老的犯人躺在地上，看上去他很难受。警察、商贩、邮差、店员、小男孩和一个老太婆围在边上。

店员和聂赫留朵夫讲："他们在监狱里待了那么长时间，身体本来就十分虚弱，现在又在这么热的太阳底下走路。"

围观的人说这个人活不长了，还有人说应该先把衬衫解开，于是警察就照做了。他的动作十分笨拙，有一些紧张，不过他觉得还是应该要先驱赶人群。

店员说："应该请个医生来好好检查一下，不让那些体弱的人前进。"

警察将犯人的衬衣解开后就开始驱赶人群。

发现聂赫留朵夫之后，他想让聂赫留朵夫帮他说话，然而在聂赫留朵夫的脸上，他并没有看到松动的神情。于是警察又向押解兵求救，押解兵也没有给他回应。

人们还在围观。

聂赫留朵夫说："把他的头垫高些，给他喝点水。"

警察告诉聂赫留朵夫已经有人前去取水了，然后他费尽力气将犯人拖去地势较高的地方。

这时，一个一身华服的警官来到了这里，问他们都聚在这里干什么。发现这个快要死掉的犯人之后，他一点儿也不惊讶，问警察发生了什么。

警察说，这个人本来在犯人之中行走，结果突然倒地了。押解官让他留下来。

警官让警察用马车送犯人去警察局。

敬礼之后，警察告诉警官，已经让人去叫马车了。

店员还在抱怨，于是警官恶狠狠地训斥了他一番，让他安静下来。

聂赫留朵夫提议让犯人喝水。警官也瞪了聂赫留朵夫一眼，不过并未说话。人们拿来了水，警察想让犯人喝下去，可是他已经不能吞咽了，水打湿了他的衣服。

于是警官下令把水泼在犯人的脑袋上。

被泼了水之后，犯人睁大了眼睛，但他的身体并没有动弹。他一直发出呻吟的声音，身体也在颤抖。

警官命令聂赫留朵夫的车夫送犯人去警察局。这让马车夫十分不高兴。聂赫留朵夫表明，这辆马车是自己雇的，但是可以让他们无偿使用。

一番混乱后，人们将奄奄一息的犯人抬到了马车上，可是犯人已经没办法自己坐好了，他的身子一直往下滑。

警官让他们放平犯人。警察说他可以搂着犯人，这样就能让他安安稳稳地坐着了。押解兵则把犯人的脚放到了驭座的下面。

警官将犯人掉到地上的帽子重新戴回了犯人的头上。

于是他们就这么出发了，虽然马车夫十分生气。警察一直在帮助犯人坐好，押解兵则帮助犯人收好腿。聂赫留朵夫跟着他们。

chapter

·三十七·

终于他们来到了警察分局，把车停在门口。消防员们正在院子里冲洗车辆，谈天说地。停车之后，警察们通力合作，将犯人抬到地上。

帮犯人坐好的那个警察也从车上跳了下来，舒展自己的身体。犯人被他们送到楼上。聂赫留朵夫一直跟着他们。最终抵达的房间十分肮脏，里面布置着四张床。其中两张床上已经有了病人，一个脖子上缠着绷带，另一个则得了痨病。将犯人安置好之后，一个个子非常矮的人来到犯人的面前。他穿着衬衣，行动十分小心，看来看去之后突然放声大笑。原来这个人已经疯了。

带着犯人来到这里的警察领着警官还有医生进来。

医生查看犯人的手。那双上面长有很多雀斑的蜡黄的手，现在变成了死灰色。手被医生抬起来，然后又放回去。

医生说这人死定了。为遵照流程办事，他解开犯人的衣服，把自己的耳朵露出来，然后去听犯人的心跳。没有人说话。医生听完之后摇了摇头，然后又掀开犯人的眼皮查看，那双淡蓝色的眼珠也不再转动了。

疯子向医生吐口水。

警官询问情况。医生告诉他，这人已经无药可救，可以直接送太平间了。医生重新把犯人的身体用衣服盖起来，然后说："可以让彼得罗夫去叫马特维·伊凡内奇，让他再看看这个病人。"然后医生就离开了。警官让人送犯人去太平间，然后让带犯人来的押解兵去办公室签字。

警察们抬着犯人走了，本来聂赫留朵夫还想跟着，但是他被疯子拦住了，原来疯子想要根烟，聂赫留朵夫直接给了他一盒。疯子话说得很急，讲的全是他们是怎样折磨自己的。

不过聂赫留朵夫并没有多听，就回到了院子里，他还想弄清楚犯人的去向。警察们已经穿过了院子，准备进入地下室。聂赫留朵夫想跟上去，但是警官没有让他去，而是让他离开。于是聂赫留朵夫回到马车边。车夫昏昏欲睡，聂赫留朵夫让他带自己去火车站。

他们离开没有多远，就看到了一辆大车，上面是押解兵。原来又有一个死去的犯人。大车颠簸的时候，犯人的脑袋就跟着晃动，撞来撞去。车夫反而在车底下跟着走。警察跟在他们的后面。

聂赫留朵夫示意自己的车夫停下来。然后聂赫留朵夫又和大车一起回到了院子里。消防员们已经把车洗好，去了别的地方。这里还站着消防队的队长，他正为了一匹公马训斥兽医。警官也没有离开。他发现大车之后，问他们的来处。原来这辆车是从老戈尔巴多夫街来的。

这个犯人是今天第二个死者。

消防队队长说："天气确实热。"然后就让消防队员把马带去单马房，嘴里骂骂咧咧，责怪消防队员没有好好养马。

警察们将第二个死者带去候诊室，聂赫留朵夫跟在他们的后面。有一个警察询问聂赫留朵夫想干什么，但是聂赫留朵夫并未作答。疯子正在房间里抽烟。看见聂赫留朵夫之后，他就发出笑声。然后他又看到死去的犯人，眉头皱了起来。

聂赫留朵夫正在观察死去的犯人。上一个犯人长相丑陋，然而现在这个看上去十分漂亮，无论是脸庞还是身体，就连他的表情都显得十分安详。然而现在他却被折磨得丢掉了性命。没有人会觉得他还是一个需要悼念的人，也没有人会怜悯他，他甚至不如那些动物。如今他死了，人们只会觉得不耐烦，因为他增加了自己的工作量；天气这样热，尸体很快就会腐烂，所以必须马上处理。

警察分局长带着医生和医士进入了这里。医生虽然个子很矮，但是身体十分强壮。分局长个子也不高，但他体形圆润，脸颊红红的。他有一个小习惯，喜欢先吸气，把脸都鼓起来，然后慢慢吐出去。如此一来，他看上去更加圆润了。医生坐在死人的旁边，重复了一遍方才的流程，接着站起来拽了拽自己的裤子。

"死透了。"

分局长的双颊鼓得满满的，又慢慢把气吐出来，询问押解兵这个犯人来自哪个监狱。押解兵回答了局长的问题，告诉他脚铐得回收回去。分局长同意了，然后走出了房间。

聂赫留朵夫询问医生犯人的死因。

"您这话倒是有意思。他们是因为中暑死的。冬天他们一直待在监狱，没有活动；今天天气这样热，他们却要走那么远的路，而且大家的距离都很近，当然会中暑了。"

"他们是因为什么原因被流放的？"

"这个问题我回答不了。您是什么人呢？"

"局外人。"

于是医生不耐烦起来，他并不想多花时间和这种人交流。他询问起还活着的病人的情况，先问的是脖子上缠着绷带的那位。

疯子还在向医生吐口水。

聂赫留朵夫离开了这里，回到了自己的马车上，向着火车站出发。

chapter

· 三 十 八 ·

聂赫留朵夫抵达火车站的时候，犯人们已经上了火车。有人正在给他们送行，不过押解兵不让他们和犯人近距离接触。这一天，押解兵的工作量非常大。在来这里的路上，一共抬走了五名死者。

押解兵现在的工作就是把死者和他们的文件、物品送到该去的地方，再将他们的名字从押送名单中划掉。在他们完成自己的工作之前，无论是聂赫留朵夫还是别人都不能和犯人们接触。聂赫留朵夫想了办法，给一个押解的军士送了点钱，最终还是靠近了火车车厢。

这列火车有十八节车厢，长官们独自占据一节，其他的车厢里全是犯人。聂赫留朵夫在走过车厢窗口时仔细聆听里面的动静。每个车厢里的声音都是一样的，杂乱无章。可是聂赫留朵夫没有想到的事情是，他并没有听到关于那些死者的讨论，犯人们的注意力全都集中在自己的事情上面。聂赫留朵夫走过男犯车厢，来到女犯们的车厢。

在押解兵的指引下，聂赫留朵夫来到了第三节车厢。他刚接近那里，就感到热浪扑面袭来，同时他能清楚地听到女人们讲话的声音。聂赫留朵夫靠近窗口的行为引起了女囚们的关注，靠窗户坐着的人都向他凑过去。玛丝洛娃坐在对面窗口，穿着一件短袄。旁边是费多霞，和聂赫留朵夫的距离更近。她发现聂赫留朵夫之后，就提醒玛丝洛娃。于是玛丝洛娃包好自己的头发，微笑着来到聂赫留朵夫那边。

玛丝洛娃向聂赫留朵夫表示感谢，说自己已经拿到了物品。聂赫留朵夫又问她有没有什么其他的需要，玛丝洛娃谢绝了。

费多霞则提醒说需要水。之前犯人们确实领到过水，不过已经喝没了。

聂赫留朵夫说自己会和押解兵讨些水。不过他们再想见面得等到抵达下城。玛丝洛娃表现出惊讶，但她看上去还是十分快乐，问聂赫留朵夫是不是要和他们一起走。

聂赫留朵夫告诉她，自己的车就是下一趟。玛丝洛娃叹了一口气。

一个老犯人，也就是柯拉勃列娃，询问聂赫留朵夫是不是真死掉了十二名犯人。聂赫留朵夫告诉她，自己只看到了两个。

她们都很关心这个问题，不过倒是没有女犯人死掉。

一个个子不高的犯人笑了起来，说："到底还是女人们身体强壮。不过有一个孕妇，她还在隔壁车厢叫唤呢。"聂赫留朵夫确实也听到了她的声音。

玛丝洛娃还是很快乐，不过她并不想表现出来。她和聂赫留朵夫说："要是您能让那个女人留在这里就太好了，可以跟长官讲讲吗？"

聂赫留朵夫答应下来。

玛丝洛娃问能不能让费多霞和自己的丈夫见一见，他也要跟着她们出发，就坐聂赫留朵夫那趟车。

他们的谈话被迫终止了，因为有一个不认识的军官过来带走了聂赫留朵夫。然后聂赫留朵夫就去寻找长官，希望能完成自己的承诺。但他没找到长官，押解兵们也没有告诉他长官在哪。他们都在工作，并不想和聂赫留朵夫说话。

当第二次鸣笛的时候，聂赫留朵夫终于找到了押解官，这时他正在教训司务长。

他询问聂赫留朵夫的来意，于是聂赫留朵夫告诉他这里有一个孕妇。可是押解官却不予理会，只说随她去生，然后就回了自己的车厢。

列车长已经开始吹最后的哨子了。无论是女犯还是送行的人都开始大叫。聂赫留朵夫留在站台，身旁是费多霞的丈夫塔拉斯。火车开始慢慢地前进。刚开始的车厢坐着一个个剃了头发的男人，后面就是女犯。聂赫留朵夫听到了孕妇的哭声，也看到了窗口的玛丝洛娃，她正在苦涩地微笑。

chapter

·三十九·

聂赫留朵夫所乘坐的那列火车要两个小时之后才能出发。在这期间，聂赫留朵夫原本希望能和姐姐见面。然而他实在是太累了，于是他坐到候车室的沙发上面，累得睡着了。

茶房叫醒了聂赫留朵夫，告诉他有一位贵妇人正在找他。

聂赫留朵夫立刻起身，揉了揉眼睛，清醒了过来，回想起之前发生的事情。

他脑海里的景象是：犯人们，死人，安了栏杆的火车窗户，被关押在里面的女犯，马上就要生孩子了却不被理睬的孕妇，玛丝洛娃在窗户后面苦涩地微笑。然而现在，聂赫留朵夫看到的一切和那些东西完全不一样。他眼前的一切是那样的繁华热闹，人们都无忧无虑。

聂赫留朵夫站了起来，头脑已经清醒了。忽然他发现这里的人都在向门口张望，于是他也看向热闹处。门口有人抬着一把圈椅，上面坐着一位太太。聂赫留朵夫发现自己好像认识走在前面的跟班，也认识后面那个看守。原来这是柯察金一家，柯察金伯爵也在这里，还有米西和她的表哥米沙。外交官奥斯登也来了这里，他正在和米西讲话，表情看上去十分轻松。医生正抽着烟跟在后面，看上去很生气。

柯察金一家本来住在城郊的庄园里面，现在他们要前往公爵夫人的姐姐家。那是一个庄园，位于下城的铁路线上。

他们带了很多仆人，这让候车室里的人奇怪又尊敬。柯察金公爵一坐下，就让茶房送上吃的。米西和奥斯登也准备坐下来，但是他们看到门口有自己认识的人，于是迎了上去。原来娜塔莉雅也来了这里，阿格拉斐娜陪着她，她们两个正在寻找什么人。娜塔莉雅看到了米西，接着又发现了弟弟。和聂赫留朵夫点头示意之后，娜塔利雅就去和米西问好，然后才和自己的弟弟碰面。

如此一来，聂赫留朵夫不得不去和柯察金家的人问好。米西告诉聂赫留朵夫他们原来的家发生了火灾，现在不得不搬家。奥斯登趁机讲了一个笑话，是关于火灾的。

随后聂赫留朵夫就开始和姐姐聊天。

娜塔莉雅告诉聂赫留朵夫，她和阿格拉斐娜一直在找他。

阿格拉斐娜远远地向聂赫留朵夫鞠躬，她看起来完全是一副淑女的样子，服装也很得体。

聂赫留朵夫告诉她自己睡着了，本来想给姐姐写信，但是无从下笔，所以作罢。

两个人热切地聊着，米西他们觉得不好打扰，便离开了。

聂赫留朵夫告诉姐姐，自己离开他们家之后，十分后悔，但是又害怕和他们道歉会受到姐夫的嘲讽。娜塔莉雅的眼眶里充满了泪水。她表达的含义并不明确，但是聂赫留朵夫很了解她，知道她在乎他们俩之间的感情，并不希望聂赫留朵夫和姐夫发生矛盾，所以深受触动。

聂赫留朵夫开始和姐姐说自己今天见到了两个死人，他对第二个的印象尤其深刻，"天气这样热，他们还要走那么远的路，中暑死了。"

"什么！这是今天发生的事情吗？"

"就在刚才，这是我亲眼看到的。"

娜塔莉雅对此十分不理解，聂赫留朵夫却十分愤慨，说那些人就是死在送他们去流放的人的手上。他觉得姐姐和她丈夫的立场是一致的。

聂赫留朵夫的目光落在柯察金伯爵的身上。他正在喝酒，也看了聂赫留朵夫一眼。聂赫留朵夫说："我们确实不知道这些倒霉蛋遭遇了什么，可我们不应该无视。"

公爵问聂赫留朵夫要不要喝点酒，解解暑气？聂赫留朵夫谢绝了公爵的邀请。

娜塔莉雅问聂赫留朵夫接下来的打算。

"我会竭尽全力去做。虽然我还不清楚自己该做什么，但是我确实应该行动。"

娜塔莉雅又询问聂赫留朵夫是不是真的不打算再和柯察金一家来往。

"没错，这对大家都好。"

"我还挺喜欢米西的。你为什么要自讨苦吃，真的非去不可吗？"

聂赫留朵夫的态度十分坚决，他不想再说这件事。但他也不想这么冷漠地对待姐姐，而且现在还有阿格拉斐娜在场。他或许应该告诉她们自己的真实想法。

"我确实下定了决心要和玛丝洛娃结婚，然而不愿意的人是她。她只想为我付出，却不要求我的回报。可是我也不想一直接受她的付出，尤其这可能是她一时冲动下作出的决定。我一定要跟着她，让她尽可能好过一点。"

娜塔莉雅并没有回应他。柯察金一家离开了候车室，公爵夫人仍然是被人抬着走。路过聂赫留朵夫的时候，他们停下来和他说话。

聂赫留朵夫握过公爵夫人的手之后，就听她说："这天气实在太热了，真要命，我的身体根本受不了。"

接着，夫人邀请聂赫留朵夫到他们家去做客，并且要求他一定要将这件事放在心上。说完后一行人就离开了。

聂赫留朵夫目送他们远去，柯察金一家进入了头等包厢。聂赫留朵夫则带着姐姐还有塔拉斯去了相反的方向。

他为姐姐介绍塔拉斯，其实姐姐之前就听聂赫留朵夫说起过。

娜塔莉雅对于聂赫留朵夫乘坐三等车厢表示惊讶，可是聂赫留朵夫完全不在乎。

"我要和塔拉斯一起走，这样比较方便。对了，库兹明斯克耶的土地我并没有分给农民。如果我不幸离世，那些土地就归你的孩子们。我所有东西都将传给他们。我大概是不会再结婚，而且也不会有孩子。"

娜塔莉雅嘴上阻止聂赫留朵夫这样说，但是聂赫留朵夫很清楚，她其实在窃喜。

头等车厢的旁边还有围观柯察金一家的人。有些迟来的乘客正在上车。列车员提醒大家火车马上就要开了。

聂赫留朵夫进入车厢，里面实在是太热了。他去了车尾，那里有个小台子。

娜塔莉雅两个人正在目送聂赫留朵夫，大家无话可讲。姐弟俩向来不喜欢送别时叽叽歪歪，可是也不想再说遗产问题破坏氛围。

火车已经发动，娜塔莉雅和聂赫留朵夫道别，其实她心里一点也不难过，但脸上还是露出了不舍和惆怅的神情。弟弟走了以后，她才想起来要告诉丈夫自己和弟弟的谈话结果，于是又抑郁了。

聂赫留朵夫一直很爱娜塔莉雅，也一直十分坦诚。可现在，两个人见了面，他感觉只剩窘迫，分别倒成了一件好事。娜塔莉雅曾经与他关系亲近，现在她却只听丈夫的话。他觉得很伤心。

chapter

· 四十 ·

三等车厢被太阳晒得闷热无比。聂赫留朵夫并没有回到车厢里，可是他在小平台上也没感觉好到哪里去。火车前进带来了风，聂赫留朵夫终于能够呼吸了。

他提醒自己，那些人的死并不简单，他们都是被害死的。在这一天，他遇到了很多事情，令他印象最深的还是第二个死者。他那么漂亮，身体也强壮，可他还是死了，甚至没人知道罪魁祸首是谁。他和其他犯人一样，是在玛斯连尼科夫的命令下被押解出来的。玛斯连尼科夫做事情只会按照规章来，他只会在公文纸上签下丑陋的签名。监狱的医生也不在乎这些，他按要求挑出了身体弱的犯人，但是他没想到今天会这么热。典狱长收到了命令，所以必须送流放犯们上路。押解官的所作所为也不过是在完成自己分内的事：点名，送犯人们去西伯利亚。就连那样强壮的人都没有逃掉死神的追杀。这样看，大家都不应该负责。但人确实丢掉了性命，归根结底，还是被这些看上去一点责任都不用负的人害死的。

聂赫留朵夫陷入了沉思，没发现天色不知不觉地暗下来了。乌云从西方来到了这里，雨也从那边过来了。列车前进，发出轰隆声，和打雷的声音交织。聂赫留朵夫的衣服逐渐被雨水打湿。

但对土地来说，下雨是好事情。"再下，再下！"聂赫留朵夫望着雨下的田野、菜园和果园，兴奋地说。

"哦，我刚刚想到哪儿了？"雨过天晴时，聂赫留朵夫心想，"是啊，我在想，所有那些人，原来都是温和善良的，因为他们做了官，所以他们变得凶恶了。"

他想到，曾经他和玛斯连尼科夫讲解发生在监狱的事情，但是对方的反应是那么淡漠；无论是押解官还是典狱长都完全没有人情味；哪怕有些犯人身体虚弱，也没有乘车的权利；女犯人中有个孕妇，她是那么的痛苦。

"他们身上没有一点人情味，对其他人的苦难不管不顾。如今他们身上都有官职，可是完全不和这个世界接壤。"

"就像雨水不能滋润石板路一样。眼前这片土地本来应该是一片沃土，可以长出植物，也可以种地。可是如今上面什么都没有，只有被石头砌成的斜坡。多悲哀啊！正如那些官员，可能他们的职位是不可或缺的，然而他们却因为自己的官职脱离了人民，丧失了人性。

"最关键的是，那些不该被称为法律的东西成了法律。我对那些官员感到恐惧。和强盗相比，他们更让人害怕，因为他们的心中不存在一丝善良。这是事情的根源。对于现在这个时代的人来说，如何才能犯了罪却不感到内疚呢？那就是让他们保护好现在的制度，让他们身负官职。也就是说，首先，要给他们树立信念：当一个人背负国家官职的时候，就能草菅人命，也能不在乎平民百姓。其次，将这些身负职位的人组织在一起，让他们共同进退，哪怕他们干了再可怕的事情，也会法不责众。如果满足了这两点，就能真实地反映现实。大家都认为，如果遵守某种法则，就能藐视人命，然而这种法则并不存在于这个世界上。人面对东西的时候，确实可以毫不留情。可是面对同样的人类，情分是必须讲的。再微小的生命也是生命，需要得到呵护。伤害其他生命，不就等同于伤害自己吗？对蜜蜂是这样，对人也是这样。这是一种必须执行的生活准则。虽然不能强行催生出感情，但是这不是人心安理得无情处事的借口。

"如果一个人确实对同类没有情感，那就不应该打扰别人，而是应该独自生活。人最好还是饿了再进食。怀揣着感情，和人们来往才能有一个好的结局。要是没有感情就贸然和人接触，就会发生昨天我和姐夫那样的情况，也会发生今天我所看到的这一切。我生活了这么多年，一直饱受痛苦，就是因为没有做到这一点。"

聂赫留朵夫忽然无比地快乐，一方面是因为他已经想清楚了一直以来困扰他的问题，另一方面是因为现在的天气不再那么炎热了。

chapter

·四十一·

聂赫留朵夫乘坐的那节车厢并没有坐满。乘客们的身份十分杂乱，大家坐得很分散。塔拉斯已经坐好了，还留出了聂赫留朵夫的座位，然后和对面的乘客交谈起来。

聂赫留朵夫还没走到他跟前，刚走到一个老爷子的身边。老爷子十分礼貌地腾出座位给聂赫留朵夫。

聂赫留朵夫礼貌致谢之后就坐了下来，听老爷子和对面的一个女人讲话。原来她之前是去找自己的丈夫，如今要返回家乡。

"上次去找他还是几个月前，再想去就得等到过年了。"

"就应该经常见面，否则他一个人在城市生活很容易堕落的。"

"老爷子，您不知道，他人品一直很好。而且他很聪明，和女孩一样。他把手里所有的钱都给我了。这是我们的女儿，他一直很疼爱她。"

穿着崭新无袖长衫的女孩坐在一边嗑瓜子，对着身边的人看来看去，像是要证明母亲的话一样。

"那他好像真的还不错。他也不喝酒？"老爷子用眼睛示意旁边坐着的一对夫妻问。那两个人大概都是在厂里做工的，丈夫正在喝酒，直接对瓶吹；妻子则看着他，拿着的袋子正是装酒瓶的。

女人趁机继续夸奖自己的丈夫，说："他什么恶习都没有，这很罕见。"

丈夫已经喝好了，于是让妻子喝。他发现了来自聂赫留朵夫的关注，说：

"老爷，看我们做什么？当初我们拼死拼活努力干活，现在只是想享受一下。"

聂赫留朵夫有点不知所措，只一个劲地点头说是。

"你看看，我老婆多好，我可喜欢她了，她也对我很好。"

妻子已经喝完了酒，把酒瓶交给丈夫，让他不要跟人家啰唆。

丈夫又开始夸奖她："一直以来，她都是如此。有时候倔强得不行，有时候却那么好。"

两个人自说自话，说得很起劲。说了一阵之后，丈夫有些累了，躺在妻子的膝盖上睡了。

聂赫留朵夫的注意力回到老爷子的身上，他正在给大家讲自己的过去。曾经他做的是砌炉的活，已经从事这行五十三年了。他很累，但是始终没有休息的机会。现在孩子们都去城市工作了，他终于能回农村，回去看家里人了。

聂赫留朵夫听完了老人的话，起身回到塔拉斯那边。

"老爷，您终于来了。我们把袋子挪到这儿来。"坐在塔拉斯对面的花匠抬起头来瞅了瞅聂赫留朵夫的脸，亲切地说。塔拉斯也帮聂赫留朵夫把座位上的东西都搬开，说这车厢里，多的是座位，随便坐。

塔拉斯今天喝了点酒，滔滔不绝地说个没完。聂赫留朵夫坐下后，他对着花匠继续说起了自己的经历，说妻子是为什么被判刑的，如今流放的过程，还有两个人为什么要一起走。

塔拉斯小声告诉聂赫留朵夫："我给他讲讲那些悲惨过去，大家也是有缘。"

这些都是聂赫留朵夫不知道的事情，因此他也非常认真地听着。塔拉斯正在说家人们发现费多霞下了毒。

"大家发现了这件事，我母亲就要带着下了毒的饼去找警察。但是我父亲却很明事理，让我们都别责怪费多霞，她还不清楚事情的严重性。但是我母亲铁了心要报警，就是不肯原谅她。于是费多霞就被警察抓走了。他们上门来传证人。"

　　"那时候我肚子痛得要死，还一直在呕吐，甚至没办法讲话。我父亲套好车，带着费多霞去警察局，又去找了法官。费多霞认罪了，而且一点也没犹豫，什么都说出来了。法官问她的动机，她说因为太讨厌我了，只要能离开我，哪

怕去西伯利亚也没关系。于是，罪行成立，费多霞被关到监狱里了。我父亲一个人回了家。那时候正要收割，家里有点忙不过来。于是我们就决定保释费多霞。但是怎么找关系都没用，本来我们都放弃希望了，有个政府的下层官员告诉我们，他可以帮忙，不过需要五个卢布。我父亲讲价之后，变成了三个卢布。

我抵押了费多霞织的布，得到了钱。于是他把写好的东西交给我们，我驾车去接费多霞回家。当我来到监狱的时候，他们问我要文件，我将文件交了上去。核对完身份，费多霞就跟我回家了。路上，我们俩谁也没说话。马上就要到的时候，她问我父母的情况，我告诉她都没事了。她又要我原谅她，说她实在是犯傻了。但是我早就没将那件事放在心上了。回家之后，她给我母亲下跪，我母亲当时并没有原谅她。我父亲告诉她大家一起把日子过好就行了，并让她第二天和我一起收庄稼。跟你说吧，费多霞真是干活的好手，而且特别努力。家里的地有三亩，种着燕麦和黑麦，收成还可以。我向来是很能干的，可她比我干得还卖力。回家之后，每个人都累得要命，她什么都不吃又去仓库里打草绳。

"我们两个好像是一体的，她对我百依百顺。虽然我母亲还是很生气，但也觉得她变化很大。曾经我们俩赶车去干活的时候，我就问她之前为什么会那么做，她的回答还是没变。我又问她现在的想法是什么样，她告诉我如今她爱我爱得发狂。结果回家之后，传票来了，她又要被抓走，并接受法庭审判。然而那个时候，谁都不记得为什么要开庭了。"

花匠说费多霞最开始恐怕是被鬼附身了，他还要列举自己知道的例子。不过这个时候，车停了下来，应该是到站了。于是大家就下车了，包括聂赫留朵夫。

chapter

·四十二·

车站前面有个广场，有几辆特别华丽的马车停在广场上。聂赫留朵夫下车之后，发现头等车厢旁边有一群人。一个又高又胖的妇人最突出，她衣着华贵；一个很高的年轻人牵着一条大狗站在她旁边。几个仆人跟在他们后面，还有一个马车夫，都是来接人的。这些人里，没有一个人的日子过得不舒坦。

聂赫留朵夫认出了年轻人的身份，他是柯察金家的少爷。妇人正是公爵夫人的姐姐。列车长一直稳着车厢的大门，这样公爵夫人就能安安稳稳地被人抬出来。姐妹俩打过招呼之后，就商议回去路上是坐轿车还是坐篷车。一行人往出口走去。

聂赫留朵夫并不想和他们接触，所以一直没有凑上前去。他们说话用的都是法语，聂赫留朵夫只听到一部分内容，尤其记住了公爵说的一句话。

"那才叫贵族呢。"这句话非常响亮，是公爵的夸奖。他们在一堆人的簇拥下，离开了车站。

就在这时，车站拐角处出现了一群不知从哪儿来的工人。他们想上最近的一节车厢，但是被列车员拒绝了。他们就离开了那节车厢去别的车厢，但是他们一直被拒绝。就这样，他们来到了聂赫留朵夫所在的车厢，本来还是会被拒绝，但聂赫留朵夫出言留住了他们，然后和他们一起回到车上。本来工人们以为没事了，但是一个老爷和两个妇人不允许这样低贱的人和自己坐在一起，让他们离开。一共有二十名工人，有老有少，不过他们是一样的风尘仆仆。在他们眼里，哪怕被人赶走也是自己的错，于是他们继续前往别的车厢。在行进过程中，他们的背包撞到各种地方。那样子看起来，就像只要得到允许，他们就会立刻坐下，无论是在什么地方。

列车员上车阻止了他们的行进，让他们都坐好。

有一个妇人就嫌恶地发表言论，其实是想向聂赫留朵夫展示自己会说法语。另外那位太太倒是没有显摆什么，不过厌恶的态度还是表现得很明显。

终于可以坐下来了，工人们都松了口气，把背包摘下来放到座位的下面。

花匠坐在了自己原本的位置上。这样一来，塔拉斯旁边就留下了三个空位。这三个空位现在被三个工人占据了。聂赫留朵夫走回原来的位置。看到这样的人物，工人们都有些局促，想离开。聂赫留朵夫留下了他们，然后自己坐在了过道座位的扶手上。工人们面面相觑，看上去都很不安。他们非常奇怪，聂赫留朵夫这样的老爷怎么会对他们这么宽容呢？他们害怕里面蕴藏着阴谋。不过什么都没有发生，聂赫留朵夫在正常地和塔拉斯交流，所以他们松了口气。他们吩咐一个小伙子去袋子上面坐，请聂赫留朵夫坐到自己的位子上去。老工人坐在聂赫留朵夫的对面，刚开始还有点害怕，但后面也放开手脚和他聊天，为了引起他的注意，甚至用手背去碰聂赫留朵夫的膝盖。老工人告诉他们自己是如何工作的。这帮人在泥炭田里工作了两个月零十五天，一个人挣了十卢布，不过一部分钱早就被他们预支了。如今他们带着剩下的钱坐这趟车回家。他们工作的时候，膝盖以下的部分一直在水里泡着，一天到晚都在干活，中午吃饭的时间是两个小时。

"其实这工作挺辛苦的，不过习惯了就好了。但是伙食应该好点。刚开始的饭特别糟糕，大家抗议之后，情况才有所好转。"

他告诉大家，他已经出来闯荡了二十八年，挣来的所有钱都给家里了。刚开始是给父亲，后面是哥哥，如今给侄子。他一年能挣五六十卢布，只留给自己两三个卢布用来抽烟。他对自己偶尔喝伏特加的行为还有些愧疚。

"我可不是初出茅庐的小年轻，但是也是第一次见到您这样善良的老爷。您不会欺负自己的同伴，非常善良。"

对聂赫留朵夫来说，这些人非常亲切，这种经历也是他从来没有过的。

柯察金公爵的那句话重新出现在他的脑海，但是这些人才叫高贵呢，所谓的上流社会还有那些风尚都太乏味了。

聂赫留朵夫就像一个旅行家，对未知的世界满怀期待和兴奋。

Volume 03

◆ 第三部 ◆

chapter

· 一 ·

在走了五千俄里的路程之后，流放犯们来到了彼尔姆。刚开始，玛丝洛娃跟着刑事犯们一起赶路，她需要时刻忍受着虱子等小虫子的骚扰和讨厌的男人们的纠缠。在薇拉的提醒下，聂赫留朵夫找关系将玛丝洛娃调到政治犯的队伍里。

如此一来，玛丝洛娃的待遇得到了改善。这里的饮食都更棒，也不会动不动就被殴打。还有一点，来到这里，玛丝洛娃就不再被男人骚扰了，生活得十分安稳。最重要的是，玛丝洛娃结识到了新朋友，而他们对她的未来影响非常大，且全是正面的。

如今玛丝洛娃跟着政治犯一起住，前进的时候则跟着刑事犯的队伍。从托木斯克开始，接下来的路程都是步行前进。跟玛丝洛娃一起步行的同伴有政治犯谢基尼娜，就是之前聂赫留朵夫探望薇拉时看到的有着羔羊般眼睛的漂亮姑娘；还有流放犯西蒙松，聂赫留朵夫之前探监的时候也见过他。谢基尼娜和玛丝洛娃一起走的原因是，她把座位让出去了，让给了一个孕妇。而西蒙松步行的原因是，他不想享受坐车赶路的待遇。早上，三个人跟随刑事犯的队伍出发。正常政治犯的出发时间稍晚，因为他们会坐车前进。就这样，他们来到了最后的驿站。押解官会在大城市换班。

现在已经是九月份，天气变化无常且十分寒冷。院子里站着四百五十名犯人。押解官正在给犯人们的头领发放两天的饭费。一些犯人正在购买吃的。场面看上去十分杂乱。

玛丝洛娃和谢基尼娜一起来到了院子里，也想买点食物。这里的贩子都是女人，她们卖的东西很杂，甚至包括烤乳猪。

西蒙松同样在犯人里面。他正在思考：如果细菌拥有思想，那肯定会觉得指甲属于无机物。同样，当我们察看地球外壳的时候，也会认为地球是无机构。然而这没有道理。

玛丝洛娃已经买好了食品，谢基尼娜还在结账。这时犯人们都安静下来，排队站好，押解官正在给他们做出发前的最后一次训话。

忽然人群出现了骚乱，军官正在打骂什么人，孩子也在哭，于是大家不再讲话。谢基尼娜和玛丝洛娃一起去查看情况。

chapter
• 二 •

谢基尼娜和玛丝洛娃走到了打人军官的附近。那个军官身体很健壮，明明他打了别人耳光，却一直在揉自己打了人的手，他一直在骂骂咧咧。而一个很瘦，个子也很高的男犯站在他的面前。这个男犯的衣服不太合身，他的脸已经被打出了血。他怀里抱着一个女孩，正在大声地哭叫。

军官非常生气，让这个男犯把镣铐戴好，把孩子转交给女犯们。

这犯人是个农民。到托木斯克的时候，妻子得了伤寒病死了，孩子就和他在一起，两个人始终没有分开。刚刚押解官命令他戴好镣铐，但是他不服从指令，说自己得抱孩子。这让押解官十分恼火，甚至大发雷霆。

他们的事情一直没有解决，这让其他犯人也骚动起来，气氛十分压抑。

对于这件事，大家议论纷纷。大家都很同情孩子，还有人说这不符合法律。这句话却一下子惹恼了押解官，他一定要教训一下犯人们。不过他不确定说这句话的人是谁。这时候，某个男犯冒了头，就被押解官打了耳光，而且左右脸都没有放过。

押解官生气极了，让人把女孩带走。大家都安静下来。

押解兵抢走了女孩，其他押解兵则把手铐戴在那个男犯的手上。押解官让押解兵把女孩交给女犯，可是女孩一直在哭，不肯离开父亲。

这时候谢基尼娜自告奋勇要带着女孩。她告诉押解官自己政治犯的身份，而且她长得漂亮这一点也发挥了优势。押解官最终同意了，不过仍然对谢基尼娜发出了警告：不许让人跑掉。

虽然他允许了谢基尼娜带孩子，可是那孩子却留恋自己的父亲，不肯离开。玛丝洛娃拿出了刚买的面包圈，说女孩绝对愿意跟自己走。果然女孩认出玛丝洛娃，顺从地来了这边。

事情终于得到了解决。经过一番清点，人们准备出发了。大车还是让那些身体虚弱的人坐。玛丝洛娃则和小女孩还有女犯们走在一起。费多霞也和她在一起。

刚才发生的事情，西蒙松都看在眼里。这个时候，他走向军官，和军官说他不应该这样做。

这让军官十分气恼。

西蒙松坚持自己的意见。不过押解官一点儿也不在乎他的看法，只让人们出发，然后就钻进了自己的马车。

就这样他们离开了，队伍排得很长。

chapter

·二·

过去的六年，玛丝洛娃都生活在城市，过得非常奢靡。然后她被关在监狱里，身边都是刑事犯。现在她的同伴都是政治犯，尽管处境艰难，但她却十分开心。一天前进的路程大概有二三十俄里，他们吃得很好，赶两天路休息一天。这让玛丝洛娃的身体不再虚弱。新朋友带来了全新的生活。玛丝洛娃觉得，如今在她身边，跟她一起赶路的这些人都是非常好的人。

"之前判刑的时候，我哭了。不过现在，我必须感谢上帝。如果我一直过着曾经的生活，那我也不会有现在的觉悟。"

对于政治犯们为什么投身革命，玛丝洛娃也逐渐理解了。这些政治犯的社会地位原本非常高，可是为了那些被压迫的人，他们反抗压迫者，哪怕牺牲也没关系。明白这个道理后，玛丝洛娃对他们感到由衷地佩服。

谢基尼娜告诉玛丝洛娃，自己之所以这样做，是因为从小到大，她都接受不了上流社会的生活方式，反而更适应底层百姓的生活。

"我可不耐烦应付那些上等人，和厨娘、马夫在一起多轻松啊。当我明白事理的时候，我就明白了这世界是怎样的恶劣。我妈妈早就去世了，父亲虽然是个将军，却一点也不好。我十九岁的时候，就和人去工厂做工了。"

谢基尼娜离开工厂后，就去了农村。再次回到城市，她是为了革命。后来被人抓了起来，现在被流放。玛丝洛娃听别人说过，当初警察去搜查谢基尼娜的家，地下工作者中的人开了枪，谢基尼娜为他担下了罪名。

玛丝洛娃看得出来，无论在什么情况下，谢基尼娜首先考虑的都是怎么帮助别人。她生活的全部乐趣就在于帮助他人。

刚开始，谢基尼娜还很讨厌玛丝洛娃。可是就算是这样，玛丝洛娃也能感受到她的礼貌和亲切。玛丝洛娃是这样地敬佩她，怎么会有这么亲切的伟大人物呢？于是玛丝洛娃处处追随谢基尼娜的脚步。这样一来，谢基尼娜也感受到了玛丝洛娃的真诚。两个人成了好朋友。

她们关系好还因为二人对性都十分嫌恶。玛丝洛娃是已经受够了这方面的痛苦，谢基尼娜则是无法接受这种事对人格的侮辱。

chapter

·四·

玛丝洛娃非常愿意接受谢基尼娜的观点，因为她喜欢谢基尼娜。而西蒙松能够改变玛丝洛娃，则是因为他自己的爱。

对于一个人来说，做任何事都会受自己的想法和他人的想法共同影响。而这两者的比例，就是人与人之间重大区别之一。一部分人思想上十分活跃，但是行为上却处处受他人影响。而另一部分人则完全相反，只会在很少的情况下听从别人的建议，基本上只会跟着自己的思想来行动，并且时刻保持理智，保持辩证的思想。西蒙松就是后者，他经常思考，行为也完全遵照自己的思想。

在他还是一个青少年的时候，他就已经意识到，虽然父亲地位很高，但他的收入都是靠压迫人民得来的。在这件事情上他与父亲发生了争执，于是他离开了家，从此独自生活。在他看来，之所以会发生这一切，是因为人民没有受过足够的教育。于是他离开大学，参加民粹派，去农村教人们读书，大胆地告诉人们究竟什么是对什么是错。然后他被捕了。

在法庭上被审判，他坚称法官没有这样的权利。无论他们问他什么，他都不作答。就这样，他成了流放犯。在被流放的地方，他给自己制定出一套准则，指导自己的行动。他认为世界上的一切都有生命，如果有什么东西没有生命，那就是人们还没有达到理解它们的层次。一切事物组成了一个庞大的有机体，人类也包含在其中，所以人们有义务维持这个有机体的稳定。西蒙松反对任何形式的杀生。在婚姻问题上，他认为繁衍后代过于低级，作为人类，应该为活着的人服务。他认为，血液里的吞噬细胞可以证实这一切。单身汉就相当于有机体中的吞噬细胞，他们的责任在于帮助有机体中衰弱有病的部分。当这套理论完成之后，西蒙松就严格地按照它生活，尽管年轻时他的生活也曾十分荒唐。现在他已经将自己看成和谢基尼娜一样，是人间的吞噬细胞了。

但是他的理论和他爱上玛丝洛娃并不冲突。因为他的爱情是柏拉图式的，在这样的情况下，他的爱只会激励他去更好地帮助别人。在精神世界中，西蒙松追随自己的原则。在现实世界里，他也为处理实际问题制定了计划，而且非常详细。

其实西蒙松并不擅长与人相处，可一旦他作出了决定，就会坚持到底。

对于玛丝洛娃来说，西蒙松爱上了她，这是一件不可思议的事情。但这也让玛丝洛娃更加自信。聂赫留朵夫向她求婚是想赎罪，而西蒙松对她的爱只是纯粹针对她这个人。她觉得西蒙松把她看成了一个不平凡的女性，虽然她不知道是自己的什么品德吸引了他，但她不想让西蒙松失望。她时刻展示着自己最好的品德，努力成为一个更好的人。

还在监狱的时候，玛丝洛娃就对这种情况有所察觉。西蒙松对自己的关注实在不同寻常。玛丝洛娃也注意到了西蒙松，因为他实在非常特别。他的脸表现得十分古板正经，但是目光却透露出如孩子般的善良。这是一种非常矛盾的组合。玛丝洛娃加入政治犯的队伍之后，又和西蒙松相遇了。虽然两个人全无交流，但是眼神却表示他们并没有忘记彼此，甚至尊重着彼此。

chapter

·五·

到彼尔姆之前，聂赫留朵夫只见过玛丝洛娃两次，一次在下城，一次在彼尔姆的监狱。这两次见面，聂赫留朵夫发现玛丝洛娃态度冷漠。在聂赫留朵夫询问玛丝洛娃情况的时候，她总是有所回避，神情中带着一种责备。聂赫留朵夫对此并不陌生，这代表着玛丝洛娃受到了骚扰。这让聂赫留朵夫十分苦闷。这并不是一种好现象，长期在这种氛围中，玛丝洛娃可能会自暴自弃，重新对他产生恨意。可是对于这种情况，聂赫留朵夫却无能为力。当玛丝洛娃来到政治犯们身边后，聂赫留朵夫发现玛丝洛娃身上正在发生一种积极的变化，这让他很开心。在托木斯克的碰面中，玛丝洛娃表现得是那么的快乐和镇定，并且还感谢他把她调到政治犯中间。长途跋涉了两个月，玛丝洛娃的外貌不再那么漂亮，但她也不再卖弄自己的风情了。这让聂赫留朵夫十分开心。

他对玛丝洛娃的情感完全变成了怜悯和同情，就像他在监狱里第一次看见她时一样。医院事件发生后，聂赫留朵夫一度讨厌她，但强迫自己原谅她后，他更加怜悯她。这种感情其实一直没有变化，只是从之前的偶然变成了一种持续的状态，而且扩散到对所有人。

聂赫留朵夫开始向身边所有人传达自己的爱。在前进的过程中，聂赫留朵夫始终保持着高昂的情绪，也始终释放着爱意。玛丝洛娃来到政治犯队伍后，聂赫留朵夫就有更多机会和他们接触。刚开始，聂赫留朵夫在叶卡捷琳堡获得了接触政治犯的机会，后来他又认识了玛丝洛娃的同伴们——四位女性和五位男性。聂赫留朵夫在和他们接触过后，已经不像过去那样看他们了。

刑事犯可能会受到严酷的待遇，但是法律在一定程度上仍然有效。然而政治犯受到的待遇是完全非法的。当局对付他们就像用大网捕鱼：凡是落网的统统拖到岸上，然后拣出他们所需要的大鱼。至于那些小鱼，则无人问津，被抛弃在岸上活活干死。就这样，当局逮捕了几百名显然没有犯罪且不可能危害政府的人，把他送进监狱，一关几年，使他们在狱中得了痨病、发了疯，或者自杀。他们所以一直被关在牢里，只是因为缺乏释放的理由，再说，把他们关在就近监狱里也便于提审，可以随时要他们就某个问题作证。即使从政府的观点来看这些人也是无罪的，官员们却凭借心情决定是否释放。他们抓捕这些人，是为了立功；释放这些人，是为了维护和贵族的交情。

于是，政治犯不得不进行还击。人们都觉得，军人无论犯了多大的错，都可以在社会舆论的影响下，将罪行藏在功勋后。政治犯们同样也被团体的舆论洗脑，甘愿奉献自己的一切，投身于"伟大事业"。聂赫留朵夫觉得，可能这些人原本是善良的，只是如今变得不在乎任何生命了。因为他们认为自己是为了全民幸福的理想而努力，所以完全不在乎自己手上有多少人命。他们之所以把事业看得这么伟大，是因为面对政府采取的残忍行为，面对他们遭受的无数苦难，只有这样想才能让他们获得一些慰藉。

聂赫留朵夫同他们接近后，对他们有了更深的理解。他认为这些人其实还是普通人中的一员，并不是什么大英雄，也不是什么大坏蛋。有些人成为革命者，是真心认为自己有责任同恶势力进行斗争。但一部分人这样做，只是想满足自己的虚荣心。而大部分人，则是出于年轻人的热血上头才参与进来的。这些政治犯之所以显得与常人不同，就是因为他们的道德标准比俗世的高，他们对自己有严苛的要求。

在这些人里，既有极高道德水平的模范，也有装模作样、刚愎自用的伪君子。聂赫留朵夫新认识的这帮人里，一部分值得他深交，另一部分则完全没有交往的意义。

chapter

·六·

对于一个名叫克雷里卓夫的年轻人，聂赫留朵夫非常有好感。这人正是玛丝洛娃的同伴。聂赫留朵夫和他认识得很早，在流放路上也见过面聊过天。夏天的时候，有一次大家在驿站休息，两人几乎共度了一整天的时光。克雷里卓夫给聂赫留朵夫讲述了自己的经历，以及他是如何成为革命者的。他的爸爸在南方是个地主，十分富有，但是在他很小的时候就去世了。妈妈独立抚养他长大。从小到大，他的成绩都非常优秀。大学毕业时他本来可以继续深造，但是因为爱情，他想直接去工作。这时，有几个同学让他捐钱，说是为了公共事业。他很清楚，所谓的公共事业就是革命事业。虽然他对这些没什么兴趣，但是他不想破坏和同学的感情，也就配合地捐了钱。后来，收钱的同学被抓起来了，克雷里卓夫也因此被捕，后来进了监狱。

"那个监狱的管理很松，大家的行动还算自由。在那里，我和彼得罗夫那些人都有接触。然而那时，我并没有投身革命事业。我的隔壁住着两个人，他们因为携带波兰宣言案被捕，在被押往车站的途中试图逃跑而受审。他们分别叫洛靖斯基和罗卓夫斯基。后者的年纪还很小，简直就像个孩子，但是他目光有神，人也十分聪明。他唱起歌来，大家都很沉醉。我知道他们被提审了。他们早上离开，晚上回来，就说被判了死刑。可是他们其实没有犯什么大罪，而且

262

孩子也会得到这样的处罚吗？大家都不信，也就都没当回事。结果，后来有一
天夜里，看守和我说，这两个人要被绞死了，来了几个木匠在安装绞架。我本
来想偷偷地告诉狱中的大家，不让他俩知道，结果他们还是知道了。那天夜里，
监狱里一点生气都没有。罗卓夫斯基似乎猜到了什么。我一夜都没睡。早上，
典狱长带人来把洛靖斯基带走了。他长得很好看，还那么年轻。他问我要烟抽，
副典狱长却先于我给他了。后来罗卓夫斯基也被带走了。他那么焦虑，虽然还
不完全清楚自己的命运。最终，两个人都被勒死了。看守和我说，洛靖斯基那
边情况很顺利，他没反抗，但是罗卓夫斯基那边的情况正相反。他是被硬塞到
绳子中的。看守说：'其实没什么可怕的，他们受刑的时候动两下肩膀就过去
了。刽子手拉紧绳子，一切就都结束了。'"克雷里卓夫的情绪十分激动，他想
笑却笑不出来，最后放声痛哭起来。

平静下来之后，他继续说："我就是这样成为革命者的。"

他不只加入了革命，还当上了组长，带领破坏小组袭击政府官员，强迫他们
放弃政权，让人民掌权。他做了很多事情，走过了很多地方。最后被抓，是因为
心腹背叛了他。他在监狱里关了两年，刚开始被判处死刑，后面改成了流放。

他在狱中患了痨病，活不了多长时间了。可是他从来没有后悔过自己的所
作所为。这番讲述，让聂赫留朵夫忽然想清楚了很多事。

chapter

·七·

玛丝洛娃和谢基尼娜带上女孩出发的这一天，聂赫留朵夫醒得很晚，起身

后又写了信，准备寄出去，所以没和往常那样在途中赶上大队人马。他到黄昏时才赶到犯人们过夜的村子。

聂赫留朵夫住在旅馆里，店主是一个岁数很大的寡妇。聂赫留朵夫休息整理好之后，就赶去见押解官，希望能见到玛丝洛娃。

在过去的六个驿站，押解官换来换去，聂赫留朵夫始终没有被允许和玛丝洛娃见面。两人已经有一个多星期没见面了。押解官之所以一点都不肯通融，严格遵照制度办事，是为了做样子给路过的官员看。但现在，那位官员完全不在乎地从这里离开了。聂赫留朵夫希望能有和玛丝洛娃见面的机会。

店主建议聂赫留朵夫坐车去，但他决定跟着茶房走路前往。

他们从村子这头走到村子那头，终于见到了驿站的灯光。哨兵询问他们的身份，见不是自己人后，坚决不允许他们在这里逗留。不过茶房很有经验，让哨兵叫来领导。

就这样，他们见到了哨兵的队长。聂赫留朵夫让队长转交自己的名片和纸条给押解官。队长十分好奇聂赫留朵夫来这里的目的，其实他只是想找一些捞钱的机会。聂赫留朵夫含糊其词，只说会感谢这位队长。于是队长欣然领命。

在队长走后没多久，他们看到几个女人从门口走出来，手里拎着很多东西。这些都是西伯利亚女人，穿着和城市中的人差不多。聂赫留朵夫两人吸引了她们的注意。她们看起来很高兴。因为她们和茶房认识，一行人就站在门口聊了起来。

后来她们让茶房和她们一起回去。征求聂赫留朵夫的同意之后，茶房就和她们一起走了，临走之前还告诉聂赫留朵夫回去的路。

又等了一会儿，队长请聂赫留朵夫进去见押解官。

chapter

·八·

这个驿站和一路上经过的所有驿站都差不多。聂赫留朵夫来到了押解官的房间。进去之后，他看到一个士兵正在用靴筒子给炉子上的茶炊扇风。他一看见聂赫留朵夫就迎了上去，伺候着聂赫留朵夫脱下了皮衣。

士兵帮聂赫留朵夫通报过后就让他进去。

在第二个房间里，军官脸色通红，看起来刚吃过酒菜。房间里一点也不冷，能闻到烟草和香水的味道。押解官询问聂赫留朵夫的来意，又不满地问士兵有没有烧好茶炊。

士兵很快把茶炊端进来，押解官就开始煮茶。接着他从箱子里拿出了白兰地和夹心饼干，然后继续和聂赫留朵夫说话。

聂赫留朵夫表示，自己要探望一个女犯人，她不是政治犯；但是由于自己申请过，所以她现在跟着政治犯的队伍一起走。

这样一说，押解官就完全明白了。他倒了一杯茶给聂赫留朵夫。

聂赫留朵夫很着急，希望能快点见到玛丝洛娃，也希望可以去牢房里和她见面。

经过一番谈论，押解官同意了。但是他没有立刻放聂赫留朵夫走，反而开始闲聊。"我在西伯利亚实在孤单，能遇到您这样的上等人，我着实开心。"然后他又开始抱怨自己的工作和生活。

押解官的香水味、戒指、通红的脸，特别是他那难听的笑声，都使聂赫留

朵夫反感。不过，聂赫留朵夫今天抱着谨慎严肃的态度，对任何人都不蔑视，也不怠慢，同谁说话都"一本正经"，这是他给自己规定的态度。听了押解官的一席话，他以为他很同情这些被他管辖的人的苦难，因此心情沉重。聂赫留朵夫也就严肃地对他说："您可以安慰自己，您做这种工作，可以设法减轻大家的痛苦，这样您就会比较心安了。"

可这位押解官却认为犯人们没有痛苦，他们本来就是这号人。聂赫留朵夫并不认同，在他看来，大家都是人，犯人们并没有什么特殊的地方。

"当然，什么样的人都有。当然，很可怜。别的押解官丝毫不肯马虎，可我呢，总是尽可能让他们少受苦。宁可我自己受罪，也不让他们吃苦。别的押解官遇到麻烦，马上依法办理，甚至干脆枪毙。可我总是怜悯他们。再来点茶吧！"他说着又给他倒茶。"您要见的女人，究竟是个什么人？"他问。

于是聂赫留朵夫简单地概括了玛丝洛娃的遭遇。

押解官摇了摇头，继续说："没错，这种事并不少见。喀山就有过这样一个匈牙利女人，名字叫爱玛。她生有一双地地道道的波斯眼睛。她的风度好极了，简直像个伯爵夫人……"

聂赫留朵夫听到话题跑偏了，就打断了他，继续回到原来的话题上。

"我想，既然他们现在受您管辖，您就可以设法减轻他们的痛苦。您要是能这样做，我相信您会感到快乐的。"聂赫留朵夫尽量把话说得清楚些，就像同外国人或者孩子说话那样。

押解官盼着聂赫留朵夫赶快把话说完，因为他的脑海中已经浮现了那匈牙利女人的形象，他迫不及待地想继续说她的事。

"是的，这话没错。我也很可怜他们。不过我还想跟您谈谈爱玛的事。您猜她干出什么事来了？"

"我对此并不感兴趣。不瞒您说，我也曾是另外一种人，可如今我痛恨这种对女人的态度。"

押解官听了这话，吃惊地瞧了瞧聂赫留朵夫。

"那么，您还想再喝点茶吗？"他问。

"不了，谢谢。"聂赫留朵夫回答道。

于是押解官让人带聂赫留朵夫去政治犯的牢房，点名之前离开就行。

chapter

·九·

路上遭遇了一个小波折：原本要走的路不通了，他们不得不换路走。

传令兵带着聂赫留朵夫从另一条路走向了牢房。这里的声音十分嘈杂，气味也不好闻。

过道两边的房间都没有关门。前面的房间住着那些有家眷的犯人，接着是一个大牢房，住的全是单身犯人。过道尽头有两间小房间，那是政治犯们居住的地方。这房子原定可关一百五十人，现在却关了四百五十人，所以人满为患，连走廊里都挤满了犯人。大家都在忙活。聂赫留朵夫见到了塔拉斯。

两个人问好之后，聂赫留朵夫发现塔拉斯脸上有伤，就问他发生了什么。他并没有正面回答，其他人却七嘴八舌地告诉他都是因为女人。

于是聂赫留朵夫又问费多霞的情况，塔拉斯说她身体很好，自己要去打开水，为她沏茶。说着他就走进牢房了。

聂赫留朵夫看了看他居住的牢房，这里是男女混住，场面看起来十分混乱。隔壁是单身牢房，更加拥挤喧闹。押解兵告诉聂赫留朵夫，监狱里有个开赌场的犯人，专门借钱给别的犯人，暂时还不上钱的人就打一个借据。现在犯人头领就是从那些人的伙食费中把要还赌场老板的钱扣出来。聂赫留朵夫和士兵的组合惹来了犯人们的注视。聂赫留朵夫看到费多罗夫，他一直和一个看上去很让人怜悯的年轻人形影不离。聂赫留朵夫绕过了一个不肯给他让路的流浪汉，听说这人凶名在外。

三个月以来，聂赫留朵夫总能看到这些刑事犯，所以对这种景象并不陌生。可是面对他们的注视，聂赫留朵夫仍然感到愧疚。让人难堪的是，除了这种愧疚，他还会产生克制不住的嫌恶和恐惧。他知道，这些人处在这样的环境是无可奈何的，但他还是无法清除对他们的嫌恶。

"这些寄生虫过得可舒服了！"聂赫留朵夫向政治犯牢房走去，听见背后有人说。"他们有什么可苦恼的，反正不会肚子疼。"一个沙哑的声音说，还夹着不堪入耳的脏话。

一阵不友善的哄笑声在人群中响起。

聂赫留朵夫离开了这里，把那些肮脏的辱骂声都留在身后。

chapter

· 十 ·

士兵告诉聂赫留朵夫，自己会在点名之前来接他，然后就离开了。在这之后，立刻有犯人向聂赫留朵夫求助。

原来有一个苦役犯卡尔玛诺夫和一个流放犯长得非常像，苦役犯怂恿流放犯与自己互换姓名，让他替自己去做苦役。

上个星期聂赫留朵夫就已经知道了这件事情，他告诉他们自己会帮忙，然后就前往了政治犯的房间。

聂赫留朵夫和这个犯人认识的地方是叶卡捷琳堡，那个时候他想让聂赫留朵夫帮忙，让他能带着妻子一起去服苦役，这让聂赫留朵夫十分诧异。这个人是农民，大概三十岁，他被判服苦役的原因是故意谋财害命。他的名字叫做玛卡尔。他说自己并不是故意犯罪的，而是被魔鬼怂恿了。他父亲接到了一个两卢布的差事：用雪橇送过路人去其他村子。然后父亲将这工作交到了玛卡尔的手上。委托人和玛卡尔说自己工作挣到了五百卢布，如今回家是为了结婚。玛卡尔听完后，在离开之前偷偷带上了一把斧子。

据玛卡尔自己说，带斧子是因为他被一个奇怪的声音给怂恿了。路上没有发生任何情况，玛卡尔甚至都不记得自己还带了斧子。不过很快，在快要到达村庄的时候，那个声音又开始怂恿玛卡尔动手，不然这个路人就会带着钱走掉。于是玛卡尔取出斧子，想将路人劈死。然而路人反应十分灵敏，逃过一劫。就这样，玛卡尔被抓走了，接受了法庭的审判。无论是村社还是东家都为玛卡尔说好话，然而请律师需要花的钱太多了，他没钱，所以他被判了苦役。

现在，这样的一个人想要搭救他的同乡。他本人很清楚做这件事情可能会面对的后果，但是他仍然和聂赫留朵夫讲了事情的经过。

chapter

·十一·

政治犯的房间门外有一截同外界隔离的过道，聂赫留朵夫走进这部分过道，首先碰到了西蒙松，他正在烧火。

　　见到聂赫留朵夫之后，西蒙松也没有放下手中的工作，只是抬起头来，同聂赫留朵夫点了点头。他告诉聂赫留朵夫自己有事情找他，不过得待会儿再说。

　　留下西蒙松独自生火，聂赫留朵夫离开了这里。打算进门的时候，他看见了玛丝洛娃，她正在清扫垃圾。两个人一见面，玛丝洛娃的脸就红了起来，但她看上去还是很快活，面对聂赫留朵夫的态度也很镇定。打过招呼之后，玛丝洛娃告诉聂赫留朵夫自己实在忍受不了这肮脏的环境，所以就打扫了起来。她还问西蒙松有没有弄干她的毛毯。

　　聂赫留朵夫忽然发现西蒙松看向玛丝洛娃的目光令人惊讶。

　　玛丝洛娃告诉聂赫留朵夫，如今大家都在她所指的那个房间里面；而她本人则却去了另一个房间打扫。聂赫留朵夫按照指引进入了牢房。除了两个出去取食物和水的男犯不在之外，基本上大家都在这里，包括薇拉。她看起来比之前还要瘦，正在装填烟草。这里还有一个姑娘，名字叫艾米莉亚，聂赫留朵夫也很喜欢她，她负责掌管内务。在聂赫留朵夫看来，无论在什么情况下，她都可以把一个家照顾得很好。艾米莉亚的岁数不大，长相不能说好看，但是她很聪明，性格也好。她很欢迎聂赫留朵夫。

　　谢基尼娜正和小女孩坐在一起，女孩一直在讲个不停。看到聂赫留朵夫，谢基尼娜也非常开心，为聂赫留朵夫介绍小女孩。

　　聂赫留朵夫也看到了克雷里卓夫，他的情况非常糟糕。忽然聂赫留朵夫看见房门右边坐着一个男政治犯，是赫赫有名的革命者诺伏德伏罗夫。这个人把自己打理得十分整洁，现在正在和格拉比茨说话。于是聂赫留朵夫去向他问好。其实聂赫留朵夫一点儿都不喜欢他，而诺伏德伏罗夫也不喜欢聂赫留朵夫。两个人在问好的时候互相过招。看上去聂赫留朵夫是十分镇定的，其实他的内心已经没有之前那么愉悦了。

聂赫留朵夫和克雷里卓夫说起来话来，关心他的身体情况，告诉他自己一直没来是因为没有得到之前那些长官的允许，好在今天的长官还算和气。

听到聂赫留朵夫对这个押解官的评价，谢基尼娜对他讲了早上从驿站出发前发生的事情。

薇拉的意见是要抗议，不过她的态度有些畏缩。

在克雷里卓夫看来，薇拉是十分做作的，也不够理智，他很不喜欢。于是他直接岔开话题，和聂赫留朵夫说起话来。他告诉聂赫留朵夫，玛丝洛娃在勤劳地打扫房间。他又调侃起为小女孩梳头的谢基尼娜。

谢基尼娜给小女孩梳完头，表示要去帮玛丝洛娃，让艾米莉亚帮忙照顾女孩。

这时，出去拿水和吃的两个人也回来了。

chapter
·十二·

进来的两个人中有一个年纪不大，走起路来很矫健。

看到聂赫留朵夫，他轻快地打了招呼，把手里的东西都安顿好后，说："今天晚上咱们可以享用大餐了。"又夸奖艾米莉亚把房间收拾得干干净净。

这个年轻人很有活力。而另外一个人，与他截然不同，瘦得要命，精神状态也很萎靡。将东西交给艾米莉亚之后，对聂赫留朵夫只点了点头，但眼睛一直盯着他。

　　他们俩的社会地位都不高，前者是农民，叫纳巴托夫，后者是工人，叫玛尔凯。后者中年时才投入革命，前者则十八岁就参与了革命活动。纳巴托夫在乡村小学读书，他的成绩很好，但是中学毕业之后，直接去农村做文书了。他希望能让更多农民弟兄接受教育。不久后，他就因向农民朗读小册子和在农民中间创办生产消费合作社而被捕。刚开始只是坐了八个月牢，出狱之后，警察仍然没有对他放松警惕。当他在另一个省的一个乡里再次展开活动的时候，警察再次把他抓了起来。这次关押的时间是一年零两个月，不过狱中生活反而更加坚定了他的革命信念。

　　离开监狱之后，他就被流放了。但是他从流放地逃跑了，被抓回去，在监狱里又待了七个月，然后又被流放了。在流放地，他拒绝宣誓效忠新沙皇，于是又被判流放到其他地点。在他十八岁之后，生活时间的一半都与监狱、流放有关，可是他并没有因此消沉。他浑身上下都充满了活力。他的头脑十分清醒，从不沉醉于虚幻中，只想做实事。他获得自由就开展活动；在监狱里，他也没有完全和外界失去联系，竭尽全力创造好的生活。他自己并没有什么额外的追求，只想着大家能过得更好。他一旦进入工作状态就不管不顾。他出身于农民家庭，为人勤劳机灵，干活利落，善于控制情绪，待人彬彬有礼，不但能体贴人家的感情，而且能尊重人家的意见。老母亲早早地守了寡，不识字，满脑子迷信。纳巴托夫却很孝顺，时常回家探望母亲，帮她干活。他也一直在接触曾经的同伴们，希望能带领他们走上不一样的道路。当他考虑人们为什么要革命的时候，只觉得除了土地属于农民，不存在地主官僚之外，没有什么会发生变化。对他来说，就算是革命，原来的生活方式也不应该有所改变，这与诺伏德伏罗夫他们的看法截然不同。

　　他心中有很强的信念，所以对遭遇的一切痛苦都毫不畏惧，哪怕是死亡。他热爱工作，一直致力于实际工作。

玛尔凯和他是完全不同的人。在很小的时候，他就出去工作了。为了不让自己被羞辱的感觉过强，他学会了用抽烟喝酒排解忧愁。曾经有一次过节，老板娘给他们发的礼物，价值仅有一戈比。而老板的孩子们呢？他们拿到的玩具价格都超过了五十卢布。这是他第一次感觉到被羞辱。他二十岁的时候，遇到了很有名的女革命家，得到了她的指引。那时他才发现社会环境是多么可怕。于是他更加渴望解放，渴望惩罚压迫者，也更加渴望获得知识。虽然他还不明白知识和理想是如何建立联系的，但是他认为，既然自己是通过知识认识世界的，那也应该通过知识改变世界。于是他废寝忘食地汲取着知识。

他对知识的渴望让女革命家感到诧异。他用两年时间学到了很多。

后来，女革命家被捕，他因为家里的书也一同被抓。被流放之后，他和诺伏德伏罗夫相遇，又读了许多关于革命的书，于是他的思想也越发坚定。流放期满，他带着工人们罢工，甚至打死了厂长。于是他再次被捕，被流放到了这里。

他并不追求物欲，也很能适应恶劣的环境，身体被锤炼得十分强壮。无论在什么地方，他都抓紧时间，尽可能地多学习。

他一向看不起女人，因为她们会妨碍工作的正常开展。可是对玛丝洛娃，他只有怜悯。因为玛丝洛娃多年来一直受上层人士的压迫。而聂赫留朵夫作为压迫者，当然不会受到他的欢迎。他不喜欢聂赫留朵夫。

chapter

·十三·

火生起来之后，屋子里逐渐不再让人感到寒冷。大家凑在一起，喝着茶吃着东西，十分快乐。艾米莉亚倒茶，大家围在四周。只有克雷里卓夫例外，他用毛毯裹着身子，躺在床上，正在与聂赫留朵夫说话。

虽然大家长途跋涉了一天，疲惫不堪，但他们还是无法忍受环境的脏乱，于是费尽力气将屋子打扫干净。现在终于能好好休息，安心吃饭了，所有人都心情愉悦。

外面传来刑事犯们的吵嚷声，可那些嘶吼叫骂仿佛与这间小屋子毫不相干。如今在这个地方，他们就像是回到了温暖的巢穴。他们起劲地聊着天，但是默契地对当下的处境和迷茫的前途闭口不谈。这些青年男女日夜相伴，肯定会有人对同伴产生情感，无论那情感是否真心实意。大家好像都坠入了爱河。格拉别茨曾经是高等女校的学生，岁数不大，什么都不懂，当然也不在意革命。但是因为意外，她作为无辜的人受到了牵连，被判处流放。在生活出现变故之前，她最擅长的事情就是博取男人的欢心。哪怕生活发生了这么大的改变，可她的本性是不会变的。在流放途中，她得到了诺伏德伏罗夫的爱，这让她十分得意。她也同样对他产生了感情。薇拉爱慕的对象一直在变，她倾注每一份感情时都期待着能得到回报。诺伏德伏罗夫和纳巴托夫都曾经得到过她的倾慕，但是并没有人爱上她。克雷里卓夫则爱着谢基尼娜，这种爱与世俗中的爱并无区别。然而他很清楚谢基尼娜的想法，于是他把这份爱深藏心底，只说二人友谊长存。他的爱是因为谢基尼娜一直在照顾他，无微不至。艾米莉亚的一整颗心都拴在自己丈夫的身上，对他忠贞不二。所以纳巴托夫与她的情况十分微妙。

十六岁时，还是中学生的艾米莉亚就与一个在彼得堡上大学的青年相爱。两人在艾米莉亚十九岁的时候结了婚，青年当时还在读书。然而他在四年级的时候加入了革命，被驱逐出彼得堡。于是艾米莉亚也毅然决然地放弃了自己的学业，跟随丈夫的步伐。艾米莉亚对丈夫爱得十分深沉，对她来说，他就是天底下独一无二的大英雄，无人能比。在这样的想法下，艾米莉亚将丈夫的话奉为圭臬，紧追丈夫的脚步。刚开始，丈夫觉得生活就是上学，艾米莉亚也秉持着这样的观点。后来，丈夫的身份发生了转变，艾米莉亚也跟着一起转变。艾米莉亚能将革命者的理论说得头头是道，可是这完全不是她自己的思想，她只是在复述丈夫的想法罢了。她的真正理想是与丈夫的精神保持绝对统一，那就是她的天堂。

如今，她不得不离开丈夫还有孩子，可是她必须掩藏起内心的痛苦。丈夫正为事业奋斗，对丈夫来说，这份事业十分伟大，所以艾米莉亚所作的牺牲也不算是牺牲了。在这个世界上，艾米莉亚只会爱自己的丈夫。可是，纳巴托夫是那样的纯真，又是那样的真挚，她不可避免地受到了触动。他与她的丈夫认识，两人关系不错。他本身的人品极佳，对她也非常好。他就像对待真正的姐妹一样对待她，然而两人都很明白，这情感已经超出了兄妹情谊的界限，所以两人都内心难安。但是在当前的艰苦条件下，正是这份爱让他们的内心更有力量。

在这些人中，跟恋爱完全没关系的，只有玛尔凯和谢基尼娜。

chapter

·十四·

通常，聂赫留朵夫会在用餐之后，与玛丝洛娃单独聊一聊。现在聂赫留朵夫正与克雷里卓夫交流，并且做好了一会儿去找玛丝洛娃的准备。聂赫留朵夫还告诉他玛卡尔的事情，讲述了玛卡尔的犯罪经过。克雷里卓夫听得很认真。

突然，克雷里卓夫说："有时候，我会这样想，大家明明都在前往同一个目的地，然而我们彼此之间全无了解，甚至没有相互了解的渴望。我们走这么远的路，忍受这么多痛苦，都是为了他们。然而对于我们的存在，他们是那样的厌恶，甚至有些人还要和我们战斗。这是多么可怕啊。"

诺伏德伏罗夫则说："对于群众来说，权力代表话语权，谁拥有权力，他们就崇拜谁，听谁的话。我们没有权力，所以我们不受他们的欢迎；如果情况换过来，结果也会不同。"

这时隔壁突然传来骚动的声音。

诺伏德伏罗夫好像已经习惯了，说："听到了吗？难道我们要和这些野兽交往吗？"

克雷里卓夫告诉他玛卡尔冒着生命危险营救同乡的故事，讲完后说："这是聂赫留朵夫告诉我的。你看他多侠义，甚至将同乡之情凌驾于自己的生命之上。"

"这完全是你自己的臆断。大家的想法真的一致吗？也许你根本不了解他们。在你看来，他热心助人，但是他可能只是在嫉妒那个苦刑犯呢。"

谢基尼娜气愤极了，斥责诺伏德伏罗夫根本不会发掘人性的优点。

"那种事物，真的存在吗？"

"人家都要将生命贡献出来了，还不能证明吗？"

诺伏德伏罗夫像发表演说一样慷慨激昂地说："要是真的想作出什么成就来，那就请大家放下脑中的幻想，正儿八经地做实事。我们的确要为百姓们工作，但是不要期待他们的回报。确实，我们服务于人民，但是我们不应该接受他们以这种状态来到我们的队伍中。他们还需要发展，在那之前，是不可能成为我们的助力的。"

玛尔凯本来在看书，现在也停下来，听诺伏德伏罗夫说话。

克雷里卓夫气得要命，说："大家都不喜欢霸权主义，可你这样的说法正好诠释了霸权主义。"

"并不是你说得这样。我只是很清楚我们应该怎么对待群众。"

"你敢保证你就没有错误吗？这难道不是霸权主义吗？大屠杀和宗教裁判不就是这样来的吗？曾经他们也自以为一点错误没有。"

"他们和我没有可比性。他们只是浮于思想，但是我掌握了真正的科学依据。"

大家都安静下来，牢房里只听到他一个人的声音。

他发言的空当，谢基尼娜抱怨了一句。聂赫留朵夫立马询问她的看法。

谢基尼娜说："我支持克雷里卓夫，应该给予群众充分的自由。"

聂赫留朵夫又问玛丝洛娃的想法，但是又担心她的话引起大家的嘲笑。

"受苦的从来都是老百姓。"玛丝洛娃的脸涨得通红，重复着这句话。

纳巴托夫很支持玛丝洛娃的观点，也表示他们现在的工作就是为了让老百姓都过上好日子。

诺伏德伏罗夫则沉默下来。

"跟他真是谈不拢。"克雷里卓夫低声说，接着也不再说话。

聂赫留朵夫支持克雷里卓夫。

chapter

·十五·

虽然大家都很尊敬诺伏德伏罗夫，他是革命的老前辈，很有学问，头脑也很灵活，但是在聂赫留朵夫看来，这个人的道德远不如一般人。他很聪明，可是他太自大了。

他同西蒙松是完全不一样的类型。西蒙松就像一个真正的男子汉，所有的行为都由自己的思想指导。可诺伏德伏罗夫不是这样，他只考虑如何达到那些由感情决定的目标，而且还希望能够得到大家的认同。

虽然他能发表长篇大论，头头是道地表达自己的革命观点，但是在聂赫留朵夫看来，他这样做只是为了满足自己的劣根性和虚荣心，希望得到大众的关注。他经常能够领会别人想要表达的意思，而且转述得也很清晰。在校园中正需要这样的品质，于是诺伏德伏罗夫在学校时混得如鱼得水。然而真正地进入了社会，他忽然发现自己失去了魔法。可是他还想像之前那样受欢迎，怎么办？思来想去，诺伏德伏罗夫成了革命战士。他因为做事情一向都很果断，所以地位上升得很快，他本人也十分满足。因为他会沿着自己规划的方向一直走，所以对他来说，自己就是绝对的正确。在他看来，一切都很简单，人唯一需要的就是逻辑思维罢了。由于他从不怀疑自己，所以别人对他的态度分成了两种，一种是唯命是从，另一种则是敬而远之。当他展开活动的时候，面对的都是年轻人，大家往往将他的自信演说当成真知灼见，对他十分信服。这使得他在革命圈子里的地位不断上升。他日常所做的事情就是准备暴动，取得政权之后就开会，让人们支持他的纲领。他是这样的自信，因此也造成了他的刚愎自用。

由于他的大胆性格，大家愿意跟着他行动，但是对他并没有多少好感。他不允许有人在他面前出风头，也接受不了别人比他更优秀。别人能力比他强，他就打压；不如他，他就展现出良好态度。在当前的队伍里面，崇拜他的人有玛尔凯、薇拉和格拉别茨，于是他对他们三个人的态度很好。

虽然他一直在宣扬男女平等，但是他从内心深处看不起女人。他觉得格拉别茨就很好。但凡是他喜欢的女人都是与常人不同的，而这些人的优点也只有他自己能发掘出。

对他来说，所有问题都不复杂，恋爱问题也一样。他唯一要做的事情就是承认恋爱自由。

他结过一次婚，同居过一次。不过他和妻子已经离婚，在他看来，他们两人之间没有真正的爱情。如今，他想和格拉别茨缔结一种全新的自由婚姻。

对聂赫留朵夫，诺伏德伏罗夫相当鄙夷，认为他一直在用"装腔作势"的方式解决他和玛丝洛娃之间的问题。而且聂赫留朵夫的看法与他相悖，尤其是在当今制度问题和解决方法方面，这让自信的他接受不了。

聂赫留朵夫一路上本来是很愉悦的，但诺伏德伏罗夫的这种敌视让他很是气恼，他只好以相同的态度回敬诺伏德伏罗夫。

chapter
·十六·

长官的声音从隔壁牢房传了过来。人们不再说话了。队长带着两个押解兵来牢房里点名，看到聂赫留朵夫，他不失恭敬地请他离开。

聂赫留朵夫很上道，给了他三卢布，换得了继续留下的权利。

队长要带人离开时，士兵将小女孩的父亲布卓夫金卡带了过来，他实在思女心切。

看到父亲，女孩也很高兴。她给父亲展示艾米莉亚和谢基尼娜给她做的衣服，是用旧裙子改的。

谢基尼娜十分怜悯这个男人，于是向他提议，让孩子和他们待在一起。

女孩本人没有反对，于是布卓夫金卡也就没有拒绝。

在长官和士兵离开之后，布卓夫金卡就被他们询问卡尔玛诺夫的事情，大家都想知道他是否要和别人调包。布卓夫金卡突然冷淡下来，只说大概不会吧。和女儿交流之后，他就离开了。

于是大家都明白了，卡尔玛诺夫确实是要和人互换身份。纳巴托夫问聂赫留朵夫现在该怎么办。

聂赫留朵夫只说自己会去城里告诉长官，两个人他都有印象。

大家就都安静了下来，显然不想再发生争吵。

西蒙松本来一言不发，躺在床上。他抓住当下的空当，邀请聂赫留朵夫和他谈话。

聂赫留朵夫答应下来，两个人准备离开这个房间。

玛丝洛娃看了一眼聂赫留朵夫，在聂赫留朵夫回看之后，她显得十分窘迫。两人本来想去走廊里聊天，可是那里实在是太吵了，刑事犯们没有一刻安静。西蒙松刚开了个头，说到聂赫留朵夫和玛丝洛娃的时候，就被迫中止了。

谢基尼娜邀请他们俩去另外一间房聊天。薇拉正在那里睡觉，被子把脑袋都盖住了。谢基尼娜说不用在意她，她马上就离开。

西蒙松不让谢基尼娜离开，说这件事不是什么需要瞒着别人的秘密，她也可以旁观。

西蒙松就开了口，原来他想向聂赫留朵夫说明自己对玛丝洛娃的情感。

在聂赫留朵夫看来，西蒙松非常真挚，所以他很动容。但当他听到西蒙松要和玛丝洛娃结婚的时候，他很惊讶。谢基尼娜在一旁也十分惊讶。

但是西蒙松已经下定了决心。

聂赫留朵夫认为，这需要听玛丝洛娃自己的意见。

西蒙松却坦诚地告诉聂赫留朵夫，如果玛丝洛娃没能得到聂赫留朵夫的同意，她决不会做决定。因为目前聂赫留朵夫与她的关系尚没有明确的定论。

"在我看来，我们俩的关系是很明朗的。我会尽我全力帮助她，但是她没有受到任何束缚。"

"对于您这种让步，她是不想接受的。"

"这说不上是什么让步。"

"我很清楚，她的看法就是这样。"

聂赫留朵夫还是认为这件事和自己没有关系，全看玛丝洛娃自己。于是西蒙松开始思考。

最终西蒙松决定将他们的对话告诉玛丝洛娃。但是他希望聂赫留朵夫明白，他对她的爱是真诚的。这个女人明明什么都没做错，却受尽了各种折磨。西蒙松唯一想做的事情，就是让她尽可能地快乐些，他只想减轻她的痛苦。

聂赫留朵夫发现西蒙松的态度是这样的认真，这让他很诧异。

西蒙松告诉聂赫留朵夫，如果玛丝洛娃不愿接受聂赫留朵夫的帮助，那他西蒙松可以接过这个担子。如果玛丝洛娃同意接受他的帮助，西蒙松就会申请两个人一起流放。不过是四年罢了，西蒙松心甘情愿照顾玛丝洛娃，希望能让她好过。

聂赫留朵夫无言以对，只说自己对此感到十分开心。

西蒙松又问聂赫留朵夫这个同样爱她的人，是否会为他们的结合高兴。

聂赫留朵夫的态度非常肯定。

此刻的西蒙松看上去十分天真，诉说着自己对玛丝洛娃的爱。这是聂赫留朵夫没有料到的。

西蒙松主动亲吻聂赫留朵夫的一只手，看起来很开心，然后他就去找玛丝洛娃了。

chapter

·十七·

对于谢基尼娜来说，这件事是不可思议的，她完全想象不到西蒙松也会谈恋爱。

聂赫留朵夫问她，她觉得玛丝洛娃会如何对待这件事。

谢基尼娜停顿片刻，想尽量恰当地回答这个问题。她说："玛丝洛娃，虽然她曾经遭遇过那些不幸的事，但是她其实很善良。她对您的爱也完全不掺水分。无论从什么角度出发，只要能够帮助您，不拖累您，那她就无比开心了。她绝对不会同意和您结婚，因为这会让您滑向无底的深渊。她更希望您能离开她。"

可是聂赫留朵夫说自己已经无法抽身了。

谢基尼娜的态度倒是很坦然。

"以上完全是我的个人看法。但是，有一点要向您申明，玛丝洛娃应该很清楚西蒙松对她的爱。这份爱太炙热，所以显得不可思议。她虽然开心，但也还没有完全做好准备。我并不是很理解这方面的问题。但是，哪怕西蒙松口口声声说自己的爱情是柏拉图式的，而且十分内敛，但实际上，这份爱产生于欲望。就像诺伏德伏罗夫对格拉别茨一样。"

聂赫留朵夫有些茫然，谢基尼娜建议他和玛丝洛娃好好聊聊，然后主动替他去叫了玛丝洛娃。

现在房间里只有聂赫留朵夫和睡着的薇拉。他不时能听到外面的动静，心中的感觉十分复杂。

本来他将与玛丝洛娃结婚看作是自己应该承担的担子，在没有下定决心的时候，一度为此感觉十分痛苦。可现在，西蒙松主动要求接过担子，他却不想摆脱它了。对他来说，玛丝洛娃对他的爱那么坚定，所以他有些不能接受她与他人的爱情。还有一点，如果玛丝洛娃确实要和西蒙松在一起，那聂赫留朵夫就没有理由再继续留在这里了，他得重新考虑生活计划。

没等他把思绪理清楚，房门被打开，刑事犯嘈杂的喧闹声传了进来（他们那里今天发生了一件不寻常的事）。玛丝洛娃走了进来，她走得很快，告诉聂赫留朵夫是谢基尼娜让她过来的。

聂赫留朵夫请她坐下，告诉她，自己已经和西蒙松聊过了。

玛丝洛娃看上去十分淡定，不过西蒙松这个名字让她有些害羞。她问他们二人的谈话内容。

聂赫留朵夫十分直白，告诉玛丝洛娃那个男人希望和她结婚。

玛丝洛娃却表现得很难过，一言不发。

聂赫留朵夫继续说，西蒙松找他，是想得到他的同意。但是在聂赫留朵夫看来，决定权在玛丝洛娃的手上。

玛丝洛娃却不太赞成。她和聂赫留朵夫对视，目光正是让聂赫留朵夫着迷的那一种。他们默默地对视了几秒钟。

聂赫留朵夫建议玛丝洛娃自己决定是否同意和西蒙松结婚。

玛丝洛娃认为自己身份低贱，只是一个苦役犯，没有必要拖累别人。

聂赫留朵夫提出可能获得特赦，但玛丝洛娃不听。她结束了对话，离开了房间。

chapter

·十八·

聂赫留朵夫和玛丝洛娃返回大家身边的时候，发现他们都很激动。纳巴托夫时常在外面和大家交流，留心观察各种情况。这会儿，他给大家带来一个大消息：墙上有条子，是革命家彼特林写的。之前大家都以为彼特林走得比他们快多了，现在才清楚他其实刚经过这里不久。

条子上的内容很简单：八月十七日，我跟随着刑事犯的队伍出发。同伴涅维罗夫自杀于喀山疯人院。我一切都好，无论是精神还是身体。希望接下来一切顺利。

人们对涅维罗夫的自杀议论纷纷，只有克雷里卓夫一个人沉默不语。

艾米莉亚告诉大家，早在彼得堡的时候，涅维罗夫就呈现出精神不稳定的状态。

诺伏德伏罗夫的看法是，像涅维罗夫这样的诗人、幻想家是无法忍受单身监狱的。他还显摆自己住单身牢房的时候，能把一切都安排好，因此没有什么痛苦。

纳巴托夫不想让这种压抑的气氛裹挟大家，于是故作轻松地说："蹲监狱有

什么不好？在监狱里就不用提心吊胆，时刻担心被抓，而且还能把肩膀上的担子卸下来，好好休息。"

谢基尼娜发现了克雷里卓夫的不对劲，问他是不是认识死者。

克雷里卓夫激动地说："他是幻想家？连门房都清楚，世界上再也找不到比他还简单的人了。他从来没说过一句谎话，也没有在任何事情上徇私舞弊过。他根本没有伪装的能力，任谁都能看出来他的真实想法。但他的思想又很有深

度，和某些人不一样。唉，说这些有什么用呢。"他沉默了一会儿，"大家一直在为了一些问题争执：究竟应该怎么对待百姓，是先改变他们的思想还是先改变现实？我们对进行抗争的方式也很有争议：究竟应该采取什么方式的行动，激进点还是温和点？然而我们的敌人完全没有这种烦恼，他们已经很熟练了，就算杀再多的人他们也无动于衷，他们也不在乎死去的那些人有多善良。这样的好人全死了才是他们想看到的。赫尔岑曾经说，革命人士一经取缔，这个社会的水平就大不如前了。不就是这样吗！果然，赫尔岑那个年代的人被取缔了，现在扛起大旗的涅维罗夫他们也……"

纳巴托夫激昂地说："怎么可能全都死掉？总会有人继续我们的事业。"

克雷里卓夫并不想被人中止自己的演讲，他大声说："如果任由事情发展下去，那这一切都会成真！"然后他向人们要烟抽。

聂赫留朵夫认为那些敌人其实也拥有人的身份。但是克雷里卓夫并不赞同，他认为既然他们的行动是如此的麻木不仁，那他们就不能称之为人。

"听人说，这个世界上已经出现了飞艇和炸弹。那我们就应该坐飞艇去向他们丢炸弹，让他们都死！"他还想继续说，但是他的脸一下子涨得通红，然后他猛烈地咳嗽，吐了一口血。

大家都在为他奔走，然而克雷里卓夫拒绝了一切帮助，只是喘息。凉水和雪稳定了他的情况，人们让他睡下。

然后聂赫留朵夫就离开了牢房，跟着士兵往外走。

此时，刑事犯们基本已进入了梦乡。牢房里容不下所有的罪犯，就连走廊里也躺满了人。在过道地板上睡觉的那些人，甚至没有盖被，盖的是自己的衣服，他们将包裹枕在头下。

他们睡觉也不老实，打呼噜的打呼噜，说梦话的说梦话，甚至有人在呻吟。他们紧紧挤在一起。刑事犯的单身牢房里，还有人清醒着。他们正围坐在蜡烛旁边，一看到士兵，就把蜡烛熄灭了。走廊的灯下坐着的是一个老爷子，他赤裸着上身，正在找衣服上的虱子。在政治犯的牢房里，空气好像充满了细菌；但是与这个地方污浊的空气相比，似乎也干净了许多。灯光把雾气都照了出来，显得很朦胧。人们甚至没办法在这里呼吸。离开这里的时候，聂赫留朵夫的每一步都走得很艰难。因为随时有可能踩到人，所以他必须小心翼翼。走廊实在睡不下了，还有几个人睡在粪桶的旁边。其中一个是聂赫留朵夫在旅途中常常见到的痴呆的老头。还有一个很小的男孩，他用另一个犯人的腿当枕头，手托着自己的脸蛋。

聂赫留朵夫走到门外，深深地吸了一口外面新鲜的空气，缓了好长时间。

chapter

·十九·

聂赫留朵夫回到自己居住的地方，敲窗户让茶房给他开门，然后进入了客店。马儿待在院子里，正在嚼燕麦。马车夫也睡着了，正在打呼噜。进门后，往左边走有一间房，那里的味道很复杂，在屋里还能听到打呼噜的声音。聂赫留朵夫走到沙发前，脱下衣服，稍微整理了一下，终于躺下来，头枕在枕头上。今天的所见所闻仍然在他的脑海中盘旋。聂赫留朵夫印象最深的是那个身上已经被粪桶的汁水浸湿，头还枕在其他犯人腿上的小男孩。

对他来说，今晚西蒙松的话很不可思议，而且关系重大，不过聂赫留朵夫不想再去思考这件事。这件事情太复杂了，而且不知道最终会有什么结果，所以暂时先搁置下来。可是，那些可怕的场景在他脑海里却越来越清晰。那些犯人太不幸了，那个男孩太可怜了。聂赫留朵夫想到这些，迟迟无法入睡。

他早就知道人们的日子过得并不好，总会有一些人压迫折磨另一些人，但是那些苦难曾经离他很远。可这三个月，在流放的路上，聂赫留朵夫看到了太多这样的场景，他不断看到一些人被他们的同伴想尽办法折磨。如今聂赫留朵夫的内心受到了极大的冲击，他始终不能找到答案。他不确定疯狂的人是自己，还是造成这一切的人。那些罪魁祸首们没有任何愧疚，对于他们来说，自己的所作所为是为人类做贡献。他们好像确实没有疯。但聂赫留朵夫也无法认为自己是个疯子，所以他格外困惑。

流放途中的见闻让聂赫留朵夫觉得，行政机关还有法院被人利用，从群众中抓一些行为跳脱，容易情绪上头，本领最大，性格也最坚韧的人。他们并不是什么狡诈歹徒，也不够谨慎，然后在社会看来，这些人就应该被剥夺自由，否则就会做危险的事情。所以他们被关押起来，被流放，可能还要做苦役。在长时间的牢狱生活中，他们完全没有乐趣可言，虽然不用担心生计，但脱离了正常的人类生活，也脱离了正常的人际交往。此外，他们还遭受了非人的待遇，包括戴镣铐在内的各种形式。这些使他们的人格受辱，让他们不得不接受外界的指指点点，也让他们的尊严受损。在这一过程中，他们的性命随时有可能丢掉。监狱疫病流行，他们要承担沉重的劳动，还要受到殴打。受到这样的对待，哪怕这个人本来拥有极好的品德，对人抱着同情，但是为了保护他们自己，也不得不反抗，变得残忍，同时他们还意识不到这样的事情是不好的。再有，因为他们和一些麻木不仁的极端腐化分子朝夕相处，那些人品行败坏，所以他们自己也向这种人看齐，变成那些人的同类。最后的结果就是，在这种经历里走了一遭的人，将自己所有被迫遭受的非人待遇，都反馈给这个社会，而且反抗的方式非常激烈。然后大家就会觉得，只要打上对政府有利的名头，无论做什么事情都可以，而且会得到支持。而将这些暴行施加在被囚禁起来、生活窘迫的人身上，就更加合理合法了。

这一切全是由一双手推动而成，目的是让人类整体都变得邪恶，麻木不仁，心安理得地做坏事。聂赫留朵夫回想着自己的所见所闻，作出了结论。这就像是一项任务，用最简单、效果最好的方式，让更多的人类堕落下去。每时每刻都有被彻底腐化的人走出监狱，来到社会，将那些还没有被污染的人拉进深渊。

无论是之前还是现在，聂赫留朵夫都清楚地看到了这一行为的实现。那些普通人原本还在遵守社会上的道德标准，可是现在，他们的思想被监狱改造，变得麻木不仁；只要能够获得利益，那就可以做任何残忍的事情，无论是暴乱还是杀人。任何人离开监狱之后，心中都不再存有那套曾经奉为圭臬的道德体系了，他们的生活已经不再需要这种标准。任何犯人都是这样，聂赫留朵夫看得很清楚。塔拉斯仅仅跟着流放犯们一起走了两个月，就变成了聂赫留朵夫完全没有预料的样子。之前，聂赫留朵夫也听说了一些奇闻：流浪汉怂恿别人和自己一起去原始森林，然后在那里将同行的人弄死，饮血吃肉。之前有人被指控犯了这一罪行，那人完全没有否认。聂赫留朵夫亲眼目睹了这一审判。最骇人听闻的是，这种行为并没有断绝，反而一再发生。

有过监狱生活，有过流放体验的人，会丧失一切道德，变得什么事都做得出来。就算是尼采也预料不到，人会如此堕落，道德败坏，行为没有底线。更严重的是，狱中的犯人也在逐渐接受这种行为标准，最终让人类整体都跟着堕落。

明明对这些人作出惩罚，是想让他们明白自己的错误，提高他们的道德标准，不让他们再做错事。可是在实际实施的时候，一切都变得不一样了。罪恶在惩戒的过程中扩散。人们在有过坐牢的经历之后，只会更加堕落。他们甚至更喜欢监狱的生活，正如那个流浪汉。于是其他没有这种遭遇的人，也被传播了这样的思想和行事准则。政府对人们的处分，其实是在将人们推往深渊。

聂赫留朵夫完全不懂这种惩戒的意义。

他可以清楚地看到，几百年来，这种情况根本没有发生任何改变。差别只在于从前的惩罚是对犯人割耳朵、削鼻子；后来变成在犯人身上打烙印，拴在铁杆上；现在则是把他们铐起来，装在火车和轮船里。

聂赫留朵夫从政府那里得到的解释是，情况糟糕完全是因为监狱设备不够好，如果他们建造了新式监狱，就不会是这样了。可是聂赫留朵夫完全不信这一套。问题的根源并不在这里。聂赫留朵夫在塔尔德的书里看到，新式监狱装了电铃，犯人们会受到电击。可是这不就是将暴行换了一种形式吗？

最让聂赫留朵夫接受不了的是官员们的薪水都来自压迫人民得到的税收，而法典也是为了压迫人民才存在的。但凡有人不遵守他们的规矩，就是违法犯罪。如此一来，破坏规矩的人就在离官员们十万八千里的地方受罪遭难。经历过这些不幸，无论是身体上还是精神上，无数的人失去了生命。

聂赫留朵夫对监狱和驿站作了进一步了解后，他发现犯人们之所以变成这样，完全是一种必然。如果让一些人得到惩戒的权利，那就一定会发生这种事情。人吃人是从原始森林起源的吗？不，人吃人起源于政府各个机关和办事部门。

聂赫留朵夫躺在沙发上，一直思考到鸡鸣第二遍，然后才沉沉睡去。

chapter
·二十·

聂赫留朵夫再次睁开眼睛的时候，马车夫都早已离开了。老板娘来到聂赫留朵夫的房间，交给他一封信，是由士兵送到的，来自谢基尼娜。她告诉他，克雷里卓夫这次病得实在太厉害了，所以大家希望可以让他停在这里，她留下来照顾他。但是没有被同意。现在克雷里卓夫还跟着队伍，随时有丢掉性命的危险。她希望聂赫留朵夫能去城里找找关系，让克雷里卓夫留下来，同时在他们中留下一个人照顾他。如果有必要，谢基尼娜甚至愿意成为克雷里卓夫的妻子。

看完信聂赫留朵夫赶紧整理自己的东西，让人找来马车。很快，车就来了，这辆车由三匹马拉着。天气很冷，地面的泥都被冻起来了。聂赫留朵夫和老板娘结完账，就快速地离开了。他告诉马车夫能走多快就走多快，他们需要尽快和犯人会合。

终于，聂赫留朵夫见到了队伍，发现了那些装着行李还有病人的大车。押解官在队伍的开头，押解兵们都很轻松，正随着队伍前进，快乐地聊天。这里有很多车，前头的车里每辆坐着六个刑事犯，后头的车里坐着政治犯，一辆车三个。聂赫留朵夫在最后的车上看见了诺伏德伏罗夫、玛尔凯，还有格拉别茨。接着在倒数第二辆车上看到了纳巴托夫、艾米莉亚他们。接下来，聂赫留朵夫终于找到了克雷里卓夫，他看上去很虚弱。谢基尼娜也在同一辆车上。聂赫留朵夫吩咐车夫停下马车，然后就去找他们。押解兵想拦住聂赫留朵夫，但是聂赫留朵夫根本不理睬，径自走到大车边，和车辆一起前进。克雷里卓夫包裹得很严实，甚至连嘴都被手绢捂起来了。他瘦得不成样子，脸色十分苍白；那双本就好看的眼睛，如今又大又亮，像灯泡一样。他的身体在颤抖，眼睛盯着聂赫留朵夫。聂赫留朵夫询问他情况的时候，他一言不发。车辆实在过于颠簸，他已经一点精力都没有了。谢基尼娜就在旁边，她示意聂赫留朵夫，表示克雷里卓夫现在的情况很糟糕，但是她说话的时候还是尽量显得活泼快乐。

为了聂赫留朵夫可以听到，她用很大的声音说："可能那军官有点羞愧，最后还是让布卓夫金卡摘掉了镣铐。如今他女儿和他在一起，喀秋莎还有西蒙松也在那里，薇拉接替了我的位子和他们赶路。"

克雷里卓夫嘴里说着什么，但是声音很小。他的眉毛都皱了起来，摇了摇头，不让自己咳嗽出声。聂赫留朵夫想听清楚他在说什么。

克雷里卓夫揭开手绢说："我已经好多了，只是最好别着凉。"

聂赫留朵夫表示了赞同，和谢基尼娜交换了一个眼神。

克雷里卓夫还在小声说话，问他三个天体的问题怎么样了？聂赫留朵夫有点困惑，于是谢基尼娜告诉他，这是一个非常有名的数学问题，关于太阳、月亮，还有地球这三个天体。在克雷里卓夫看来，聂赫留朵夫、玛丝洛娃和西蒙松三人之间的关系，和这个问题一样。

聂赫留朵夫告诉他们，事情的决定权不在他的手里。

谢基尼娜问聂赫留朵夫有没有收到信，这件事情能不能办成。聂赫留朵夫回复一定会去办。不过克雷里卓夫好像有些不太开心。聂赫留朵夫回到自己的马车上坐了下来，但是道路实在不平坦，他不得不扶好。

犯人们的队伍很长，聂赫留朵夫竭力往前面赶。他发现了喀秋莎、薇拉还有西蒙松，他们都穿得很严实。西蒙松正在给两位小姐讲着什么东西，十分投入。

三人和聂赫留朵夫问好之后，聂赫留朵夫继续往前赶。现在所走的道路是经过整修的，所以马车的速度有所提高，不过想要赶到队伍的前面去，有时候就不能在大路上走。

大路的尽头是一座阴暗的针叶树林，道路两旁有很多桦树和落叶松。这段路走了一半，道路两边就变成了田野，出现了修道院的金十字架和圆顶。天气放晴了，云都消散了，太阳高高地升到树林上空，潮湿的树叶、水塘、圆顶和教堂的十字架在阳光下熠熠发亮。聂赫留朵夫的马车来到了城郊的一个大村子，村街上车水马龙。城市显然就在不远处。

车夫给了右边骖马一鞭子，拉紧缰绳，侧身坐在座位上，好让缰绳往右边收。他希望向聂赫留朵夫显摆一下自己的本领，马车飞快地穿行在大街上。

终于，他们来到了渡口。此时船只正在从河中央往这边划，岸边已经有二十几辆大车在等待。没过多长时间。渡船就从上游被冲到了这里，来到了码头边上。

船夫们的个子都很高，身体也很强壮。他们用木桩拉住绳索，然后把船板放下来，让车辆下船、上船。这一套动作非常熟练。现在船上到处都是马，还有车。水流十分湍急，把绳索绷得紧紧的。游客们也都上了车，聂赫留朵夫同样上来了，已经找好了位置。还有一些人没有上船，但是船夫们不管不顾，关上了船板，解开缰绳开船。周围一片寂静，只有船夫们走来走去的脚步声，有时候还会传来马倒换蹄子踩响船板的声音。

chapter
·二十一·

聂赫留朵夫站在船上，眼睛一直看着流淌的河水。

站在船上，他们听到了城市中教堂的钟声，好像连水都荡漾起来。马车夫们纷纷把自己的帽子摘下来，在胸口画着十字。不过有一个老头例外。他不算很高，头发也乱乱的，一直盯着聂赫留朵夫看。刚开始，聂赫留朵夫还没有发现。

聂赫留朵夫的马车夫询问老头为什么不祷告，质疑老头基督教徒的身份。

老头很不服气，反问要向谁祷告？他的语速非常快，不过大家都能听清楚。

两个人为了这个问题争论起来，但是老头看上去十分坚定，这让马车夫有一些退缩。他觉得自己是没有办法说服老头的，不过他竭力表现出镇定的样子，希望能够在这场争论中不落下风。

老头说，并没有人证实上帝的存在。

于是马车夫说老头是洞穴的教徒，并表示不想再与老头争论。

其他人笑了起来。

船的边缘还有一些大车。车旁的老人问这个老头儿的信仰是什么，老头儿说他只信他自己。

聂赫留朵夫插嘴说自己其实并不值得信任，因为只信自己就有犯错的可能。

但是老头坚称自己从来没犯过错。

聂赫留朵夫问他宗教为什么会出现。

"这是因为人们把相信的力量寄托在别人的身上，曾经我也是这样，但是我发现自己的道路并不正确，而且我也完全找不到方向。这个世界上有各种宗教，每一个都觉得自己很优秀。可其实他们根本没有什么过人之处。人确实可以有信仰，可是灵魂是独一无二的，而且每个人都是如此。所以想要前进，那就只需要相信灵魂，相信自己。团体的力量不可抗衡，但它的前提是人人都要保持本心，齐心协力。"

发表这番演讲的时候，老头的声音很大，显然他希望能够得到更多人的关注。

聂赫留朵夫询问他是不是已经这样说教很长时间了。

老头告诉他，自己已经被压迫二十三年了。他被抓走，在各种人士之间辗转，甚至被送去了精神病院。但是老头的精神始终自由，所以那些人对他无可奈何。当人们询问老头叫什么的时候，他说自己没有名字，他抛弃了自己的名字。他来到这个世界上空无一物，一直保持着自己本来的样子，他的名字是人。而且在他身上也不存在年龄了，因为他会贯穿时间，永恒地存在着。他没有父亲母亲，唯一拥有的就是上帝还有大地，这两者充当了他父母的角色。关于皇上，他说皇上与他毫无关系，他是他的皇上，我是我的皇上。于是大家对他更加无可奈何。可是老头本身也并不追求与人们的交往。

聂赫留朵夫问老头今后的打算。

老头告诉他："都可以，怎么样都能活下去，可以工作，也可以乞讨。"船很快就要到岸边了，于是老头心满意足地结束了对话。

船停了下来，聂赫留朵夫希望老头能收下自己的钱，但是老头并没有接受，只说自己可以要面包。

聂赫留朵夫感觉十分抱歉，可是老头对这些完全不在乎，他背上了自己的行囊。

聂赫留朵夫的车也下船了。他把钱交给船夫之后回到车上，马车夫就开始对着他批评那个老头，觉得聂赫留朵夫跟他说话只是白费口舌。

chapter
·二十二·

马车夫问聂赫留朵夫要住哪个旅馆，还告诉他城里最好的旅馆是西伯利亚旅馆，其次是玖可夫旅馆。

聂赫留朵夫觉得都可以。

于是他们快速前进。这里和俄国其他的城市没有什么不同，房子都有阁楼，屋顶也都是绿色的，有很多小店铺，但也有规模大的商店。警察正在巡逻。这里的房子全是木头房子，街上也没有铺好石子。他们来到的旅馆位于城内最喧哗的区域，可是这家旅馆的房间都订出去了，他们不得不去别的地方。在第二家旅馆，他们终于找到了空房间。聂赫留朵夫在邋遢了两个月之后，急迫地进入了一个干净的世界。收拾好东西之后，聂赫留朵夫做的第一件事情就是洗澡，然后把自己打扮得和城里人一样，之后去找这里的长官。旅馆的看守帮聂赫留朵夫叫来马车，这辆马车一共有四个轮子，拉车的马非常强壮。聂赫留朵夫就这样来到了长官的住所。这里豪华又气派。警察和卫兵们都守着自己的位置。

听差说将军身体不舒服，不接待客人，但是聂赫留朵夫要求他把自己的名片送进去。听差回来后，带来了将军请他进去的消息。

这所房子很像彼得堡的那些，不过这里没有彼得堡干净，也不够新。聂赫留朵夫来到了将军的书房。

将军看上去有一些水肿，他正在喝茶，穿着一件丝绸的袍子，手上还拿着一支烟。将军让聂赫留朵夫体谅自己身体不好，穿着睡袍会客总比不见要好，又问聂赫留朵夫有什么事情。

聂赫留朵夫告诉他自己是跟着犯人们来到这里的。他和一个犯人很熟，想求将军给这个人通融通融。此外他还有事情要求将军。

在聂赫留朵夫讲话的过程中，将军听得很认真，他呷一口茶又吸一口烟，一直看着聂赫留朵夫，中途还问聂赫留朵夫需不需要烟。

聂赫留朵夫和将军说，与自己关系很好的是一个女人，因为被冤枉所以来到这里，但是他已经帮忙交了御状。而彼得堡那边告诉他，最晚这个月就能知道最终的结果，所以通知书也会被寄来这个地方。他希望在通知书寄来之前，能把那个女囚留在这里。

将军一边听聂赫留朵夫讲话，一边叫来勤务兵去查看他夫人安娜·瓦西里耶付娜的情况，还要添茶。将军又问聂赫留朵夫有没有其他的需要。

于是聂赫留朵夫告诉将军，确实有一个政治犯需要将军帮忙。他告诉将军，这个人病得很重，所以他不能再跟着队伍前进。聂赫留朵夫希望他可以和照顾他的女政治犯一起待在医院里。

聂赫留朵夫还说，虽然这个女政治犯和男犯并没有任何关系，但是如果情况需要的话，他们两个也可以结婚。

将军的目光一直停在聂赫留朵夫的身上，一句话都没有说，他希望聂赫留朵夫能知难而退。他不住地抽烟。

聂赫留朵夫说完了情况，将军装模作样地查看法典里面关于结婚的内容，询问聂赫留朵夫女政治犯的惩罚是什么。然后告诉聂赫留朵夫，苦役犯不能通过结婚逃脱惩罚。

聂赫留朵夫还想解释，但将军阻止了他。他告诉聂赫留朵夫，就算她的结婚对象是一个自由的人，也还是不能逃脱惩罚。还问两个人的刑罚究竟哪个更加严重？

知道他们皆是苦役犯的时候，将军嘲讽了一句门当户对。但他还是告诉聂赫留朵夫，虽然生病的男苦役犯能够留在这里，而且也会给他尽量好的待遇。但是就算两个人结婚了，女政治犯也得继续跟着队伍走。

这时勤务兵告诉将军，夫人已经起来了。

将军回应之后告诉聂赫留朵夫自己会加以考虑，并询问聂赫留朵夫那两个人的名字。

聂赫留朵夫提出想见病人一面，但是将军没有答应他。

他说，这件事情和聂赫留朵夫没有关系。聂赫留朵夫心地善良，而且有钱也有地位。对于这个地方来说，钱代表着一切。将军已经接到命令，不许官员们收取贿赂，但是这种事情是完全没有办法避免的。官位越小，这种情况就越严重。这里的地域实在广阔，谁能管到几千俄里外的人受不受贿呢？在偏远地区，土皇帝说一不二。将军又问聂赫留朵夫是不是经常和政治犯们碰头，只要交钱，军官们就能对聂赫留朵夫睁一只眼闭一只眼。

得到肯定的答复后，将军向聂赫留朵夫表达自己是体谅他的，很理解聂赫留朵夫对苦役犯的怜悯。对于那些管理犯人的人来说，收取贿赂是不可避免的，因为他们还有养家的责任。聂赫留朵夫这样做，其实也没有什么问题，但是将军本人是非常自律的，他对自己有严格的要求，不允许自己触犯法律。将军当然会对一些人产生怜悯同情的想法，但是他首先还要记得自己的身份，而他必须对得起自己的地位。所以将军最终还是拒绝了聂赫留朵夫的请求，并且希望聂赫留朵夫能告诉自己京城那边都发生了什么事情。

在两个人交流的过程中，将军的兴致非常高，他不仅想知道发生的事情，还想向聂赫留朵夫展示自己有多博学，道德有多高尚。

chapter

·二十三·

　　问清楚聂赫留朵夫现居地点之后，将军表示那儿实在是过于寒酸。然后他邀请聂赫留朵夫下午五点来家里用餐，还问聂赫留朵夫会不会说英语。

　　将军告诉聂赫留朵夫，今天的客人有一位来自英国的旅行家，他来这里是为了调查西伯利亚的监狱和流放的情况。将军提醒聂赫留朵夫一定要准时，因为自己的夫人在这方面很严格。关于聂赫留朵夫请求的事情，今天下午他会回复，说不定真的能成功。

　　聂赫留朵夫开心起来，离开将军家之后前往邮局。

　　邮局房间的天花板很低。邮务员们正给人们发放信件。他们的业务都很熟练。聂赫留朵夫很快就来到邮务员的面前。讲出自己的姓名之后，聂赫留朵夫拿到了很多东西，什么都有，除了钱和信，还有一些书和月刊。聂赫留朵夫拿着东西坐在凳子上，旁边还有一个军士，好像正在等待自己的东西。聂赫留朵夫坐好之后就开始查阅自己的信件。其中一封看上去非常华丽，这让聂赫留朵夫激动起来。打开之后，聂赫留朵夫发现这封信来自谢列宁，中间夹着公文。聂赫留朵夫紧张起来。原来这就是给玛丝洛娃案件的回复。信件上的字不大，所以读起来有点困难，不过看得出来笔力很刚健。聂赫留朵夫快速地扫了个大概，就知道这是好消息。他放下心来。

　　"朋友你好！我们之间的交流，实在让我受益匪浅。我很赞同你对玛丝洛娃案件的看法。我认真地审阅了一遍案件之后，清楚地发现她有多无辜，这是非常让人生气的事情。但是我们想纠正这件事，就必须通过由你递交案状的上诉委员会来改正。在我的帮助下，案件得到了解决。这里是关于她获得减刑的公文副本。叶卡吉琳娜·伊凡诺夫娜夫人告诉我要给你寄到哪里。而正本已送往当初玛丝洛娃受审的地方，很快也会转往西伯利亚。我以最快的速度把这个喜讯告诉你。向你致以最诚挚的问候。谢列宁。"

公文使用的辞藻非常华丽，但大概意思是说，皇上已经审阅了案件，也确实发现了玛丝洛娃案的冤情，所以允许她不服苦役，改为流放。

聂赫留朵夫高兴极了。曾经关于他和玛丝洛娃，他做好的所有规划，现在都已经成功地实现了。她和从前有所不同，那么他们的关系就要重新审视。如果与他结婚的是之前的苦役犯，那聂赫留朵夫能做的不多，只能尽可能让她好过些。可现在，他们想结婚就能结婚，再无束缚。但是现在情况非常复杂，聂赫留朵夫本人其实还没有做好准备，更何况还有西蒙松。聂赫留朵夫不清楚玛丝洛娃到底是怎么想的，也不知道自己究竟应不应该赞成他们两个在一起。事情实在是复杂，聂赫留朵夫放弃了思考。这些东西不算着急，最着急的是先让玛丝洛娃离开监狱那种环境。现在他手里有了公文，恐怕这不是什么问题。于是聂赫留朵夫离开邮局，直接坐车前往监狱。

一直以来，在大领导那里一定办不成的事情，在基层官员那里，成功的可能性会更高一些。聂赫留朵夫对这一点心知肚明，于是他打算先到监狱告诉玛丝洛娃这个好消息，有可能她现在就能重获自由，他还想了解一下克雷里卓夫的情况，并告诉他们将军是怎么说的。

典狱长看上去十分强壮，面对聂赫留朵夫，他表现出了一种不近人情的态度。他告诉聂赫留朵夫：如果没有上级的指示，谁都不能探监。聂赫留朵夫则搬出自己在京城探监的事情。然而典狱长还是拒绝了。他好像在告诉聂赫留朵夫：虽然你属于贵族阶级，还是从京城来的，但这样也不能让我们退缩，我们必须严格地按照法律办事，也让你们尝尝吃闭门羹的滋味。

而且典狱长根本不在乎聂赫留朵夫拿过来的公文副本，对聂赫留朵夫一点情面都不讲。原本聂赫留朵夫认为，自己带着公文来监狱，玛丝洛娃一定很快就能得到自由。可是典狱长的态度非常坚决，表示一定要看到领导的指示才行。不过他和聂赫留朵夫说好，会先告诉玛丝洛娃这个好消息，指示一下来，就迅速让她离开。

典狱长没有向聂赫留朵夫透露任何关于克雷里卓夫的事情，甚至并不知道他的存在。就这样，聂赫留朵夫什么事情都没有办成，只好返回居住的地方。

典狱长的态度如此坚决，是因为现在监狱里收容的犯人翻了倍，疫病正在犯人们之间传播。马车夫和聂赫留朵夫讲，监狱死了很多犯人。那边流行瘟疫，监狱里每天都会拉出去二十个死人。

chapter

· 二 十 四 ·

聂赫留朵夫在监狱吃了闭门羹，接着就去找省长，想看看那边有没有收到关于玛丝洛娃的公文。不过省长那里也没有什么结果，于是聂赫留朵夫还是回了旅店。然后他做的第一件事情，就是给谢列宁和律师写信。写完信，聂赫留朵夫就得立马出发前往将军家参加下午的宴会。

在路上，聂赫留朵夫一直在思考，玛丝洛娃知道这个消息会怎么样？接下来玛丝洛娃要去什么地方。随之而来的是一系列问题：他们两个怎么办？西蒙松怎么处理？玛丝洛娃到底想怎么样？聂赫留朵夫不由自主地回想起玛丝洛娃身上发生的巨大改变，与此同时他也记起曾经的事情。

但是聂赫留朵夫制止了自己的想法，希望自己可以把从前的事情都忘掉，那都是过去了。接着，聂赫留朵夫开始思考该对将军说些什么。

这是一场相当有排面的宴会，但对于聂赫留朵夫来说，这一点儿也不陌生。可是他已经很久没有这样的体验了，这段时间，他生活的环境一点儿也不舒服，所以重新处在这样的环境里，他感到非常开心。

将军的夫人很有贵妇人风范，同时有些保守。她曾经是尼古拉宫中的女官，所以她法语讲得很好，反而不太会说俄语。面对聂赫留朵夫，她表现出了一种非常热情的态度，但是这种热情又不会让人觉得过于讨好。这让聂赫留朵夫重新意识到自己的地位有多高，所以他还是开心的。将军夫人的表现让聂赫留朵夫觉得，他的这趟西伯利亚之旅虽然有一些古怪，但是他所做的一切都是非常伟大的。在将军家里，聂赫留朵夫受到了曾经所熟悉的一切待遇，这让他不由自主地沉醉其中。之前发生的事情好像只是梦境，现在才是真正的现实。

将军的女儿、女婿，还有将军的副官们都在这里，除此之外，客人们也很多。对于聂赫留朵夫来说，大家都非常亲切。

将军之前提到的英国人身体十分强壮。他法语说得不好，但英语说得很动听。他周游过世界，所说的各地见闻让大家非常感兴趣。

曾经在彼得堡搅起桃色新闻的局长也来到了这里，他现在在边城做省长。他十分富态，头发不算多，眼睛是浅蓝色的。他的手又白又嫩，戴满了戒指。他一直保持着笑容。对于这个人，将军是非常喜爱的，这是唯一一个不接受贿赂的官员。将军的夫人非常喜欢音乐，钢琴弹得很不错。她也非常喜欢那位省长，因为省长同样在音乐上造诣很深，两个人经常一起弹琴。聂赫留朵夫今天心情特别愉快，甚至没有对省长生出厌恶。

副官看上去非常活泼，也很高兴，他一直在给大家帮忙，这种行为得到了大家的一致好评。

对聂赫留朵夫来说，在场的人中，最可爱的就是将军的女儿和女婿。虽然将军的女儿不算漂亮，但是她的性格非常好，对自己的孩子非常上心。这对夫妇是自由恋爱，也因为这个和家里做了长时间的斗争，但终于修成正果。女婿是莫斯科大学的副博士，他的头脑非常好，现在给政府做统计工作。他很关心那些非俄罗斯人，希望能够让他们的种族延续。

对聂赫留朵夫，大家都非常热情。对于他们来说，聂赫留朵夫是非常有意思的人，交到这样的朋友也很值得开心。宴会的主持人是将军，和聂赫留朵夫问好之后，他就让客人们都来用餐。将军询问聂赫留朵夫下午都做了些什么。于是聂赫留朵夫告诉将军，自己已经拿到了上面发下来的公文，早上他们谈论的人确实得到了减刑。聂赫留朵夫请求将军给他探监的权利。

这让将军非常不高兴，他什么话都没有回答，反而转去和英国人说话，请他喝酒。英国人喝完酒后告诉大家，自己已经去城里转过了，也去过了工厂，希望能看看犯人们居住的监狱。

于是将军告诉聂赫留朵夫，他可以和英国人一起去监狱。将军让副官给了他们专门的通行证。

聂赫留朵夫询问旅行家想在什么时候去监狱，他竟然希望过会就去，这样能看到监狱中最真实的场景。

将军很赞同英国人的这种说法。因为他已经警告过监狱那边，但是没得到想要的效果，现在倒是可以让英国人去敲山震虎。大家开始吃饭，两位主人非常热情地招待着他们。

聂赫留朵夫的旁边是将军的夫人，还有旅行家，对面则是将军的女儿，还有那位省长。

他们一直在聊天，话题天南海北，什么都聊。大家都聊得很起劲，唯独聂赫留朵夫的心思没有在这上面。

吃过饭后，大家回到客厅开始喝咖啡。聂赫留朵夫和将军夫人还有英国人聊起天来。在聂赫留朵夫看来，自己对格拉斯顿发表的见解都很精辟。大家也都十分配合地表示感兴趣。今天聂赫留朵夫享用了一顿丰盛的晚餐，喝到了一些美酒，现在又坐着舒适的沙发和大家喝咖啡，而且面对的这些人全都接受过良好的教育。这一切都让聂赫留朵夫快乐。后来，将军夫人和省长四手联弹时，聂赫留朵夫仿佛才意识到自己是个多么优秀的人。

于是，聂赫留朵夫对将军夫人表达了谢意，这是他很久没有过的良好体验。这个时候，将军的女儿来到聂赫留朵夫的身边，询问他想不想见见自己的孩子。

将军的夫人笑了起来，说女儿就是想要炫耀炫耀孩子，无论对谁都是。

看到她是这样爱自己的孩子，聂赫留朵夫十分动容，于是答应下来。

将军在打牌，看到他们要去探望孩子就笑了起来，跟他们开玩笑。

对于将军的女儿来说，孩子可以得到公爵的探望这件事情是非常值得高兴的，于是她走得很快，和聂赫留朵夫一起去到孩子们居住的房间。这间房的天花板非常高，墙纸是白色的，灯光微弱，两张小床并排着。奶妈好像是西伯利亚本地人，坐在两张小床的中间。在奶妈和他们问好之后，将军女儿弯腰查看自己的孩子。那是一个女孩，只有两岁，她睡着了。

将军的女儿帮孩子盖好被子，然后向聂赫留朵夫介绍自己的孩子，先介绍小女孩卡嘉，然后介绍小男孩华秀克。

在聂赫留朵夫看来，这两个孩子都十分漂亮，他毫不吝啬地夸赞他们。这让将军的女儿感到心满意足。

聂赫留朵夫的脑海中忽然出现了那些镣铐，出现了奄奄一息的克雷里卓夫，还出现了玛丝洛娃的那些事情。如此一来，此刻的安宁更成了他不可多得的享受。

聂赫留朵夫并没有吝啬对孩子的赞美，这让将军的女儿非常满意。他们返回客厅时，英国人已经收拾好了东西，等着和聂赫留朵夫一块乘车去监狱。于是聂赫留朵夫和将军一家道别，离开了这座房子。

天气变了，下起了大雪。英国人自己有一辆马车，而且走得很快，于是他们两个就坐这辆车前往监狱。对于聂赫留朵夫来说，接下来要做的事情只是出于责任，而且也没有什么值得开心的，所以他格外忧郁。就这样他坐在柔软的马车里，和英国人一起前往监狱。

chapter
·二十五·

监狱一直有人看守，门口点着灯。因为下雪，一切都被盖住了。从前面看，监狱里灯火通明。可是在聂赫留朵夫看来，这反而显得更阴森。

典狱长接待了聂赫留朵夫和英国人，也看到了他们的通行证，于是并没有为难他们，允许他们进入监狱。在典狱长的带领下，他们穿过院子，来到典狱长的办公室。典狱长询问他们来这里是想做什么。聂赫留朵夫表示要见玛丝洛娃，于是看守就去叫玛丝洛娃。典狱长本人则为英国人答疑解惑。

英国人问了很多问题，这些问题都很直接，也很尖锐，并且非常详细。

帮他们做翻译的正是聂赫留朵夫，不过他的心思并没有放在这个上面。对于接下来要见玛丝洛娃，聂赫留朵夫感到不安。他刚翻译到一半，玛丝洛娃就跟着看守来了。聂赫留朵夫一见玛丝洛娃，立刻感到心情沉重。

看到玛丝洛娃来到自己的面前，聂赫留朵夫忽然做了决定，他需要正常的生活，要有一个美满的婚姻，还要有可爱的孩子。

聂赫留朵夫迎上玛丝洛娃，忽然发现她脸上带有一种熟悉的神情，严肃而痛苦，就像之前谴责聂赫留朵夫时那样。玛丝洛娃整个人看上去显得十分不安，小动作很多。

聂赫留朵夫告诉玛丝洛娃，她已经得到减刑。玛丝洛娃表示已经知道了。聂赫留朵夫说："当公文下来的时候，您就自由了。到时候想去哪里……"

可是玛丝洛娃激动地告诉聂赫留朵夫："我根本没有自己想去的地方，我会一直跟着西蒙松的。"她说这话的时候，一直在看聂赫留朵夫，仿佛早就准备好这些话了。

很快，玛丝洛娃发现自己暴露了，于是赶紧找补说："对于我来说，能和西蒙松在一起已经是非常幸福的事情了，我根本没有资格再去要求别的。"

聂赫留朵夫很清楚，玛丝洛娃说这些话只有两种可能，一种是她确实与西蒙松相爱，另一种则是她对自己的爱意并没有消失，为了赶走自己故意这样做。

聂赫留朵夫想说话，但是玛丝洛娃制止了他，生怕自己的话没能全部告诉聂赫留朵夫。

"如果我有什么地方冒犯了您，还请您原谅我。当然，我希望您以后能过好自己的生活。"

聂赫留朵夫觉得自己方才想的被她说出来了，可是现在他已经不那么想了，他的想法已经彻头彻尾地改变了。对于玛丝洛娃的离开，他是那么难过。

聂赫留朵夫向玛丝洛娃表达自己的惋惜，但是玛丝洛娃只说他没必要再和自己这样的人掺和到一起。

聂赫留朵夫反驳了玛丝洛娃的说法，对他来说，这一点也不痛苦，而且他愿意继续帮忙。

玛丝洛娃坚持拒绝了聂赫留朵夫。其实在两个人的交谈中，玛丝洛娃已经透露出了自己的痛苦。

　　这时候，英国人开始催促聂赫留朵夫。于是聂赫留朵夫快速向玛丝洛娃询问克雷里卓夫的情况。

　　玛丝洛娃变得平静，和聂赫留朵夫说，刚抵达这个地方，克雷里卓夫就被送去了医院，本来谢基尼娜也想去，但是他们不允许她去。

　　玛丝洛娃不想让聂赫留朵夫耽误人家太长时间，于是打算离开。

　　聂赫留朵夫说两人以后还会再见，这让玛丝洛娃激动起来，她请求聂赫留朵夫的原谅。两人对视之后，聂赫留朵夫忽然明白了，玛丝洛娃依然爱他，可是她不想让他为她受罪，所以她选择了西蒙松，这样他就可以获得自由。对于玛丝洛娃来说，分离既让她感到轻松，又让她无比难过。

　　两人握手之后，玛丝洛娃很快离开了办公室。

　　聂赫留朵夫本来已经做好了离开的准备，但是英国人正在笔记本上记着什么，他不得不在这里等候。聂赫留朵夫忽然觉得自己累极了，好像生活都没有目标了。于是聂赫留朵夫靠着木榻睡着了，睡得很沉。

　　直到典狱长问他们要不要参观牢房，聂赫留朵夫才清醒过来。对于自己睡着的事，他感到非常诧异。英国人同意了典狱长的邀请，聂赫留朵夫跟着他们，但是精神很萎靡，也没有什么目的。

chapter

· 二 十 六 ·

聂赫留朵夫和英国人跟着典狱长穿过走廊，进入了第一间牢房，那是苦役犯们居住的地方。这里的环境非常脏乱，甚至有犯人直接往地板上撒尿，这让他们诧异不已。房间中间就是板床，屋里大概有七十个犯人，睡觉的地方不够大，他们就挤在一起。为了迎接聂赫留朵夫他们，犯人们都离开了床铺，脚铐响个不停，新剃的阴阳头闪闪发光。床上还躺着两名囚犯，一老一少，两个人病痛缠身，起不了床。

英国人怀疑青年长时间未得到救治，但是典狱长说他今早才发病，那个老人是胃有毛病，但是医院没有空位了，所以只能住在这里。英国人希望能对犯人们作演讲，需要聂赫留朵夫帮忙翻译。原来英国人这次前来，并不只是单纯记录西伯利亚的情况，还希望能通过宣讲向人们传播，通过信仰和赎罪，他们就能拯救自己灵魂的观念。

"基督对人类的爱是毋庸置疑的，他甚至可以献出自己的生命。只要他们拥有信仰，那他们就会得到基督的帮助脱离苦海。任何需要明白的事情，都记载在这本书中。他们识字吗？"

识字的大约有二十人。英国人把几本精致的《新约全书》从包里拿了出来。犯人们看书的欲望十分强烈，都抢着要。英国人给了他们两本。

他们继续前往下一个牢房，重复之前做过的事。第二间房里，有三个病人躺在床上。有两人还能动弹，坐了起来，但是剩下那个完全没有动静，甚至没睁开眼睛。英国人发表演讲之后，同样发了两本福音书。

他们还没进入下一个牢房，就听到里面十分喧闹。典狱长敲门提醒他们安静下来。进去之后，犯人们都老老实实站在床边，身子很板正。这里也有躺着的病人。除此以外，还有两个扭打在一起的人。看守制止了他们的行为。两个人看起来都很惨烈，这确实是非常认真的一架。

典狱长很生气，叫班长出来询问情况。这位班长告诉典狱长自己说了不算，根本没有威慑力。

典狱长打算自己上手制止。这时，英国人询问他们打架的原因。聂赫留朵夫帮忙转达他的意思，班长告诉他们，起因是有人拿错了包脚的布巾，于是两个人你一拳我一脚，就打起架来。

英国人知道以后，就又把福音书拿出来，打算开始自己的演讲，还是让聂赫留朵夫帮忙转达。

"你们是怎么解决矛盾的？打架、互相辱骂。但是基督对于这种情况的处理方式完全不同。"然后他让聂赫留朵夫询问这些人，他们是否清楚受到欺辱之后按照基督教义该怎么做。

聂赫留朵夫照做，他们都说应该以牙还牙，好好打一架。

英国人知道之后就让聂赫留朵夫翻译："要是右脸被打了，那就把左脸转过来也让他打一打。"

但是犯人们都很不赞同，有一个病人还说，如果他打完两边脸还不满足怎么办。于是大家开起了玩笑，空气中全是快活的气息。无论是打架者还是病人都很开心。

面对这样的情况，英国人只说，虽然这看上去很不可思议，但如果怀揣信仰，那什么事都能做成。

英国人问犯人们是否喝酒，于是犯人们给出肯定的回答，大家又开始笑。这间房中躺着四个病人，英国人问典狱长为何不单独腾出来一个房间让病人居住。

典狱长告诉他，这是病人们自愿的，因为他们的病不会传染，而且有专门的医生会来给他们看病。可是犯人们说已经很久没有见到医生了。

他们去到下一个牢房，情况并没有发生改变。他们去了很多个牢房，所有的牢房都是一样的。

不管是苦役犯的牢房、流放犯的牢房、村社判刑农民的牢房，还是自愿跟着犯人来的家属的牢房，里面的情况都大差不差。人们忍饥挨饿，因为无事可做身上得了病。他们完全没有人身自由，还要遭受各种折磨。英国人已经放弃了发书，也放弃了演讲。面对他所看到的这些恐怖场景，英国人没有了一点精力，于是他结束了这场参观。聂赫留朵夫好像一直都在梦里，他走得很艰难，同样觉得非常累，然而他又没有勇气一个人离开这里。

chapter

·二十七·

在一间流放犯居住的牢房里，聂赫留朵夫发现了早上在渡船上遇到的那个古怪老头儿，这让他觉得很诧异。老头儿看着他们，没穿鞋，他正坐在床边的地上。他瘦得就剩下一把骨头了，衣服也不能完全遮住身体。看上去他不太健康，但是他的脸上散发出生气。其他犯人的表现正如他们之前看见的犯人们一样，全都挺直身子站了起来，只有老头儿坐在那里没动。他的眼睛炯炯有神，眉毛紧皱着。

典狱长训斥老头儿，让他站好，可是老头儿一动不动，只是轻蔑地笑了笑。

老头儿用手指着典狱长的前额说："他们都是你的奴隶罢了，可是我和他们不一样。"

典狱长向前走，想要威慑这个不听话的刺头。聂赫留朵夫赶紧拦下典狱长，询问老头被逮捕的原因。

原来警察局发现老头儿没有身份证，就把他送来了监狱。其实监狱并不愿意收押这样的人，但是警察局那边一意孤行。

老头儿询问聂赫留朵夫来这里做什么。聂赫留朵夫告诉他自己来这里只是为了参观。

"这些人只会折磨自己的同胞。原来你们是来参观这些的。你看看，这些人都被他们关在铁笼子里面。本来人应该用自己的双手去创造生活，然而这些人就像畜生一样被圈养。"

英国人问聂赫留朵夫老头儿的意思，于是聂赫留朵夫告诉他，老头儿看不惯犯人们被关押。

于是英国人就问老头儿，应该怎么处理不遵守法律的人。聂赫留朵夫把问题转述给老头儿，老头儿古怪地笑了起来。

"法律？这些人像强盗一样夺走了一切，杀掉了和他们作对的人，接着就搞出来所谓的法律，告诉大家，他们之前那些杀人掠夺的行为全都是被禁止的。以前他们怎么不制定法律呢？"

聂赫留朵夫转告给英国人，英国人脸上浮现出笑容。他又问老头儿，要是有人盗窃或者杀人呢？

老头回答："只要心里有信仰，就不会被抢劫盗窃，也不会被人杀死。"

英国人没再说什么，离开了这间牢房。

"你做好自己的事就行了，不要去管别人的事。一个人是该受到惩罚还是该得到宽恕，老天自有决断。这些人是怎么折磨别人的，你在这里看得不够多吗？快走吧。"老头对聂赫留朵夫说。

典狱长、英国人和聂赫留朵夫离开后，走到一间空牢房前。典狱长告诉他们，这里专门用来停放尸体。

英国人很好奇，于是他们进入了这间牢房。这和其他牢房是一样的，灯光十分暗淡。有四具尸体躺在板床上。聂赫留朵夫忽然发现其中一具尸体的紫色衣服他非常熟悉，于是他上前观察。

聂赫留朵夫看来看去，简直不敢相信。这个人的一切他是那样熟悉。昨天，对方还和他见面说话，还能做出气愤的表情。可是现在，他安静地躺在这里，表情十分安宁，显露出一种异乎寻常的美。

没错，这人是克雷里卓夫，这是他的尸体。

聂赫留朵夫询问自己，这人来到这个世界就是为了吃苦吗？他为什么要活着？如今他是否找到了答案？聂赫留朵夫完全没有头绪，只感到痛苦。

聂赫留朵夫再也无法在这里待下去，他和他们道别，匆匆离开了监狱，前往自己住的旅店。对于他来说，今天晚上发生了太多事，他必须静心思考。

chapter
·二十八·

回到旅馆，聂赫留朵夫一直在房间来回踱步。玛丝洛娃和他再也没有关系了，也不想要他帮什么忙，这让聂赫留朵夫十分难过。可是如今让他最难过的还是另外一件事情，并且这件事没有结束，始终折磨着他。

近期，聂赫留朵夫目睹了许多罪恶，今天尤甚。这些罪恶，杀掉了克雷里卓夫，而且这些东西好像无穷无尽，正在泛滥成灾。聂赫留朵夫不禁怀疑，人类真的能战胜它吗？

无数人的身影出现在聂赫留朵夫的脑海，他们的生活环境是如此恶劣，受到的待遇也让人难以想象。那个老头虽然古怪，但他的灵魂自由，可是人们都觉得他是神经病。克雷里卓夫年轻俊美，如今却也和其他尸体混在一起。聂赫留朵夫再次质问自己，到底是谁疯了？是他疯了，还是那些觉得自己什么都没做错，实际上却做出无数肮脏勾当的人疯了？聂赫留朵夫现在迫切地需要答案。

聂赫留朵夫感觉十分疲惫，无论是肉体上还是精神上。他想去书里寻找答案。他不断地阅读，不断地思考。

他看的是《马太福音》第十八章。

一　当时，门徒进前来，问耶稣说："天国里谁是最大的？"

二　耶稣便叫一个小孩子来，使他站在他们当中。

三　说：我实话告诉你们：你们若不回转，变成小孩子的样式，断不得进天国。

四　所以，凡自己谦卑像这小孩子的，他在天国里就是最大的。

"对了，对了，确实是这样。"聂赫留朵夫想到自己只有在谦卑的时候才能领略生活的宁静和欢乐。

五　凡为我的名接待一个像这小孩子的，就是接待我。

六　凡使这信我的一个小子跌倒的，倒不如把大磨石拴在这人的颈项上，沉在深海里。

对于聂赫留朵夫来说，这段文字很不好懂。在他看来，很多地方都显得十分古怪。曾经他不是没读过这本书，但是遇到这些莫名其妙的地方就读不下去了。现在他继续往后读，读了第七、八、九、十节。聂赫留朵夫觉得其中的话语很不连贯，不过还是能感受到其中的好东西。

　　十一　人子来，为要拯救失丧的人。

　　十二　一个人若有一百只羊，一只走迷了路，你们的意思如何？他岂不撇下这九十九只，往山里去找那只迷路的羊吗？

　　十三　若是找着了，我实在告诉你们：他为这一只羊欢喜，比为那没有迷路的九十九只欢喜还大呢！

　　十四　你们在天上的父也是这样，不愿意这小子里失丧一个。

　　"是的，他们的灭亡并非出自天父的意志，但他们在成百上千地死去，而且没有办法拯救他们。"聂赫留朵夫想。

　　二十一　那时，彼得进前来，对耶稣说："主啊！我弟兄得罪我，我当饶恕他几次呢？到七次可以吗？"

　　二十二　耶稣说："我对你说，不是到七次，乃是到七十个七次。"

　　二十三　天国好像一个王，要和他仆人算账。

　　二十四　才算的时候，有人带了一个欠一千万银子的来。

　　二十五　因为他没有什么偿还之物，主人吩咐把他和他妻子儿女，并一切所有的都卖了偿还。

　　二十六　那仆人就俯伏拜他，说："主啊！宽容我！将来我都要还清。"

　　二十七　那仆人的主人就动了慈心，把他释放了，并且免了他的债。

二十八 那仆人出来，遇见他的一个同伴欠他十两银子，便揪着他，掐住他的喉咙，说："你把所欠的还我。"

二十九 他的同伴就俯伏央求他说："宽容我吧，将来我必还清。"

三十 他不肯，竟去把他下在监里，等他还了所欠的债。

三十一 众同伴看见他所做的事，就甚忧愁，去把这事都告诉了主人。

三十二 于是主人叫了他来，对他说："你这恶奴才！你央求我，我就把你所欠的都免了。

三十三 你不应当怜恤你的同伴，像我怜恤你吗？"

突然，聂赫留朵夫读完这些字句，大声说："难道只是这么一回事吗？"

"是的，就是这么一回事。"有个声音在他心里回答道。

如果一个人对精神世界有所追求，那他一定会遇到这种情况。那些本来他觉得奇怪甚至可笑的思想正在不断被生活证实，直到有一天，他突然发现，原来它就是一个简单无疑的真理。聂赫留朵夫就是这样。如今他很清楚，如何克服那些折磨苦难的人民的恐怖罪恶呢？只有一个方法能够奏效，那就是坦白，明确自己总是有罪的，所以没有资格惩罚别人，也没有资格纠正别人。现实生活中，之所以会发生那么多骇人听闻的罪恶，之所以那些人明明在折磨别人却心安理得，就是因为他们希望做到的事其实是根本做不到的：身负罪孽之人，竟想审判世人。一个人本身就有罪却不自知，还想惩罚其他有罪的人。于是就造成了这样一种局面：审判的权力掌握在那些贪得无厌的人手里。他们自身罪孽深重，却通过审判使那些倒霉地经受折磨的人腐化堕落。如今聂赫留朵夫已经完全醒悟了，他知道为什么会发生这些惨剧了，也知道如何终结这种罪恶。

答案是："要永远饶恕一切人，要无数次地饶恕人，因为世界上没有一个无罪的人，可以惩罚或者纠正别人。"

但是聂赫留朵夫还心有疑虑，因为这种想法与从前的认知相悖。可是他又能确定，这是真理。虽然有些奇怪，但事实可以证明这个道理。曾经聂赫留朵夫经常被人反问：那就随便那些作恶多端的人逍遥自在吗？曾经他面对这些问题还会感到为难，但现在他已经不会了。有些人还说，惩罚确实可以让犯人们醒悟，让他们意识到原来自己做的是错事。然而这根本没有一点道理。人类没有资格互相审判。所以唯一的办法，就是不再进行这种毫无人道主义精神的暴政。"你们进行审判，挑出来一批你们认为有错的人，对他们进行惩罚。可是在这之后，什么都没有改变，甚至这个世界上堕落腐化的人更多了。因为这样做，不只让受到惩罚的犯人们堕落，还增添了一批新的堕落的人，他们从事着审判的工作，殊不知自己也是应该被审判的一员。"如今，聂赫留朵夫完全清楚了，虽然社会上存在这样可怕的事情，但是由于人与人之间仍然存在爱，所以我们生活的社会还算稳定，秩序也没有被颠覆。

聂赫留朵夫想证明自己这种观点，于是继续翻阅。他发现，如果全人类都能按照不动怒、不贪色、信守诺言、宽以待人此类的准则行事，那么这个世界的秩序就会重新确立，再也不存在压迫和暴力，会建立一个新的世界。

聂赫留朵夫希望在这同一本《福音书》里找到能证实这种思想的文字，于是开始从头到尾地阅读。现在他发现，如果全人类都能按照这些戒律（而这是完全办得到的）行事，那么这个世界的秩序就会重新确

立，再也不会存在压迫和暴力，新的世界也会诞生。

那些戒律总共有五条。

第一条戒律（《马太福音》第五章第二十一

节到第二十六节）是人不仅不可杀

人，而且不可轻视别人，不可对弟兄动怒，骂人家是"拉加"①。倘若同人家发生争吵，就应该在向上帝奉献礼物以前，也就是祷告以前同他和好。

第二条戒律（《马太福音》第五章第二十七节到第三十二节）是人不仅不可奸淫，而且不可贪恋女色。一旦同一个妇女结成夫妇，要对她忠贞不二。

第三条戒律（《马太福音》第五章第三十三节到第三十七节）是人在允诺什么的时候不可起誓。

第四条戒律（《马太福音》第五章第三十八节到第四十二节）是人不仅不可以牙还牙，而且当你的右脸被打时，连左脸也转过来让他打。要宽恕别人对你的欺侮，温顺地加以忍受。不论人家求你什么，都不可拒绝。

第五条戒律（《马太福音》第五章第四十三节到第四十八节）是人不仅不可恨仇敌、打仇敌，而且要爱仇敌、帮助仇敌、为仇敌效劳。

聂赫留朵夫思考得入迷。这个世界上，有那么多罪恶的行为，可如果大家都按照准则生活，那这个世界将会多么美好！聂赫留朵夫忽然觉得自己前所未有的快乐，就好像一个长途跋涉的人，终于能够获得休息一样的安宁。

聂赫留朵夫一直在读书，读了一夜，他读得如饥似渴。曾经不明所以或者完全不在乎的话语，现在都让他感到由衷的喜悦，这是多么深刻的真理！

"生而为人，大家以为自己能够掌握生活，可这完全是一种错觉。人类不应该光贪图享乐。降临在这里的每一个人都肩负使命。然而对大家来说，生活就是为了快乐，这样想就一定不会有好结局。我们只要按照那些戒律行事，那我们就能真正地掌控自己，这个世界将会变得更加美好，所有人都不再遭受苦难。"

"我会把这个作为我的终生目标，一一完成。"

自此，聂赫留朵夫揭开了生活的新篇章。对于他来说，再遇到的任何事情都具有跟之前完全不同的意义。这个生活的新篇章将如何终结，只有在将来才会知道。

---

① 意即"废物"。